KB248530

DISPATCHES
FROM
THE EDGE

DISPATCHES FROM THE EDGE
by Anderson Cooper

CNN 앵커, 앤더슨 쿠퍼의
전쟁, 재난, 그리고 생존의 기억

세상의 끝에 내가 있다

앤더슨 쿠퍼 Anderson Cooper 지음 | 채인택 · 중앙일보 국제부 옮김

(주)고려원북스

■ **(주)고려원북스**는 우리들의 가슴속에 영원히 남을 지혜가 넘치는 좋은 책을 만들겠습니다.

세상의 끝에 내가 있다

초판 1쇄 | 2010년 2월 25일
    4쇄 | 2015년 7월 13일

지은이 | 앤더슨 쿠퍼
펴낸이 | 설응도
펴낸곳 | (주)고려원북스
기획 | 성장현
마케팅 | 김홍석

출판등록 | 2004년 5월 6일(제16-3336호)
주소 | 서울시 서초구 서초중앙로29길 26 (반포동) 2층
전화번호 | 02-466-1207
팩스번호 | 02-466-1301

©Koreaonebooks, Inc., 2010, printed in Korea

ISBN : 978-89-91264-98-4 03840
값은 표지 뒷면에 있습니다.
잘못 만들어진 책은 구입처나 본사에서 교환해 드립니다.

아버지와 어머니,
그리고 두 분을 이어준 사랑의 불꽃에 바칩니다.

차 례

Anderson Cooper

시작
Introduction

내가 열 살 때 아버지가 세상을 떠났다. 그전의 일
들은 별로 기억나지 않는다. 물론 기억이 있긴 하다. 깨진 유리같이
날카로운 조각이나 파편 같은 기억 말이다. 내 침대 곁 테이블에 있
던 지구본이 생각난다. 아마 다섯 살이나 여섯 살 때였을 것이다. 나
중에 '아웃 오프 아프리카Out of Africa'로 유명해진 작가, 아이작 디네센
Isak Dinesen으로부터 선물 받은 것을 어머니가 다시 내게 주신 것이다.

잠이 잘 오지 않을 때, 나는 어둠 속에서 지구본에 손을 대고 대륙
들의 윤곽을 더듬어보곤 했다. 어떤 날은 에베레스트 봉우리에 올랐
고, 다른 날은 킬리만자로 정상에 닿으려고 애썼다. 아프리카의 뿔(뿔
처럼 툭 튀어나온 아프리카 중동부 소말리아 지역을 가리킴—옮긴이)도 여러 차례
돌았으며, 희망봉의 바위에 내 배가 좌초된 적도 있었다. 지구본에는

더 이상 존재하지 않는 나라들의 이름도 있었다. 탕가니카(지금의 탄자니아), 사이암(지금의 태국), 벨기에령 콩고(지금의 콩고 민주공화국), 실론(지금의 스리랑카) 등. 그 모든 곳을 여행하는 꿈을 꾸었다.

나는 아이작 디네센이 누군지도 몰랐지만, 어머니의 침대 옆 황금빛 액자에 들어 있던 그녀의 사진을 본 적은 있다. 얼굴은 사냥 모자에 가려져 있었고, 옆에는 아프간하운드 종의 털북숭이 개를 데리고 있었다. 내게 아이작 디네센은 어머니의 과거에서 온 의문투성이의 여러 인물 가운데 하나였다.

어머니의 이름은 '글로리아 밴더빌트Gloria Vanderbilt'이다. 그 이름은 내가 언론에 발을 들여놓기 훨씬 전에 뉴스의 헤드라인을 장식했다. 어머니는 1924년 부유한 밴더빌트 가문(미국의 철도재벌가)에서 태어났으나 일찌감치 부유한 가문이 갖는 한계를 알아버렸다.

어머니는 생후 15개월이 됐을 때 부친(나의 외할아버지)을 여의었으며, 그 후 몇 년 동안 그녀의 모친(나의 외할머니)과 이 대륙 저 대륙을 떠돌아다니는 처지가 됐다. 나의 외할머니는 파티와 저녁 행사에 참석하느라 어머니를 놔두고 사라지기 일쑤였다. 어머니는 열 살 때 양육권 재판의 주인공으로 유명해졌다. 나의 외고모할머니—즉, 외할아버지의 누나이자 외할머니의 손위 시누이인 '거트루드 밴더빌트 휘트니'—가 나의 외할머니를 상대로 '어머니로서 부적격'이라는 법원의 판결을 받아낸 것이다. 이 재판은 대공황 시기에 진행됐으며, 당시의 대중적인 신문들이 큰 관심을 보였다.

법원은 외할머니에게 나의 어머니는 물론 어머니가 진정으로 사랑했던 아일랜드인 보모에게도 접근하지 말 것을 명령했다. 어머니는 휘트니 고모에게 맡겨졌고, 고모님은 얼마 안 있어 어머니를 기숙학교로 보냈다.

나와 형이 어렸을 땐 당연히 이런 일들을 알지 못했다. 하지만 우리는 가끔 어머니의 눈동자가 약간 커지면서 고통과 공포의 그림자가 스치는 모습을 볼 수 있었다. 나는 아버지가 돌아가시고서야 그 의미를 알았다. 이제는 거울을 볼 때마다 똑같은 모습이 나를 응시하고 있음을 느낀다.

앤더슨 쿠퍼의 모계는 미국의 유명 철도 재벌인 밴더빌트 가문이다. 어머니 글로리아 밴더빌트(1924~)는 패션 디자이너이자 화가이다. 외할머니인 글로리아 로라 메르세데스 모건 밴더빌트(1904~1965)는 유명한 사교계 인사였다. 외할아버지 레지널드 클레이풀 밴더빌트(1880~1925)는 밴더빌트 가문의 상속자였으나 45세에 세상을 떠났다. 위에 언급된 앤더슨 쿠퍼의 외고모할머니인 거트루드 밴더빌트 휘트니(1875~1942)도 화가이자 조각가로 이름을 날렸다.

앤더슨 쿠퍼의 아버지 와이어트 쿠퍼(1927~1978)는 작가이자 시나리오 작가로, 어머니 글로리아의 네 번째 남편이다. 어머니 글로리아는 17세 때 헐리우드 에이전시 관계자와 결혼했으나 4년 만에 이혼했다. 이혼한 그해에 세계적인 지휘자 레오폴드 스토코프스키와 결혼해 두 아들을 두었다. 하지만 결혼 10년 만에 헤어지고 이듬해 '오리엔트 특급 열차 살인사건', '개 같은 날의 오후'로 유명한 헐리우드 영화감독 시드니 루멧과 결혼했으나 8년 만에 결별했다. 바로 그해에 앤더슨 쿠퍼의 아버지인 와이어트와 결혼했으며 14년 만에 사별했다. 둘 사이에 아들 둘을 두었으나 장남인 카터는 23세 때인 1988년 어머니가 보는 앞에서 15층 아파트에서 투신자살했다. 1967년생인 차남이 앤더슨 쿠퍼이다.―옮긴이

나는 다른 모든 사람이 그러하듯 지구본을 보며 지구가 둥글다고 믿으면서 자랐다. 그것은 시간에 닳고 공간에 깎여나가 수천 년의 진화와 혁명의 시대를 겪은 돌처럼 매끄러웠다. 나는 이 세상의 모든 나라와 바다, 강과 계곡은 이미 지도에 다 그려졌고 이름이 붙여졌으며 탐사됐을 것이라 생각했다. 하지만 실제로 세계는 모습과 크기, 그리고 공간상의 위치가 늘 바뀌고 있다. 이 지구상에는 셀 수 없이 많은 낭떠러지와 깊은 계곡이 존재한다. 그것들은 모습을 드러내기도 하고 사라지기도 하며, 어딘가 다른 곳에서 다시 나타나기도 한다. 지질학자들은 지구의 구조판만을 지도에 담았을 것이다. 숨어 있는 층층의 바위가 서로를 밀어 올려 산을 만들고, 나아가 대륙을 형성하는 그 구조판 말이다. 하지만 지질학자들은 우리의 머리를 가로지르고 가슴을 갈라놓는 잘못된 경계선을 그리지는 않는다.

지구의 지도는 항상 바뀌고 있고, 이런 일은 하룻밤 사이에 벌어지기도 한다. 지도가 바뀌는 데 걸리는 시간은 그야말로 눈 깜짝할 사이, 그러니까 방아쇠를 당기는 순간, 일진광풍이 몰아치는 찰나에 지나지 않는다. 잠깨면 당신을 절벽에 매달아 놓고, 잠들면 당신을 통째로 삼켜버리는 것, 그것이 인생이다.

아무도 우리 인생에 사전 경고란 게 있다고 믿지 않지만, 2005년 우리는 세상이 얼마나 빠르게 변할 수 있는지 새삼 실감하게 되었다.

그해는 쓰나미(지진해일)와 허리케인 카트리나의 접근과 그 여파로 막을 열었다. 전쟁, 기아, 또 다른 자연재해, 그리고 인재가 뒤따랐다.

CNN의 특파원이자 앵커로서, 나는 2005년의 상당 기간을 스리랑카와 뉴올리언스, 그리고 아프리카와 이라크의 뉴스보도 최전선에 있었다. 이 책은 당시 내가 보고 경험한 것을 다뤘다. 그리고 그 경험들로 인해 오랫동안 잊고 있다가 다시 또렷하게 떠오른 것들, 즉 이전의 분쟁지역 취재에서 알게 된 것들에 대해서도 서술했다.

지난 몇 년간의 내 삶을 몇 개의 장으로 나눠보고, 내가 보도해온 세계와 나 자신을 분리시켜서 거리를 두고 생각해보려고 했다. 하지만 결국 분리가 불가능하다는 사실을 깨달았다. 불행한 순간들에 대한 기억, 잊었던 느낌들이 서로를 먹이로 삼아 되살아나기 시작했다. 나는 이 분리된 기억의 조각들이 어떤 것인지 알게 됐다. 그 조각들은 과거와 현재, 사적인 일과 직업에 관련된 일들을 끝없이 앞으로 뒤로 연결하고 있다. 모든 사람은 동일한 DNA 가닥으로 연결돼 있다.

나는 지금까지 15년 동안 언론인으로 일하면서 지구상 최악의 상황을 주로 보도해왔다. 소말리아, 르완다, 보스니아, 이라크. 내가 셀 수 있는 것보다 더 많은 시신들을 보았으며, 내가 기억할 수 있는 것보다 더 많은 공포와 증오를 목격했다. 지금도 지구 저 먼 곳에서 내가 발견한 것들에 놀라곤 한다. 진실은 한낮의 빛이 사라질 때, 즉 모든 것의 껍질이 벗겨지고 드러나서 어시장의 상어처럼 원형 그대로일 때 밝게 드러난다. 하지만 거기서 멀리 나아갈수록 더 많은 어려

움이 밀려온다. 지구는 낭떠러지가 너무 많다. 그래서 나락으로 떨어
지기가 아주 쉽다.

●○●○●○●○●○●○●○●○

  아버지가 돌아가시고 일주일 후, 나는 오래된 자크 쿠스토
Jacques Cousteau(전설적인 수중탐험가)의 다큐멘터리 하나를 봤다. 상어를
다룬 작품이었다. 상어는 살기 위해 계속 움직여야만 한다는 것을 알
게 됐다. 상어가 숨쉬는 유일한 방법은 아가미로 물이 계속 지나갈
수 있도록 끊임없이 앞으로 움직이는 것뿐이다. 나는 '칼립소Clypso
호(쿠스토가 탔던 탐험선)'에 승선해 빨간 모자를 쓴 쿠스토 팀의 일원이
되고 싶었다. 나는 금속성의 은빛 피부에 손을 가볍게 댄 채 백상어
와 함께 천천히 헤엄치는 상상을 했다. 어뢰처럼 매끄러운 백상어의
몸체가 잠시도 쉬지 않고 끝없이 움직이면서 조용히 흑해로 헤엄쳐
들어가는 꿈을 꾸곤 했다. 지금도 어떤 밤엔 그 꿈을 꾼다.
  대양을 건너 돌진하듯 하나의 분쟁에서 또 다른 분쟁으로, 하나의
재난에서 또 다른 재난으로 옮겨 다니는 이런 끝없는 움직임이 나를
살아 있게 해준다고 믿는다. 나는 잘해 나가고 있다. 트럭에 휘발유
를 채우고, 카메라는 돌아가고……. 언젠가 이라크에서 만난 한 병
사가 내게 말했듯이 "잠금장치 풀고 총알 장전, 발사 준비!" 세상에
이런 기분만 한 게 있을까. 타고 있던 트럭이 끼익 소리와 함께 멈추

면, 당신이 뛰어내린다. 뛰어내린 당신의 어깨와 목 사이에는 카메라가 올려져 있다. 카메라가 자신을 보호해줄 거라고 믿으며 사람들이 모두 도망쳐 나오는 곳으로(뭔가 보도할 거리가 있을 것이란 기대 속에) 뛰어들어가지만, 사실 극한상황에서 카메라가 당신을 보호해줄 리 만무하다. 당신이 해야 할 일은 오직 현장에 접근하고 직접 체험하며, 그 속에 있는 것뿐이다. 이미지는 때로 스스로 구도를 잡는다. 모든 움직임은 당신 내부에서 저절로 흘러나온다. 계속 움직여라. 계속 침착하라, 계속 살아 있어라. 폐에 공기를 밀어 넣어라, 혈액 속에 산소를 공급하라. 계속 움직여라. 계속 침착하라. 계속 살아 있어라.

그러나 내가 언제나 그렇게 살아온 것은 아니다. 스물네 살 때 처음으로 방송 보도를 했을 당시, 지저분한 아프리카 호텔에서 몇 주씩 대기하는 것쯤은 아무렇지도 않은 일이었다. 홈비디오 카메라와 가짜 기자 신분증이 내가 지닌 것의 전부였다. 전쟁 특파원이 되고 싶었지만, 일자리를 구할 수 없었다. 나이로비에 갔을 때 나는 특별히 앰배서더 호텔로 갔다. 그곳과 힐튼 호텔 사이에는 길이 있었는데 호텔 안과 밖은 천국과 지옥처럼 달랐다. 그날 3층 라운지에선 선교활동을 위해 모인 기독교인들이 찬송가를 부르고 있었다. "예수님과 하느님은 참으로 경이롭네." 그 순간 호텔 바깥의 거리에선 번쩍거리는 금속제 갈고리가 달린 플라스틱 의수를 찬 남자가 구약의 한 구절로 만든 노래에 맞춰 팔을 흔들고 있었다. 밤이 되면 호텔 바가 문을 열었다. 붉은 윗도리를 입은 웨이터들이 땀을 흘리며 터스커 맥주가 담긴 길쭉한 잔을 손님들에게 가져다 주었고, 흑인 비즈니스맨에게 에

메랄드 색깔의 드레스를 입은 성매매 여성들을 연결해주고 있었다. 나는 혼자였고, 길을 잃었으며, 규칙적인 생활에 길들여져 있었다. 점심은 정오에, 저녁식사는 여섯 시에. 그렇게 또 몇 주가 지나갔다. 나는 잠자코 기다렸다.

그때 나는 스물다섯이었고 직업이 있었으며 정기적인 급료를 받았다. 전쟁터에 취재를 나가면 고료를 받는다. 거의 1년 동안 현장을 촬영하고 힘든 여행을 했다. 그리곤 결국 외국 특파원이 됐다. 하지만 현장을 둘러보면 볼수록 더욱 많은 현장을 보아야만 했다. 로스앤젤레스의 집으로 돌아갔을 때, 그곳에 정착하려고 애썼지만 현장에서의 느낌과 충동을 잊을 수가 없었다. 그래서 의사에게 진료도 받아봤다. 의사는 잠시 흥분을 가라앉히고 휴식을 취하라고 했다. 나는 고개를 끄덕이고 나왔으나 바로 그날 항공편을 예약했다. 정착한다는 것은 거의 불가능해보였다.

외국에서 일하거나 최전선을 통과할 때면 공기가 윙윙대는 것을 느낀다. 중성자와 양자가 막 충돌했을 것이다. 그것들이 나를 관통해서 움직이는 것을 느낄 수 있었다. 삶과 죽음 사이에는 어떠한 장벽도 없으며 다만 한 걸음 정도의 거리가 있을 뿐이다. 나는 제3세계의 막다른 골목으로 달려가는 아드레날린 넘치는 카우보이가 아니다. 어떤 장면을 촬영하거나 기회를 잡으리라고 기대한 적이 없다. 다만 위험이 내 길을 막지 못하게 했을 뿐이다. 내가 가기를 꺼려한 장소는 없었다.

집으로 돌아간다는 것은 내려오는 것을 의미한다. 계속 올라가는 것이 훨씬 쉽다. 나는 쌓인 청구서를 처리하고 냉장고를 비우기 위해 집으로 돌아갔을 뿐이다. 식료품과 잡화를 사면서 나는 길을 잃곤 했다. 너무나 많은 통로와 다양한 물건, 신선한 과일 위로 내려앉는 냉기, 종이 또는 비닐백, 캐시백 제도를 비롯한 온갖 문명의 모습 때문이었다. 살아 있음을 느낄 수 있는 삶을 원했지만 거기에선 찾을 수 없었다. 그래서 나는 정착했다가 이내 또 움직이는 것이다.

밤이면 밖에 나가 여기저기를 쏘다니며 무슨 사건이 나기를 기대했지만 군중 속에서 나 자신을 잃어버리곤 했다. 시끄러운 여자들이 과일 색깔의 음료를 하나씩 들고 얼굴 화장과 영화제작에 대해 얘기한다. 그녀들의 입술이 움직이는 것을 볼 수 있다. 그녀들의 웃는 모습과 얼굴이 환하게 빛나는 정지 화면도 볼 수 있다. 그러나 나는 뭘 이야기해야 할지 몰랐다. 나는 고개를 숙여 내 부츠의 핏자국을 내려다봤다.

자주 떠날수록 일은 더 꼬여만 갔다. 일을 마치고 돌아오면 말을 할 수가 없었다. 그곳에서의 고통이 너무도 선명했다. 공기 속에서도 고통을 들이마실 수 있을 정도였다. 하지만 이곳으로 돌아오면 누구도 삶과 죽음을 이야기하지 않으며 누구도 이해하지 않는 것 같다. 나는 영화를 보거나 친구를 만나러 나갈 것이다. 하지만 이틀쯤 뒤엔 해야 할 일과 가야 할 곳을 찾아 항공 스케줄을 보고 있을 것이다. 아프가니스탄의 폭탄, 아이티의 홍수, 뭐 그런 것들 말이다. 나는 피의 현장을 찾으며 짜디 짠 바다 위를 맴도는 약탈자가 될 것이다.

최근 디스커버리 채널에서 상어를 다룬 다큐멘터리를 보았다. 과학자들이 발견한 이 심해 상어는 특이하게도 살기 위해 끊임없이 움직일 필요가 없는 종이었다. 이 상어들은 조용히 호흡할 수 있으며, 조용히 쉴 수도 있다. 그러나 나는 이 이야기를 믿을 수가 없었다.

Anderson Cooper

쓰나미_쓸려나가기

Tsunami; Washed Away

작은 파도들이 하나씩 잇따라 해안으로 밀려온다. 스리랑카 주민 두 명이 쓰나미 파도에 휩쓸려간 실종자들을 찾기 위해 해안가를 따라 걷고 있다. 그들은 매일 아침 해안을 찾아오지만 아무런 소식도 듣지 못하고 떠난다. 어떤 날은 아무 흔적도 찾지 못한다. 오늘은 찢어진 신발 한 짝과 부서진 울타리 조각들이 보인다.

　나는 쓰레기 더미 위에 서 있다. 발아래의 땅이 저절로 비틀리고 뒤집히면서 움직이는 것 같다. 내 눈이 적응하기까지는 시간이 좀 걸렸다. 땅은 전혀 움직이지 않고 있었다. 꿈틀거리는 것은 수천 마리의 구더기다. 이들은 몸을 뒤틀고 꿈틀거리면서 원래의 형체를 알아보기 어려운 살덩어리를 먹고 있다. 그 곁에는 축 늘어진 젖꼭지와 피로 얼룩진 얼굴의 개 한 마리가 쓰레기 더미를 뒤지고 다닌다. 개는

깨진 벽돌과 도자기 접시, 너덜너덜해진 관광사진 등 온갖 잡동사니
들 사이를 조심스레 걷는다. 이 잔해들은 파도가 닥치기 전까지는 살
아 있는 사람들과 함께했던 것들이다.

●○●○●○●○●○●○●○●○●

　　지진의 에너지원인 거대한 압력이 만들어지기까지는 수백 년이
걸린다. 미세한 단층의 변위와 단층이 서로 맞물려 갈아대는 힘이 압
력을 만든다. 오래전, 스리랑카 동부로부터 수천 km 떨어진 인도양
해저 24km 지점에서 두 개의 거대한 '텍토닉 플레이트tectonic plate(판상
을 이루어 움직이고 있는 지각의 표층)'가 충돌을 일으켰다. 과학자들이 말
하는 소위 '인도판'의 가장자리가 '버마판' 아래로 밀고 들어가기 시
작한 것으로, 뭔가 엄청난 일이 일어날 징조였다. 2004년 크리스마스
다음날 아침 8시쯤, 인도네시아 수마트라 서부 해안에서 160km 떨어
진 해저에서 마침내 거대한 힘이 폭발했다. 1,100km가 넘는 긴 단층
선이 갈라지고 바위판과 퇴적판이 15m나 솟아올랐다. 이때 생겨난
엄청난 폭발 에너지는 지구의 자전에 영향을 미칠 정도로 강력했으
니, 역사상 가장 강력한 지진 중 하나였다.

　충격파는 수백만 톤의 바닷물을 밀어내며 엄청난 해저 파도를 만
들어내고, 이 파도는 사방팔방으로 퍼져나간다. 쓰나미다. 바다 위에
떠 있는 배는 충격파를 거의 느끼지 못한다. 기껏해야 60cm 높이의

파도가 지나가는 느낌이다. 그러나 육안으로 볼 수 없는 바닷속에서는 지구가 뒤집어질 듯한 요동이 일어난다. 대양의 바닥에서 수면에 이르기까지 어마어마한 양의 바닷물을 바깥으로 밀어내는 것이다. 물의 속도는 시속 800km에 달한다. 제트기처럼 빠른 속도다.

지진 해일이 발생한 지 8분이 지나자 하와이에 있는 태평양 쓰나미 경고센터에 쓰나미 신호가 전달된다. 지진계의 뾰족하고 가는 바늘에 갑자기 생기가 돌기 시작한다. 좌우로 급격히 떨면서 경고를 보낸다. 이미 너무 늦었다. 8분이 지난 아침 8시15분쯤, 인도네시아 수마트라 섬의 반다아체 해변에 쓰나미의 첫 파도가 폭발하듯 밀어 닥친다. 다음 두 시간 동안 쓰나미는 다른 열 개 나라의 해안을 엄습한다. 20만 명 이상이 목숨을 잃을 것이다.

●○●○●○●○●○●○●○●●○

뉴욕의 2005년은 블리자드(눈보라) 속에서 시작된다. 페스티벌 때 뿌리는 형형색색의 색종이 조각과 빛의 허리케인이 환상적이다. 정확히 밤 12시, 나는 타임스퀘어 한가운데에 설치된 18m 높이의 중계 플랫폼 위에 서 있다. 발아래의 거리 주변은 온통 사람들로 가득 차 있고, 술 마시고 흥청대는 수십만 명이 경찰이 쳐놓은 바리케이드 뒤에서 어깨동무를 하고 있다. 사람들은 입을 크게 벌리고 환호성을 지르며 손을 흔들어댄다. 그러나 나는 그들의 소리를 들을 수 없다.

나의 두 귀는 몇 블록 떨어진 곳의 조종실과 연결된 무선 헤드폰으로 막혀 있어서 단지 위성중계기 소리와 콩닥거리는 나의 약한 맥박 소리를 들을 수 있을 뿐이다.

2005년을 시작하는 방식으로는 어울리지 않아 보인다. 우리는 매 시각 쓰나미 소식을 전하고 있었다. 매일 새로운 뉴스가 들어오고 새로운 공포가 찾아오고 있다. 쓰나미 때문에 새해맞이 축하행사를 취소하자는 말들도 있었지만 결국 쇼를 계속하는 것으로 결론이 났다.

나는 새해 전야를 싫어한다. 열 살 때, 나는 형과 함께 방에 누워 TV를 보고 있었다. 타임스퀘어에서 1977년의 남은 시간을 카운트하는 장면이었다. 아버지는 뉴욕병원 중환자실에 있었다. 그는 심장병을 앓고 있었고, 며칠 있으면 혈관이식 수술을 받는다. 형과 나는 무서웠다. 너무 무서워 서로 말도 못할 정도였다. 커다란 크리스털 공이 천천히 내려오는 모습을 조용히 지켜보았다. 불안했다. 괴성을 지르는 사람들, 숨 막힐 듯 뻑뻑한 공기, 아버지가 무사히 새해를 맞이할 수 있을까?

나는 뉴욕에서 자랐지만 CNN의 새해 방송을 자청하기 전까진 한 번도 새해맞이 행사를 보러 간 적이 없었다. 대부분의 뉴요커들에게 새해 전야에 타임스퀘어 근처에 가는 것은 상상할 수도 없는 일이다. 그것은 센트럴파크에 있는 테이번 온 더 그린Tavern On The Green에서 식사를 하는 것과 같다. 음식은 맛있을지 모르지만 외지 사람들에게 양보하는 것이 최선이다.

새해 전야는 인류가 낙관적 사고를 지닌 피조물임을 보여주는 증거라고 늘 생각해왔다. 수백 년 동안 형편없는 파티와 술과 숙취가 이어져 왔음에도 우리는 그날 밤이 즐거울 수 있다는 생각을 고집해왔다. 그렇지 않다. 거기엔 너무 많은 압박감이 있고 지나치게 많은 기대가 있지만, 화장실은 턱없이 부족하다.

솔직히 말하자면 나는 그날 밤 사람들과 어울리는 것이 싫어서 방송 일을 자청했다. 타임스퀘어의 축제를 보도하는 것은 그때가 두 번째였고, 나는 그 일을 즐기기 시작했다. 이 도시에서 유대감을 맛보기란 그리 쉽지가 않다. 우리는 매일 거리로 달려 나간다. 원자 같은 개인들이 때때로 서로 부딪히긴 하지만 전체가 하나되는 일은 거의 없다. 타임스퀘어에서 공이 내려오고 군중들이 환성을 지르면 뉴욕은 전혀 다른 곳이 된다. 순수한 감정만이 뉴욕을 지배한다.

자정이 되면 축제 분위기는 절정에 달하고 하늘에선 온갖 색깔의 색종이가 흩날린다. 나는 잠시 할 말을 잊는다. 말이 필요 없기도 하다. 방송 카메라가 와이드샷과 클로즈업으로 거리의 다양한 모습을 비춰준다. 사람들은 노래를 부르고 고함을 지른다. 귀에서 헤드폰을 떼어내니 왁자지껄한 소리가 들려온다. 일순 공기가 흔들리는 것처럼 느껴진다. 짧은 동안이지만 군중에서 분리된 것이 아니라 거대한 무리에 속해 있는 듯한 느낌이 들었고 고조된 감정과 에너지, 흥겨운 아수라장에 휩싸이게 된다. 평소에 갖고 있던 무관심과 냉소가 한꺼번에 사라져버린다. 과거는 현재에 길을 내주고, 나는 가능성과 잠재력에 자신을 내맡긴다.

축제는 오래가지 않는다. 새벽 0시30분쯤이면 축제의 막이 내린다.

나는 시청자들에게 감사의 인사말을 전하고 방송을 끝낸다. 중계 카메라의 불이 꺼진다. 군중은 벌써부터 흩어지고 있고, 피로에 지친 경찰관들과 쓰레기를 청소하는 사람들에게 떠밀리며 사라져간다. 나는 카메라맨, 동료들과 악수하며 새해 인사를 건넨다. 웃음꽃이 만발하고 덕담들이 오간다. 어깨동무를 하고 카메라를 향해 포즈를 취하기도 한다. 다시는 볼 수 없는 정겨운 장면이다. 잠시 후 나는 혼자서 집으로 돌아간다. 아침에는 쓰나미로 큰 피해를 입은 스리랑카로 가는 비행기를 타야 한다. 그런데 아직 짐도 꾸리지 않았다. 눈을 붙일 짬도 없다.

1990년대 초 처음 방송 일을 시작했을 당시, 나는 해외출장을 가기 전이면 불안에 사로잡히곤 했다. 짐을 꾸려 비행기를 타고 기내의 갑갑한 공기 속에서 앞일을 생각하다 보면, 정박할 곳 없이 우주 공간을 떠도는 우주비행사가 된 것처럼 느껴지기도 했다. 집에 대해 남은 유대감이나 연결고리가 있다면 아주 사소하고 미미한 것까지와도 자진해서 관계를 끊어야 할 참이었다. 지금 느끼는 이런 불안이 어떤 과정의 일부처럼 생각됐다. 그것은 내가 스리랑카로 가까이 다가갈수록 경험하게 될 '공중의 변형Midair Metamorphosis' 과정이었다. 물론 그것들은 경고였지만 경고라는 것을 이해하기까지는 여러 해가 걸렸다.

동이 트자 나는 비행기에 올랐다. 여러 차례의 스리랑카 여행 중 첫 번째였다. 내가 자리에 앉자 승무원이 다가와 머리에 색종이가 아직 남아 있다고 알려주었다.

나는 가끔 내가 정말 이 일을 위해 태어났는지, 지금까지 살아온 인생이 정말 내가 원했던 것인지를 곰곰이 생각해본다. 또 내 인생이 불완전한 것인지, 상실감에 의해 조종되고 생존 의지에 의해 포장된 돌연변이인지 돌이켜본다.

나의 아버지 이름은 '와이어트 쿠퍼Wyatt Cooper'다. 그는 미국 미시시피주의 작은 마을인 퀴트먼Quitman에서 태어났다. 아버지가 출생한 지 2년 만에 대공황이 찾아왔다. 그의 가족은 가난했으며, 할아버지는 그다지 부지런하지 않은 농부였다.

아버지는 타고난 작가였다. 어린 시절부터 퀴트먼 제일침례교회의 목사가 마을에 없을 때는 목사 대신 설교를 해달라고 요청받을 정도였다. 아버지의 어렸을 적 꿈은 영화배우였지만 대공황 시절 퀴트먼에서는 실현될 가능성이 희박해보였다.

"내 말 좀 들어봐라, 애야. 너를 미시시피주에서는 한 번도 없었던 최연소 주지사로 만들 거야." 할아버지는 아버지에게 이렇게 말씀하시곤 했다. 그러나 아버지는 할아버지의 그러한 정치적 계획에는 조금도 관심이 없었다.

그는 돈이 생길 때마다 마을에 하나밖에 없던 마제스틱 극장에 영화를 보러 갔다. '필라델피아 이야기The Philadelphia Story'와 '바람과 함께 사라지다Gone With the Wind' 같은 영화가 상영되고 있었다. 영화는 하루나 이틀만 상영됐지만 아버지는 그곳에 오는 영화를 모두 보려고 애썼다. 그는 스크랩북에 극장 티켓들을 차곡차곡 모았다.

마침내 아버지는 미시시피를 떠나 헐리우드와 이탈리아에서 배우 생활을 하게 됐다. 무대 제작을 하고 TV 드라마, 담배 광고에도 출연했지만 크게 성공하지는 못했다. 그는 20세기폭스 사의 시나리오 작가로서 더 이름을 떨쳤다.

우리 부모님은 디너파티에서 만났다고 한다. 그들의 성장 배경은 더 이상 다를 수 없을 정도로 판이했다. 아버지는 초혼이었고 형제자매가 많았으며 당신의 어머니를 존경했다. 어머니는 외할머니의 유일한 아이였지만 관계가 멀어졌고, 시드니 루멧Sidney Lumet 감독과의 세 번째 결혼이 막 파경을 맞았을 때였다. 아버지와 어머니는 마음이 통했다. 가족에 대한 욕구, 그리고 소속감이 둘을 연결해주었다. "아버지의 눈에서 뭔가가 느껴졌어." 어머니가 말했다. "우리는 서로 다른 세상에서 왔지만 아버지는 다른 어떤 사람보다 나를 더 잘 이해했지." 그들은 1964년 크리스마스 전에 결혼했다. 이듬해 형 카터가, 그리고 다시 2년 후에 내가 태어났다.

어머니는 타고난 재능을 가진 예술가다. 내가 어렸을 적에 어머니는 집 안의 가구들을 직접 디자인했다. 그 후엔 패션 디자인을 했고 청바지와 향수 디자이너로서 명성을 얻었다. 아버지는 책을 출간했고 잡지에 기사를 실었다. 그는 주로 집에서 집필했으며 때때로 밤늦게까지 일에 몰두했다. 나는 잠이 오지 않을 때면 서재로 들어갔다. 아버지 무릎 위에 강아지처럼 몸을 말고 그의 어깨에 팔을 두른 채

누웠다. 나는 아버지의 가슴에 귀를 붙이고 아버지의 심장박동을 들으면 잠이 들 수 있었다.

●○●○●○●○●○●○●○

스리랑카로 가는 비행기에서 나는 잠을 이룰 수가 없었다. 쓰나미가 발생한 지 거의 1주일이 지났다. 시체들과 장례식, 그 순간의 감정 등 쓸 만한 기삿거리를 벌써 놓쳤을지 모른다는 두려움을 느끼고 있었다. 현장을 보기도 전에 전쟁이 끝났다고 생각하는 풋내기 신병과도 같았다. 나는 쓰나미가 발생한 그 시점으로 되돌아가고 싶었다. 항상 그랬던 것처럼, 참사의 현장을 찾아 맨몸으로 부딪쳐보고 싶었다. 괴이하고도 잔인한 이야기처럼 들리겠지만 그것은 사실이다. 나는 그대로의 현장을 원했다. 그러나 막상 그곳에 도착하자 나는 내가 원했던 것을 충분히 보게 되었다.

기내에서 승무원이 한 스리랑카 승객에게 불편한 곳이 없느냐고 물었다.

"가족 세 명을 잃었어요." 승객이 대답했다.

승무원은 순간 멈칫하며 말했다. "참 안타깝게 됐습니다. 그런데 면세품은 필요하지 않으신지요?"

나는 콜롬보(스리랑카 수도) 공항이 어수선하리라고 예상했다. 대대적인 구조 활동이 진행되고 있을 것이라는 생각 때문이었다. 그러나 공항에서는 그런 장면이 펼쳐지지 않았다. C130 군용 수송기가 물이나 의약품을 내려놓는 것이 보이지 않았다. 구호품을 실으려고 줄을 지어 기다리는 트럭도 보이지 않았다. 몇몇 적십자 요원만이 그들의 동료가 도착하기를 기다리고 있었다. 며칠 전에 참극이 벌어졌다는 흔적은 어디에서도 찾아보기 어려웠다.

우리는 콜롬보에서 남쪽으로 달렸다. 더 멀리 갈수록 참사의 현장은 더 잔혹했다. 불도저는 몇 대밖에 보이지 않았고 땅을 파는 포클레인은 없었다. 우리가 지나친 모든 해변 마을마다 주민들이 손으로 잔해 조각들을 치우거나 원시적인 도구를 이용해 파도에 망가진 고기잡이배를 수리하고 있었다.

스리랑카에서 35,000명이 쓰나미로 사망했다. 시신이 발견된 숫자가 그렇다. 그리고 5,000명은 아직 실종 상태다.

CNN 엔지니어들은 피해를 입어 파괴된 해변 호텔 앞마당에 위성 중계 안테나를 설치했다. 호텔 로비에는 '새해 복 많이 받으세요'라는 문구가 새겨진 크리스마스장식이 아직도 걸려 있었다.

그 후 2주 동안 우리는 매일 동틀 무렵, 골조만 앙상히 남은 호텔을 배경으로 생방송을 내보냈다. PD 찰리 무어Charlie Moore와 카메라맨 필 리틀턴Phil Littleton과 함께 밴 차량에 몸을 싣고 해변을 따라 기삿거리를 찾아다녔다. 우리는 하루 종일 일했다. 잠시도 쉬지 않고 카메라에 참혹한 현장을 담고 밤마다 기사를 쓰고 영상을 편집했다. 모든 보도가 비슷했다. "헤아릴 수 없이 엄청난 피해와 말로 다할 수 없는 고통." 이런 식이었다.

　스리랑카에서 가장 참혹한 사태가 벌어진 곳은 갈레Galle로 가는 주요 도로 부근이었다. 쓰나미가 밀어닥쳤을 때 1,000여 명의 승객을 태운 낡은 기차가 탈선했고, 승객 중 900명 이상이 사망했다. 사고 후 며칠이 지나도록 열차를 끌어내지 못했다. 엿가락처럼 휜 철로 위에 갇혀 있는 희생자들의 시신을 밖으로 옮길 방법이 없었다. 우리가 도착했을 때 대부분의 사체는 수습됐다. 하지만 일부는 여전히 진흙탕 웅덩이에 빠져 있는 열차 아래에 남아 있었다.

　네덜란드 자원봉사자가 데려온 두 마리의 탐색견이 잔해들을 찾고 있었다. 시신을 찾도록 전문적인 훈련을 받은 개였다. 그러나 사고 현장에는 너무 많은 냄새들이 뒤섞여 있어 개들이 혼란스러워했다. 집중해서 탐색하기가 어려웠을 것이다.

　"우리가 수색한 곳마다 사체를 찾아냈어요." 탐색견을 다루는 사람이 말했다.

　탈선한 열차 한 량이 다나팔라 칼루파하나Dhanapala Kalupahana의 집 근처로 튕겨져 나와 있었다. 그와 부인 아리야와티Ariyawathie는 집 내부를 청소하려고 했지만 제대로 할 수 있는 일이 별로 없었다. 지붕은 무너져 있었다. 탈선한 기차 때문이 아니라 탈출하려고 지붕 위로 뛰어내린 승객들의 무게를 이겨내지 못해서였다. 몇몇은 살아남았지만 네 명 이상이 지붕에서 떨어져 거실에서, 그것도 아리야와티가 보는 앞에서 숨겼다. 그녀는 말을 잃었다. 아리야와티의 어머니와 아들도 쓰나미의 파도에 휩쓸려 사망했다.

"엄마가 죽었어요……. 아들이 죽었어요……." 그녀는 이렇게 흐느낄 뿐이었다.

그의 집 밖 정글에는 비틀린 철로 조각과 진흙탕, 갈라진 나무들, 썩은 살덩이, 부서진 뼛조각 등으로 뒤범벅돼 있었다. 나는 탈선한 객차 위로 올라갔다. 음식 접시와 소녀의 지갑 등 승객들의 소지품들이 여기저기 널브러져 있었다. 진흙과 피가 엉긴 손자국이 벽에 남아 있었다. 기차를 탄 모든 승객들이 물에 빠졌다. 나중에 안 사실이지만, 그 기차의 이름은 '사무드라 데비Samudra Devi(바다의 여신)'였다.

●◦●◦●◦●◦●◦●◦●◦◦●●

때론 언론에 종사한다는 것이 '전화와의 전쟁'을 의미하기도 한다. 누군가 무엇을 보도하면 모두가 그를 따라한다. 진실이 길을 잃게 되는 것이다.

"납치된 어린이는 어때?" 뉴욕의 PD가 묻는다.

"납치된 어린이 누구 말입니까?"

"쓰나미 고아들이 납치돼 사창가에 팔린다고 하던데."

"도대체 누가 그래요?"

"모두들 그러던데 뭘. 벌써 여기저기 보도됐다니까." PD가 대꾸

한다.

"그렇다면 조사해 봅시다." 내가 대답했다. 이것이 이런 대화를 끝내는 유일한 방법이다.

어린이 인신매매는 동남아시아에서 특별히 큰 골칫거리다. 우리는 다른 방송이나 신문에서 납치 얘기가 어떻게 보도됐는지 체크해봤는데 사실에 기초하지 않았음이 드러났다. 재난으로 인해 부모와 떨어지게 된 아이들이 납치될 가능성이 있다고 구호요원들이 말했던 것이다. 구호요원들의 임무 중 하나는 사람들을 구조하는 것이다. 위험 신호를 보내고 문제가 될 수 있는 일을 경고하는 것도 그 일을 하는 방법 중 하나다. 그러나 경고는 사실과 다르다.

우리는 스리랑카 현지 신문기자 크리스Chris를 채용해 함께 취재했다. 그에게 어린이 납치 문제를 물어보자 그는 눈을 크게 떴다. "예, 그건 큰 문제죠." 영국식 영어 악센트로 대답하면서 그는 고개를 절레절레 흔들었다.

크리스는 스리랑카의 한 일간지 1면 기사의 제목을 우리에게 보여주었다. "쓰나미에서 살아남은 두 어린이, 오토바이를 탄 남자에게 납치되다"라는 제목이었다.

"비슷한 이야기는 얼마든지 많아요. 모두 다 아주 극적인 일들이에요."

"그것이 사실인가요?" 내가 물었다.

"어떻게 말해야 할지 모르겠네요. 그렇지만 그것은 큰 뉴스거리네요." 그가 대답했다.

우리는 경찰서로 가서 그 사건을 확인했는데 어린이 유괴 신고는 두 건밖에 접수돼 있지 않았다. 어떤 사건도 확인되지 않았다. 우리는 오토바이를 탄 남자에 의해 납치된 어린이 사건의 뒤를 직접 추적해보기로 했다.

수네라Sunera는 일곱 살 난 소년이었고 그의 여동생 지난다리Jinandari는 다섯 살이었다. 그들은 2주 가까이 행방불명 상태였다.

"아이들이 살아 있을 거라고 믿어요." 그들의 이모가 속삭이듯이 말하며, 발레리나처럼 차려입은 지난다리의 사진을 보여주었다.

수네라와 지난다리는 쓰나미가 밀어닥쳤을 때 부모와 함께 차에 타고 있었다. 파도는 그들을 도로에서 휩쓸어 가버렸으며 자동차는 300m 정도 떨어진, 물이 가득 찬 도랑으로 튕겨져 나갔다. 차는 갈레 근처의 현대식 해변 휴양지인 라이트하우스 호텔&스파에서 멀지 않은 곳에 거꾸로 뒤집혀 물속에 가라앉아버렸다.

우리가 도착했을 때, 그곳은 사람들로 가득 차 있었다. 호텔은 쓰나미 속에서도 살아남았고 지금은 기자들로 꽉 차 있었다. 기자들은 주차장을 위성 안테나 설치 장소로 사용하고 있었다. 호텔 매니저 아난다 데 실바Ananda de Silva와 만났을 때, 그는 아이들이 이미 죽었다고 딱 잘라 말했다.

그는 물이 빠진 도랑을 가리키며 말했다. "세 명이 와서 뒤집힌 자동차를 바로 세우려고 했죠. 우리는 그들을 곧바로 구해낼 수 없었지요. 그러나 30분쯤 후에 마침내 소녀와 소년을 밖으로 끄집어냈어요." 부모들은 차에 끼어 물속에서 이미 사망했다고 그가 말했다. 그들이 수네라를 끌어냈을 때, 그도 이미 죽어 있었다. 지난다리는 의식이 없었다.

"그녀의 눈은 감겨져 있었고 머리가 앞으로 꺾여 있었어요." 데 실바가 말했다.

나는 그에게 신문을 보여주며 물었다. "아이들이 오토바이를 탄 남자에게 납치됐다는데 어떻게 된 일이죠?"

데 실바는 손을 내저으며 "그것은 단지 소문에 불과"하며 수네라의 시신이 트럭을 타고 지나가던 군인들에게 넘겨진 것을 보았고 지난다리는 랄 하마시리Lal Hamasiri라는 이름을 가진 남자가 오토바이에 태워 병원으로 데려갔다고 전했다.

랄 하마시리는 호텔에서 얼마 떨어지지 않은 곳에서 살고 있었다. 우리가 도착했을 때 그는 지역 신문들이 그를 납치범으로 만들어놓았다며 말을 하지 않으려 했다.

그는 한참을 망설이다 마침내 말을 꺼냈다. "아이가 땅에 누워 있는 것을 보았어요." 그는 의심스러워하는 이웃의 눈을 피해 자기 집으로 우리를 데리고 들어갔다. "나는 곧바로 지난다리에게 인공호흡을 했는데 입술에는 거품이 묻어 있었어요."

사람들이 재촉하자 그는 지나가는 오토바이를 붙잡아 타고 근처에 있는 병원으로 달려갔다고 한다. "몸에는 아직 온기가 조금 남아 있고 맥박도 약하게 느껴졌어요." 병원에서는 지난다리를 응급실로 데려갔으며 아마도 그 아이는 거기서 죽었을 거라고 하마시리는 확신했다.

"나는 좋은 뜻으로 한 사람의 생명을 살리려고 했으나 파렴치한의 오명을 뒤집어쓰게 됐어요. 모두가 나를 어린이 납치범으로 생각해요." 그는 고통스러워했다.

병원에 도착하자 소녀가 어떻게 실종됐는지 금세 분명해졌다. 응급실 전체가 쓰나미에 쓸려가 버렸고 병원의 병상은 들판으로 떠내려가 버렸다. 물에 젖은 서류와 병원 기록이 땅에 흩어져 있었다.

번쩍거리는 흰 옷을 입은 땅딸막하고 뚱뚱한 남자가 정문으로 들어왔다. 그의 뒤를 몇 명이 허겁지겁 따라왔다. 뒤이어 유엔 스리랑카 지부 구호요원과 몇 명의 기자들도 뒤쫓아왔다.

"저 사람이 빌어먹을 장관입니다." 우리의 가이드인 크리스는 정치인들이 지나가는 것을 보기 위해 발걸음을 멈추면서 내게 말했다. 크리스의 말에 따르면 이 특별한 장관은 자신의 집무실에서 여직원을 성희롱하다 그의 부인에게 들켰다. 부인은 경찰을 불렀고, 지역 타블로이드 신문은 이를 대서특필했다.

"우리는 그 일 때문에 이 마을에 왔지요." 크리스가 말했다. 그의 눈은 그 모든 기억을 떠올리고 있었다. "사진과 목격자의 진술."

우리는 드디어 병원 관계자를 만났다. 그는 우리에게 지난다리가 도착했을 때 이미 죽어 있었다고 말했다. 그들은 지난다리를 다른 병원으로 옮겼다고 했다. 그녀가 물에서 구조됐을 때 살아 있었다 하더라도 옮겨지는 시간이 길어 도중에 죽었을 것이다.

우리는 최소한 지난다리의 시신을 찾아보는 게 도리라고 생각했다. 여기까지 왔는데 그냥 갈 수는 없는 노릇이었다. 두 번째 병원에 도착했을 때 우리는 긴 복도를 따라 햇빛이 가득 찬 방으로 안내됐다. 임시 영안실이었다.

바깥에서 보면 그 방은 뉴욕 이스트 빌리지의 화랑처럼 보였다. 수백 장의 작은 사진들이 벽에 가지런히 줄지어 붙어 있었다. 한눈에 어떤 사진인지 짐작할 수가 없었다. 가까이 다가가서도 이미지를 정확하게 보려면 한참 시간이 걸린다. 그것은 1,000장이 넘는 희생자들의 사진이다. 가족을 찾는 사람들을 위해 여기 보관중인 시신 모두를 찍은 것이다.

물이 무엇을 할 수 있는지에 대해서는 아무도 말하지 않는다. 그러나 모든 것이 여기 사진에 새겨져 있다. 침몰과 필사적인 탈출, 탈진 그리고 공포. 물이 폐 속으로 흘러 들어가고 아이들은 기침과 구토를 한다. 심장은 멈추고 몸에는 경련이 일어난다. 머리는 뒤로 젖혀지고 진흙으로 뒤덮인 얼굴에서 흰 눈알이 튀어나온다. 혀는 검게 부풀어 오르고 목은 커다란 두꺼비처럼 부어 있다. 뼈는 부러지고 두개골은 손상되고 치아는 찢어져 나오고 아이들은 어머니의 팔에 안긴 채 죽어 있다.

영화에서 보면 익사한 사람들은 몸을 파도에 내맡긴 채 편안하게 누워 있다. 그러나 여기 병원 벽에 걸려 있는 사진들은 완전히 다른 모습이다. 익사자들에게서 위엄을 찾아보기는 어렵다. 바닷물이 움직이는 대로 몸을 내버려두는 조용한 복종은 찾아볼 수가 없다. 격렬하고 고통스러워 보인다. 심장이 터질 듯한 충격을 느끼게 한다. 모두가 각자 홀로 물에 빠져 죽었다. 시신들은 죽은 상태에서도 무어라 소리를 지르고 있는 것 같다.

  얼굴에 마스크를 한 간호사들이 뻣뻣한 솔과 빗자루로 얼룩덜룩한 반점이 있는 복도를 문지르고 청소한다. 며칠 전까지만 해도 그 방의 바닥엔 시신들이 나란히 누워 있었다. 지금은 도시 근교에 마련된 대형 공동묘지로 옮겨져 매장됐다. 간호사들이 바닥을 소독하는 것은 이번이 세 번째다. 그러나 부패와 참극은 여전히 시멘트에 스며들어 있다. 파리들이 도처에 들끓는다. 동료 필은 배터리를 교환하기 위해 카메라를 잠시 내려놓았다. "카메라를 바닥에 두지 마세요." 수간호사가 경고한다. 박테리아가 카메라에 묻을까 봐서였다. 그들은 열심히 노력했지만 냄새를 완전히 제거하지 못했다. 부패한 사체의 메스꺼운 냄새가 아직도 표백제 아래에 묻혀 있다.

  나는 수네라와 지난다리의 사진을 가져왔다. 좋은 옷을 차려입고 머리를 단정하게 빗은 채 가만히 앉아 있는 학생 사진이다. 둘 다 카메라 렌즈를 보며 웃고 있었다. 나는 지난다리의 사진이 벽 어디쯤에 붙어 있을 거란 사실을 안다. 그러나 시신들의 사진을 아무리 뚫어져라 들여다보아도 그를 찾아내지 못할 거라는 것 역시 안다. 그들은 너무 많이 훼손돼 있기 때문이다.

  "돌아가야겠어." 찰리가 말했다. 나는 그의 말이 옳다는 것을 알았지만 벽에 붙은 사진들 속의 얼굴을 유심히 계속 쳐다보았다. 그것이 내가 할 수 있는 최소한의 일이었다.

  우리는 마지막으로 공동묘지로 향했고, 해가 막 지려는 순간 도착할 수 있었다. 그곳에는 아무런 표지판도 없었다. 시신을 매장하기 위해 파놓은 수백 미터 길이의 붉은 진흙 구덩이가 숲속에서 선명하게 모습을 드러낼 뿐이었다.

두 여자가 공동묘지 가장자리에 서 있다. 그들은 그 뒤편 작은 개간지에 살고 있는 사람들이다.

"왜 하필 여기다 무덤을 파야 했을까요?" 한 여자가 물었다. "죽은 이들의 영혼이 우리에게 나타날 거예요." 그녀는 두려움에 떨면서 말했다.

묘비도 없고 표석도 없이 시신들은 불도저에 실려서 구덩이에 파묻힌다. 새 묘지가 계속해서 준비되고 있다. 누구를 위한 것인지 아무도 알지 못한다. 여기서 죽은 자들은 이름이 없다. 공동묘지를 떠나 호텔로 돌아왔을 때, 나는 시계의 날짜판을 보았다. 나는 이날을 기억하고 있다. 오늘은 아버지가 세상을 떠난 1월 5일이다.

●◇●◇●◇●◇●◇●◇●◇●

나는 그런 일이 일어날지 몰랐다. 아이들은 모두 그런 일을 상상하지 못한다. 나는 열 살, 아버지는 쉰 살이었다. 당시에는 충분히 나이 들었다고 했을지 모르지만, 지금 쉰 살은 청춘이 아닌가. 아버지는 뉴욕병원 수술대 위에서 혈관이식 수술을 받던 중 세상을 떠났다. 1978년 1월 5일에 일어난 일이었고 오늘이 바로 그날이다. 나는 지금도 매년 달력에 그날을 표시해둔다. 아버지의 친구분들과 한자리에 모여 옛 기억을 되새기며 아버지의 기일을 함께 보낸다. 27년 후인 지금도 아버지를 추억하는 것이 고통스럽고 너무 쓰라리다. 마치 신경이 밖으로 드러난 것처럼 아픈 느낌이다. 오랫동안 나는 고통을 붕대로 감싸고 내 감정을 숨기려고 노력했다. 나는 고통스런 감정을 아버지의 서류들과 함께 박스에 넣어 보관하며 언젠가 그것들을 정리하겠다고 다짐했다. 내가 할 수 있었던 거라곤 아버지에 대한 기억으로부터 나를 분리하고, 내 자신의 삶에 대해 무감각해지는 것뿐이었다. 그러나 그것은 그다지 오래가지 않았다.

아버지가 병원으로 가던 날, 나는 몸이 아파 학교에서 조퇴하고 집으로 와 있었다. 아버지는 내 방에 와서 키스하고 작별인사를 했다. 아버지는 곧 돌아오겠다고 말했다. 그리곤 병원에 한 달 가까이 있었는데 그 사이에 나는 아버지를 딱 한 번 찾아갔다. 어린이는 병원 중환자실을 방문할 수 없다. 아버지가 팔에 정맥주사를 맞으면서 손에 갈색 소독 얼룩을 묻힌 채 누워 있는 모습을 보고 싶지도 않았다. 아버지는 매우 쇠약해 보였다.

아버지는 어머니에게 부탁해 크리스마스에 형과 나에게 오디오 카세트를 선물했다. 나는 아버지가 나의 감정과 두려움이 담긴 목소리를 녹음하기 바라는 것 같다는 생각이 들었다. 나는 결코 그 일을 하지 않았다. 그 대신 아버지가 육성을 녹음해 나에게 메시지를 남기기를 바랐다. 형과 나는 우리의 대화를 녹음해서 크리스마스에 아버지를 방문할 계획이었다. 그러나 그날 아침 아버지는 심장마비 증세를 보였다. 이후로 나는 두 번 다시 아버지의 살아 있는 모습을 볼 수 없었다.

나는 어머니가 방에 들어와 아버지께서 돌아가셨다고 말했을 때 잠들어 있었다. 어머니가 무슨 말을 했는지 기억나지 않지만 어머니가 울고 있었던 것은 기억한다. 나와 형도 곧 울음을 터뜨렸다.

어머니는 우리를 거실로 데리고 갔다. 만화가 '앨 허시펠드Al Hirschfeld'가 부인 '돌리Dolly'와 함께 있었다. 그들은 우리 부모님과 절친한 사이였으며 어머니와 함께 병원에 머물렀었다. 돌리가 나에게 자신의 아버지가 숨졌을 때 어떤 느낌이었는지 말해준 기억이 난다. 그 후로 선데이타임스에서 허시펠드의 만화를 볼 때마다 그날 밤을 떠올리게 되었다.

아버지께서 돌아가신 날, 나의 인생은 새롭게 시작됐다. 이미 지나간 과거의 나는 파도에 씻겨가 버렸다. 때때로 아버지가 살아계실 때 나의 모습을 어렴풋이 떠올린다. 크리스털 블루 수영장의 따뜻한 물에서 수영하고 있는 모습, 어머니와 아버지와 함께 마르코 폴로 게임을 하던 순간을……. 그들이 가까이 다가오면 웃음을 터뜨렸다. 나는 물속에서 손을 뻗어 어머니와 아버지의 팔을 잡았다. 다리를 아버지의 허리에 감기도 했다. 내가 아버지를 꽉 잡자 그는 미소를 지었다. 어머니는 머리를 뒤로 묶고 계셨다. 부드러운 바람에 조개껍질 풍경 소리가 들려왔다. 나는 파도가 울타리와 모래언덕에서 부서지는 소리를 들을 수 있다.

하얀 모래밭에는 아직 청소년이 되지 못한 스리랑카의 어린 수도승들이 진홍색 가운을 입고 파도놀이를 하고 있다. 허름한 반바지에 진흙이 묻은 티셔츠를 입은 깡마른 한 소년이 멀리서 그들을 지켜보고 있다. 그의 이름은 마두랑가Maduranga, 열세 살 난 소년이다. 그의 형제와 자매들 모두 쓰나미 파도에 희생됐다.

우리는 우연히 캄부루가무와Kamburugamuwa라는 마을을 찾게 되었는데, 여기엔 가게도 없고 큰 도로도 없었다. 조그만 집들이 모여 있고 바다로 향해 난 흙탕길만이 있었다. 쓰나미가 오기 전, 이 마을을 방문하는 사람들은 길과 바다 사이에 있는 절을 찾았을 것이다. 그절은 지금 콘크리트 슬래브로만 남아 있다. 백사장엔 아이들의 교과서와 작은 플라스틱 컵들이 어지럽게 널려 있다.

쓰나미가 캄부루가무와 마을에 밀어닥쳤을 때, 절엔 불교 의식이 거행되고 있어서 사람들이 북적거렸다. 본당에는 59명이 빼곡히 모여 있었으며 그들 대부분이 주지를 향해 앉아 있었다. 그는 바다를 등진 채 약간 높은 곳의 연단에 앉아 있었다. 유리 창문이라도 있었더라면 모여 있던 사람들이 큰 파도가 밀려오는 것을 보고 피할 수 있었을 것이다. 하지만 창문도 없었고 경고도 없었고 사이렌도 울리지 않았다. 불경 읽는 소리와 향 냄새만 있었다. 그곳에 파도가 밀어닥쳤고 사람들이 희생됐다. 그날 아침 절에 있던 59명 중 아홉 명만

이 살아남았다. 희생자들 중엔 어린이도 15명이나 포함되어 있었다.

카메라맨 필 리틀턴은 남아프리카공화국 출신이다. 지금까지 직장 생활의 대부분을 남아공에서 해오면서 정부 당국에 대한 심한 거부감을 키워왔고 조금은 거친 유머 감각도 갖고 있다. 어떤 일을 해야 할지 그에게 말할 필요가 없었다. 우리는 모두 왜 여기에 왔는지를 알고 있었다.

"절 주변을 좀 찍고 올게요." 그가 말했다. "음, 죽은 아이들이 다시는 만지지 못할 컵 같은 것들을 촬영할 거예요."

처음엔 그의 말에 충격을 받았으나 이내 실소가 나왔다. 그는 나와 찰리가 생각하고 있던 것을 알아채고 우리를 놀린 것이다. 우리는 모두 그 컵을 본 적이 있었고 그것이 무엇을 말해주는지 알고 있었다. 필은 큰 목소리로 그 얘길 한 것이었다. 저널리스트들은 어떤 사건에 대해 얼마나 감동했는지, 얼마나 경의를 표하는지보다는 다른 이들에게 자신이 맞닥뜨린 공포를 어떻게 표현하고 어떻게 보여줄지를 골똘히 생각한다. 우리는 아이들이 많이 희생되었기 때문에 이곳에 왔고, 필은 이 사실을 간파한 것이다. 그는 우리가 무엇을 위해 이곳에 왔는지를 누구보다 잘 알고 있었다.

마두랑가는 영어를 쓰지 않았다. 그는 싸구려 벽돌로 지은 작은 집들과 오두막 사이의 미로 같은 길들을 천천히 걸어 다니며 마을에 남겨진 것들을 두루두루 보여주었다. 진흙탕이 된 도랑 앞에 멈춰 선 그는 한 지점을 손가락으로 가리키며 "여동생"이라고 말했다. 그곳이 바로 마두랑가의 죽은 여동생이 발견된 장소라는 것을 알아차렸다.

거기서 얼마 떨어지지 않은 곳에 그의 집이 있었다. 집의 뒷마당엔 흙더미가 쌓여 있고 낡은 나무판자로 가려져 있었는데, 그의 형 무덤이었다. 나무판자는 비를 피하기 위해서 올려놓았을 것이다. 마두랑가는 형과 여동생을 추억할 만한 사진 한 장도 갖고 있지 않았다. 얼마 안 있어 그 흙더미도 사라질 것이고 그들이 이 세상에 살아 있었다는 흔적은 어디서도 찾을 수 없을 것이다.

●◇●◇●◇●◇●◇●◇●◇●

형은 아버지가 돌아가셨을 때 열두 살이었고 나와 마찬가지로 큰 충격을 받았다. 아니, 형은 오히려 더 견디기 힘들었는지도 모르겠다. 형은 아버지와 나보다 더 각별했기에. 그들은 문학을 사랑했으며, 형은 자신이 읽은 역사책에 대해 아버지와 토론하는 것을 좋아했다. 형과 나는 두 살 차이였고 우리는 늘 함께 시간을 보냈다. 역사와 전투에 관한 책을 게걸스럽게 탐독한 형은 내가 어머니 뱃속에 있을 적부터 내게 '꼬마 나폴레옹'이란 별명을 붙였다. 형은 우리들 유년기의 지도자였다. 그는 전쟁놀이를 위한 커다란 전투장을 만들고 장난감 병사를 배치했다. 어린 내가 따라하기에는 놀이 규칙이 너무 복잡했지만 나는 형이 군대를 지휘해 우리들의 깨끗한 침실 바닥을 건너는 걸 지켜보는 것이 더없이 즐거웠다.

아버지의 장례식 이후 형과 나는 헤어졌다. 다시는 어린 시절처럼 하나가 되지 못하리라. 나는 아버지의 죽음에 대해 형과 마음을 터놓고 대화한 기억이 없다. 물론 전혀 없진 않았겠지만 기억나는 것이 없다.

그 당시엔 세상이 갑자기 아주 무서운 곳으로 변한 것처럼 느껴졌고 나는 그런 느낌이 내게 다가오는 것을 거부했다. 나는 독립적인 인간이 되기를 원했고 더 이상의 상실로부터 나 자신을 보호하고 싶었다. 고작 열 살이었지만 스스로 돈을 벌겠다고 작정했다. 불확실한 미래를 위해 저축을 하고 싶었다. 나는 어린이 모델 일을 하게 됐고 은행계좌를 개설했다. 어머니는 부자였지만 나는 타인에게 의존해 살고 싶지 않았다.

고등학교 시절, 나는 생존 훈련을 시작했다. 한 달 동안 로키 산맥을 원정했으며 멕시코 연해에서 카약에 도전했다. 나는 스스로 살아남을 수 있음을 증명해야 했다. 고등학교를 한 학기 일찍 마친 열일곱 살 때는 트럭을 타고 여러 달 동안 남부와 중부 아프리카를 여행했다. 이미 졸업에 필요한 과목들을 모두 이수한 터였다. 압박감을 느끼는 것에 진절머리가 났으며 대학에 대해서도 잊고 싶었다. 시끌시끌한 텔레비전 소음들로 가득 찬 집 안에서의 '침묵', 그리고 나이프와 포크가 달그락거리는 소리를 듣고 싶지 않았다. 아프리카는 이런 것들을 잊어버리기에 좋은 장소였다. 물론 나 자신이 잊혀지기에도 좋은 곳이었다. 형은 이미 대학에 진학했기 때문에 나와는 떨어져 있었다. 나는 형이 아버지의 죽음을 스스로 잘 이겨내고, 자신을 잘 돌볼 것이라고 생각했다.

형은 나보다 더 영리하고 감성적이었다. 형은 생각이 많은 사람이 었다. 고등학교 시절엔 잃어버린 세계의 판타지를 그린 '스콧 피츠제럴드F. Scott Fitzgerald'의 글에 빠져 살았고, 졸업 후엔 프린스턴 대학에 진학했다. 나는 형이 피츠제럴드의 판타지 속 삶의 방식을 현실에서 찾아내길 원한다고 생각했다. 그는 이상주의자였으며 비현실적이었다. 형은 계속해서 돈 걱정을 하면서도 광고에 나온 흰색 더블 브레스티드 슈트(단추라인이 두 줄인 장식성의 정장)를 충동적으로 구입하기도 했다. 그 옷은 한 번도 입혀지지 않은 채 옷장에 몇 년씩 걸려 있었다. 나는 낭비벽에 상식 부족이라며 형을 비난했다.

나는 그를 의지할 대상이라고 생각해본 적이 없었다. 내가 독립적이지 않고 누군가를 필요로 하는 존재이며, 따라서 형이 나를 돌보아야 한다는 사실을 받아들이고 싶지 않았기 때문이었다.

형의 이름은 '카터 밴더빌트 쿠퍼Carter Vanderbilt Cooper'다. 이상한 이름이다. 나는 소리 내어 그 이름을 불러본 적이 별로 없다. 우리는 청소년기를 서로 잘 보내고 성인이 되어 다른 곳에서 만나자는 묵계를 했다고 생각한다. 언젠가 우리가 친구이자 동지, 그리고 과거의 추억을 떠올리며 미소 지을 수 있는 형제로 만날 수 있을 거라 생각했다. 그런데 형이 왜 약속을 끝까지 지키지 않았는지 모르겠다. 아마 형에게는 우리들의 묵계가 존재하지 않았으리라. 그런 묵계는 내 머릿속에만 있었을지도 모른다.

"**이 절을 지날 때마다** 우리 막내가 여기를 가리키며 '형이 여기서 죽었다'고 해요." 캄부루가무와 마을의 한 여인이 눈물을 주르르 흘리며 말했다. "막내에게 걱정하지 말라고 일렀어요. 형은 다른 세상에 있다고. 지금은 하늘나라에 있다고."

우리는 절 근처의 한 교실에 카메라를 설치했다. 대여섯 명의 여인이 밖에서 인터뷰 순서를 기다리고 있다. 몇 명은 잃어버린 아이들의 낡은 사진을 손에 꼭 쥐고 있고, 몇 명은 그들에 대한 기억만을 간직하고 있다. 모두가 아이를 잃은 후 자신이 느끼는 고통을 알리고 싶어한다.

"우리 딸은 아주 열심히 공부했어요."

"우리 아들은 항상 다른 애들과 까불고 놀았어요."

두 여인의 아이들은 모두 이곳 절에서 쓰나미에 희생됐고, 그들의 시신은 근처에서 발견되었다.

"나는 더 이상 집에 갈 수가 없어요." 한 어머니가 말한다. "내 머릿속에는 애들의 모습이 맴돌고 있어요. 아이들이 지금도 마당에서 뛰놀고 있다는 생각을 지울 수가 없어요."

우리는 이 어머니들의 얘기를 모두 방송으로 내보낼 순 없다. 인터뷰할 사람도 많고 인터뷰 자료도 많다. 그러나 많은 어머니들이 순서가 오기를 기다리고 있었고, 나는 그 누구도 돌려보낼 수 없었다.

"어떻게 지내십니까?" 한 어머니에게 물었다.

그녀는 질문을 잘 이해하지 못했다. "그냥 살아야지요." 그녀가 마침내 대답했다. "우리에게 무슨 선택이 남아 있겠습니까?"

"우리는 모두 함께 고통을 겪고 있어요." 다른 어머니가 말한다. 문득 그녀가 나의 지난날을 꿰뚫어보고 있다는 생각이 들었다. 쓰나미가 왔을 때, 그는 여섯 아이와 함께 절에 있었다. 그중 딸 하나가 숨졌지만 다른 아이들은 코코넛 나무에 매달려 겨우 살아남을 수 있었다.

"서로 얘기를 하는 게 좋아요. 슬픔을 이기는 데 도움이 되니까요." 그녀가 말했다.

그녀의 말은 사실이다. 나도 그걸 안다. 하지만 나는 아직도 그렇게 할 수가 없다. 나의 슬픔이 그들만큼 크지는 않다 하더라도. 아버지께서 돌아가신 후, 어머니는 그가 생전에 남긴 말씀을 우리에게 전해주면서 아버지를 회상했다. 나는 고개를 끄덕이긴 했지만 대화에 끼어들진 못했다. 단 한 마디도 할 수 없었다. 이 마을에서도 그냥 돌아다니면서 사람들의 이야기를 듣는 것이 내가 할 수 있는 전부였다.

다이라트나Dayratra라는 이름의 어부는 딸의 젖은 교과서를 나뭇가지에 걸어놓은 채 자신의 오두막집 뒤에 있는 과수원의 작은 숲에 서 있다. 책을 말리려는 것이다. 딸의 사진과 옷은 모두 떠내려갔고, 그 책이 딸을 기억해낼 수 있는 유일한 물건이었다. 딸의 이름은 딜리니 산다르말리Dilini Sandarmali, 일곱 살이었다.

"딸의 시신을 옮기려고 절에 갔더니 개가 친구 두 명과 나란히 누워 있더라구요." 그는 작은 목소리로 말했다. 며칠을 울었는지 목이

쉬어 있었다.

다이라트나는 앞으로 무슨 일을 해야 할지 모른다. 그는 딸 생각에 바다를 마주 대할 용기가 없어서 다시는 어부 일을 하지 못할 것이다. "나는 바다를 다시 보고 싶지 않아요. 바다를 저주해요." 그는 지친 목소리로 말했다.

처음에는 집집마다, 사람들마다 어떤 일이 일어났는지 알고 싶어했지만 조금 지나니 더 이상 궁금하지 않게 되었다. 이미 너무 많은 얘기들이 나왔으며, 말은 의미를 상실했다. 깊은 슬픔의 본질에 닿기에 말은 너무 부족했다. 차라리 아이를 잃은 어머니의 눈을 들여다보는 것이 나을 것이다.

"무어라 위로의 말씀을 드려야 할지 모르겠습니다." 기어들어가는 목소리로 그들에게 말했다.

그들의 이야기를 듣는 것은 쉽지 않았다. 그들의 슬픔에 비해 나의 상실감은 너무 적었지만 그들은 나의 아픈 기억을 되살려주었다. 바다가 삼켜버린 슬픔을.

내가 처음 기자가 됐을 때, 다른 사람의 눈을 속일 수 있다고 생각한 적이 있었다. 취재를 하는 시늉은 했지만 마음을 담지는 않았다. 기술적인 문제에 집중했으며 이야기 전개나 플롯 같은 것들을 더욱 중시했던 것이다. 끊임없이 사람을 만나고 인터뷰를 했지만 '나'라는 존재는 그 속에 없었다. 고개를 끄덕이며 다른 사람들의 눈을 쳐다봤지만 나의 시선에 초점은 없었다. 내 마음은 시시콜콜한 것들에 가 있었다. 사람들은 이야기 속의 캐릭터가 됐고, 스토리는 이미 머릿속에 구성되어 있었다. 그들은 말을 하지만 나는 단지 소리만을 들을 뿐이었다. 나는 내가 필요한 대목만 들었으며 나머지는 다른 귀로 흘려버렸다.

필요한 것을 얻게 되면 곧장 그곳에서 나와버렸다. 상처 하나 받지 않고, 조금도 달라지지 않은 채 빠져나올 수 있다고 생각했다. 그러나 사실은 빠져나올 수가 없었다. 보이는 것, 들리는 것을 막기란 불가능하다. 듣기를 멈춘다 할지라도 고통은 안으로 파고든다. 완전히 닫아버리지 못한 입구의 틈새를 비집고 스며든다. 그것을 조작하거나 속일 수는 없다. 나는 이제야 알게 되었다. 그것을 받아들여야 한다는 것을. 불행한 사람들뿐 아니라 자신을 위해서도 그래야 한다.

"때로는 시야를 아주 좁혀야 해요." 소말리아에서 일했던 한 구호요원이 이렇게 말한 적이 있다. "길 양편에 무엇이 놓여 있는지 모두 다 쳐다볼 수는 없어요."

나는 당시 그의 말을 이해하지 못했지만, 지금은 분명히 안다. 크리스털처럼 명료하다. 어디든 한 곳에 오래 머무르면 견뎌내야 할 일이 많이 생긴다. 한 곳에 오래 있지 않는 것이 좋다. 길게 잡아도 1주, 혹은 2주면 충분하다. 대학살의 현장을 피할 수 있는 곳을 찾게 되면 시간을 벌 수 있을 것이다. 그러면 당신이 가는 곳에서 바로 새로운 이야깃거리를 발굴할 수 있다. 매일 아침 당신 스스로가 사무실이 되는 것이다.

스리랑카에서 우리는 끔찍한 참사가 벌어진 현장에서 몇 시간 거리인 고급 호텔에 묵었다. 매일 밤 필름 편집을 끝내면 저녁을 먹으러 갔는데, 어젯밤에는 관광객을 위해 만들어놓은 라운지에 갔다. 매력적인 입술을 가진 검은색 비키니 차림의 금발 미인과 배가 불룩 나오고 검게 탄 피부의 남자들이 삼각팬티 모양의 수영복 차림으로 모여 있었다. 풀장 옆에서 그들의 웃음소리가 들려왔다. 작은 우산 장식이 꽂힌 음료수를 홀짝거리며 러시아말과 독일말로 농지거리를 하고 있었다. 처음에 나는 쇼크를 받았다. 머릿속으로 그들에게 이렇게 소리를 질렀다. "사람들이 여기서 죽었다는 사실을 잊었나요? 어떻게 풀장 옆 라운지에 앉아 있을 수 있죠?" 그러나 나는 아무 말도 하지 않았다. "왜 그들이 라운지에 있으면 안 되지? 세계의 다른 곳에서는 일상이 계속되고 있는데. 그것과 다를 게 뭐 있어?"

캄부루가무와 마을을 떠날 때, 우리가 그곳에서 비교적 조용히 지냈다고 느꼈다. 필조차 그 비극 앞에서 말을 잊었다. 수도승들을 가득 태운 트럭이 불경을 소리 높이 틀어놓은 채 우리 옆을 지나갔다. 그들의 목 깊숙한 곳에서 나오는 소리가 이 작은 마을을 떠돌고 있다. 마두랑가는 혼자 해변에 서 있다. 슬픈 표정의 꼬마는 바다를 향해 돌을 던졌다.

●○●○●○●○●○●○●○●

1988년 4월, 형은 어머니 아파트에 나타났다. 그는 다시 집으로 돌아오고 싶어했다. 어머니는 뉴욕 어퍼 이스트사이드Upper East Side의

펜트하우스에서 살았다. 나와 형이 고등학교에 다닐 때 이사한 이 아파트는 이스트 강을 마주보고 있었다. 각 층은 조망이 넓은 테라스가 있어서 그곳에서 내려다 보노라면 마치 배를 타고 있는 것 같았다. 강가를 달릴 때면 스카이라인에 대비된 내 방 발코니를 볼 수 있었다. 나는 택시로 이곳 'FDR 드라이브' 거리를 지날 때마다 내 방의 돌출된 발코니를 볼 수 있을 때까지의 시간을 재보곤 했다.

형은 시내에 따로 마련한 자기 아파트에서 살았다. 그는 역사 잡지 「아메리칸 헤리티지American Heritage」편집자였으며, 「코멘터리Commentary」지에 서평을 썼다. 그리고 최근 여자 친구와 헤어졌다. 그들 커플은 대학에서 만나 몇 년을 사귀었지만 어떤 관계인진 잘 모른다. 나는 그들 일에 그다지 신경 쓰지 않았다. 둘의 관계가 깨졌을 때 형과 통화한 적은 있었지만 자세한 얘기는 주고받지 않았다. 나는 사랑했던 여자와 헤어져본 적이 없다. 그래서 그런 상실감이 얼마나 고통스러운지 잘 모른다.

형이 어머니에게 집으로 돌아오고 싶다고 말한 4월의 그날, 형은 내가 하는 조정경기를 보러 왔었다. 당시 예일대학교 2학년으로 학교 조정팀의 키잡이를 맡고 있었던 나는 뉴욕에서 컬럼비아대학과 시합을 벌이고 있었다. 형은 내가 참가한 조정경기를 보러 온 적이 한 번도 없었기에 나는 그가 온다는 소식을 듣고 흥분하지 않을 수 없었다. 그러나 나를 찾아온 형은 옷차림이 엉망이었고 제정신이 아닌 듯했다. 나는 뭔가 잘못됐다는 것을 직감했다. 형은 경기를 잠시 지켜보다가 말없이 떠나버렸다. 형이 무언가에 잔뜩 화가 나 있고 몇 주

동안 휴가를 냈다는 얘기를 집에 와서 어머니에게 전해 들었다. 어머니는 형에게 치료사를 추천해주었고 형은 치료를 받기로 마음먹었다.

나는 형이 묵게 될 방에 들어가 보았다. 그가 떠난 뒤로 이 방은 창고로 쓰이다시피 했다. 방에 들어가 그의 침대 가장자리에 앉았다. 그날 밤 형은 쇠약해보였으며 겁을 먹고 있었다. 그 모습은 나를 당황스럽고 화가 나게 했다. 나는 그의 초췌한 모습에 신경이 쓰였다. 도대체 어떻게 이 지경이 됐는지 형에게 따져 물었다. 또 형의 일에 대해 물어봤지만 사실 자세히 알고 싶은 생각은 없었다. 이 모든 것이 나를 힘들게 했다. 내가 얼마나 이기적인 사람인지 알게 되어 더 괴로웠다. 나는 뭐라도 형에게 도움이 될 일을 할 수도 있었을 것이다. 마음의 문을 열고 말할 수도 있었다. 또 형이 혼자가 아니라는 것을 알려줄 수도 있었다. 그러나 나는 그렇게 하지 않았으며, 다음날 일찍 학교로 갔다.

며칠이 지난 후, 어머니는 형이 그 치료사의 방침을 따르게 됐으며 다시 일에 복귀하게 됐다고 전해주었다. 형이 다시 집으로 돌아오지 않겠다고 했다니 다행이라는 생각이 들었다. 그에 대해 다시 걱정할 필요가 없었고 형에게 다시는 위기가 닥치지 않을 것이라 생각했다. 나는 형이 어떤 문제를 갖고 있더라도 치료사에게 터놓고 말할 것이라고 믿었다. 그러나 얼마 지나지 않아 그가 그렇게 하지 않았다는 것을 알았다.

비극을 겪는 사람들은 모두 기적을 찾는다. 죽음에 둘러싸여 있을 때에도 그들을 지탱해줄 무언가를 찾는다. 우리가 스리랑카에 온 지 1주일쯤 지났을 때, 통역사 크리스가 마테라 마을의 작은 교회에 대해 말해주었다.

"매우 이상한 일이 벌어지고 있어요." 그는 흥분해서 말했다. "석상이 공중을 떠다니고 기적 같은 일들이 일어났어요."

교회 이름은 500년 된 유적인 '우리의 성모 마테라Our Lady of Matera'에서 따왔다. 우리가 기억하는 한 마테라 석상은 제단 옆에 서 있었다. 성모 마리아와 아기 예수를 정교하게 조각한 것이다.

쓰나미 파도가 덮쳤을 때, 찰스 헤와와삼Charles Hewawasam 신부는 제단에 서 있었다. 그는 나무 의자에 앉아 있는 100명가량의 교구민들을 위한 성찬식 준비를 하고 있었다. 성가대가 찬송가의 첫 구절을 막 시작하고 있을 때였다.

찰스 신부는 파도를 보지 못했다. 그는 인근 도로에서 교통사고가 발생했을 거라고 생각했다. 잠시 후, 그는 물속에서 헤엄치고 있었다. 울부짖는 소리가 들리고 사람과 자동차가 교회 가운데에 둥둥 떠다녔다. 바위와 나무 덩어리도 밀려왔다. 모든 것에서 바다 냄새가 났다.

"세 구의 시신이 제단 옆에 둥둥 떠 있었던 게 기억나요." 우리가 교회에 도착했을 때 찰스 신부가 말했다. 30대 초반인 그는 머리를 단정히 빗어 한쪽으로 가르마를 타고 있었으며 다리에 입은 부상 때문에 약간 절룩거렸다. 그는 상대방의 눈을 똑바로 쳐다보며 영국식 악센트로 말했다.

찰스 신부는 우리에게 아홉 살 난 소년 디마커Dimaker를 소개했다. 디마커는 파도가 자기 발아래에 있던 신자들에게 밀려왔을 때 발코니에 서 있었다. 디마커는 성가대에서 찬송가를 불렀었다. 그는 성모 마테라 석상이 들어 올려져 교회 위를 떠다니는 것을 보았다고 했다.

"마테라 석상이 물 때문에 움직인 것은 아니었어요." 그는 손으로 모션을 취해가며 석상이 어떻게 공중에 떠오르게 되었는지를 설명했다. "석상이 스스로 움직였어요. 그건 기적이었다구요."

그날 아침 교회에서 20명이 사망했다. 몇몇은 첫 파도의 충격 때문에, 다른 사람들은 탈출하려고 시도하다 물에 빠져 사망했다. 찰스 신부는 디마커가 목격한 것을 전해준 그날 늦게까지 석상이 떠내려 간 사실을 까맣게 모르고 있었다.

"나는 마테라 석상이 사람들, 즉 자신의 아이들과 함께하기 위해 바다로 갔다고 믿고 있습니다." 찰스 신부가 말했다. "마테라 석상은 사람들과 함께 갔습니다. 어린 예수들을 데리고 갔지요. 석상은 다른 이들과 마찬가지로 재난에 맞섰습니다."

찰스 신부는 쓰나미가 온 지 사흘이 지난 뒤, 바닷가로 나가 석상이 돌아오기를 기원하는 기도를 올렸다고 말했다. "우리는 당신이 필요합니다. 당신은 돌아와야만 합니다."

그는 매일 희생된 신자들의 장례식에 참석하고 다친 사람들을 돌보았다. 신자 중 몇몇 사람들이 실종됐고 교회의 일부는 심하게 부서졌다. 찰스 신부는 '우리의 성모 마테라'를 찾아오지 않고서는 자신의 사명을 다하지 못하는 것이라 믿었다.

"우리에겐 할 일이 많습니다" 그는 쓰나미 둘째 날 아침 해변에서 기도를 하며 말했다. "당신은 반드시 돌아와야만 합니다."

밤이 되면 찰스 신부는 숙소에서 마테라의 사람들을 위해 기도했고, 아침이 오면 바다로 돌아갔다.

쓰나미 셋째 날, 찰스 신부는 기도의 응답을 받았다고 했다. 그날 아침에도 그는 해변에 서서 석상이 돌아오기를 간절히 기도했다.

"제발, 오늘은 돌아와야 해요. 더 이상은 기다릴 수가 없어요."

몇 시간 지난 뒤, 한 어린이가 교회로 달려와 부사제副司祭 중 한 명에게 사원에서 1.6km가량 떨어진 숲속에 무엇인가가 누워 있는 것을 보았다고 알렸다. 바로 석상이었다. 어린 예수의 머리에 장식돼 있는 멋진 황금 왕관이 제자리에 있을 정도로 석상은 원래 모습을 그대로 간직하고 있었다.

현장에 도착했을 때 찰스 신부는 벅찬 감동을 억누를 수가 없었다. 하느님께서 하신 일이 분명하다고 확신했던 것이다.

이런 기적 같은 일이 일어난 지 2주쯤 지난 후 찰스 신부를 만났다. 그는 석상이 돌아오기를 기원하며 매일 아침 기도했던 그 해변에 서 있었다. 그의 흰색 성직자 가운이 산들바람에 나부꼈다. 그는 검은색의 로자리오 묵주를 꼭 쥐고 있었다. 하느님이 마테라 석상을 지켜주었다는 생각이 더 확고해진 것처럼 보였다.

"많은 생명이 사라져갔고, 아직도 많은 사람들을 찾아헤매고 있어요." 그가 말했다. "석상이 돌아온 것은 기적이에요. 죽은 사람들의 값진 희생이 이런 결과를 가져온 겁니다. 스리랑카는 정치적으로 분열되고 종족별로도 나뉘어져 있지만 지금 우리는 분열에 대해 생각지 않습니다. 장례식에 참석할 때, 영안실을 방문할 때 나는 모든 시신들이 함께 누워 있는 것을 봅니다. 아무런 옷도 걸치지 않고 모두가 똑같죠. 종교가 무엇이든, 문화가 무엇이든, 색깔이 무엇이든 우리는 모두 같은 인간입니다."

'우리의 성모 마테라' 석상은 주교의 사무실로 옮겨졌다. 교회가 완전히 복구될 때까지 여기에 보관될 것이다. 석상이 돌아온 날, 찰스 신부와 그의 신자들은 마테라 석상을 매고 거리를 행진하기로 했다. 살아남은 자들의 믿음 역시 살아남은 것이다.

●○●○●●○●●○●●○●●○●●

형제간에 상대방의 고통을 서로 감지한다는, 일종의 텔레파시와 관련된 이야기가 종종 화제가 된다. 사이가 좋은 형제는 한 명이 위험을 느끼면 다른 한 명도 이를 알게 된다는 얘기다. 그러나 지금 말하려는 것은 그런 종류의 얘기가 아니다. 형이 죽던 날, 나는 수백 km 떨어진 워싱턴에서 지하철에 타고 있었다. 그 일이 벌어졌을 때 나는 아무것도 느끼지 못했다.

나는 4월 이후 형을 딱 한 번밖에 보지 못했다. 나의 조정경기를 보러 왔을 때 형은 겁을 먹고 방향을 잃은 사람처럼 보였다. 우리는 전화로 대화를 나눴지만 그다지 오랜 시간은 아니었다. 그런데 형을 다시 만나게 된 것이다. 워싱턴에서 인턴을 하고 있던 나는 휴가를 얻어 뉴욕으로 돌아왔고 우연히 길에서 형과 마주쳤다. 그날은 독립기념일 전날인 7월 3일이었다.

"내가 너를 마지막으로 보았던 날, 나는 짐승과 같았어." 형이 말했다. 그때 나는 그가 무슨 말을 하는지 이해하지 못했고 무슨 말을 건네야 할지도 몰랐다. 하지만 그가 우리의 마지막 만남에 대해 농담을 하는 것 같아 이를 좋은 징조로 받아들였다. 우리는 햄버거를 먹으러 같이 갔다가 이내 헤어졌다. 우리가 서로 포옹했는지는 기억이 잘 나지 않는다. 그리고 다시는 형을 보지 못했다.

●◦●◦●◦●◦●◦●◦●◦●◦

1988년 7월 22일, 형은 예기치 않게 어머니의 아파트에 아침 일찍 나타났다. 그날은 금요일이었고, 형은 다시 한 번 집으로 돌아오겠다고 말했다. 그는 넋이 나간 듯 보였고, 신경질적인 사람처럼 행동했다. 형은 전날 밤에 잠을 이루지 못했다며 펜트하우스의 2층에 있는 내 낡은 침실에서 몇 차례 낮잠을 잤다. 어머니가 형을 보러 방에 들어갔을 때 그는 유리문을 열어젖히고 발코니로 나가 있었다. 푹푹 찌는 한여름날이었다.

"에어컨 켜줄까?" 어머니가 물었다.

"아뇨, 그냥 이대로가 좋아요." 그는 무심한 듯 대답했다.

어머니와 형은 함께 점심을 먹으며 이야기를 나누었다. 어머니는 뭔가 잘못돼 가고 있다는 것을 느꼈으나 형은 아무 말도 하려 들지 않았다. 어머니는 걱정이 좀 되긴 했지만 크게 염려하진 않았다. 점심을 먹고 나서 어머니는 형이 다시 자도록 내버려뒀다. 그리고 혹시 필요한 것이 있는지 물었다. 형이 서재 소파에 누워 있을 때 어머니는 마이클 커닝햄Michael Cunningham의 백색 천사White Angel 이야기를 그에게 읽어주었다. 그것은 「더 뉴요커The New Yorker」지에 실린 것이었다. 이야기 속에는 한 소년이 평평한 유리로 된 거실 문을 향해 달려가다 죽었다는 이야기가 나온다. 그 아이의 부모는 파티를 하고 있었는데 유리 파편이 소년의 경동맥을 다치게 했던 것이다.

"재미있는 이야기네요." 형이 말했다.

형은 또 낮잠을 청했다.

저녁 7시쯤 그는 어머니의 방으로 들어왔다. 형은 어리벙벙하고 혼란스러워 보였다.

"무슨 일이 있어요? 무슨 일?" 형이 소리쳐 물었다.

"아무 일도 없단다, 얘야." 어머니는 달래듯이 말했다.

"아니야, 아니야." 그러면서 형은 고개를 흔들었다. 그리고는 어머니의 방을 뛰쳐나갔다. "형은 자신이 어디로 가고 있는지, 어떤 방향을 향하고 있는지 알고 있었던 것 같다." 어머니가 나중에 내게 말해 주었다. 어머니는 형이 나선형 계단을 통해 내 방으로 올라가는 것을 보고 뒤따라갔다.

형이 유리문을 열고 발코니로 나갔을 때 어머니도 거기에 도착했다. 형은 낮은 돌벽 위에 앉아 있었다. 그 벽은 내 방 바깥의 테라스를 둘러싸고 있었다. 형의 오른발이 벽 위로 올라갔다. 그의 왼발은 테라스의 바닥을 밟고 있었다.

"도대체 뭐 하는 거니?" 어머니가 소리쳤다. 그리곤 그를 향해 다가가기 시작했다.

"안 돼, 안 돼요! 나에게 가까이 다가오지 말아요!" 그가 소리쳤다.

"나에게 이러면 안 돼. 앤더슨에게도, 아버지에게도 그러면 안 돼." 어머니는 애원했다.

"내가 다시 그 모든 걸 느낄 수 있을까요?" 형이 말했다.

어머니는 그들이 얼마나 오랫동안 테라스에 머물렀는지 확실히 기억하지 못했다. 그것은 매우 갑작스레 일어난 일이었다. 형은 아래쪽 땅바닥을 내려다보았다. 14층 높이였다. 헬리콥터가 머리 위를 지나가자 여름 하늘의 희뿌연 빛이 번뜩였다. 그리고 그는 몸을 던졌다.

"형은 체조선수 같았다." 어머니는 그렇게 회상했다. "울타리를 넘어가 체육관의 평균대 비슷한 테라스 끄트머리에 매달려 있었지. 나는 소리쳤어. 카터, 돌아와." 어머니는 나중에 이런 얘기도 하셨다.

"나는 카터가 뛰어내리려는 줄 알았어. 그런데 그러지 않았어. 그냥 떨어졌어."

◆◦◦◦◦◦◦◦◦◦◦◦◦◦

고대 로마에서는 성직자들이 미래를 예언하는 일을 담당했다. 그들은 방금 제물로 잡은 동물의 몸속 깊숙이 손을 집어넣어 심장과 간, 창자를 들어낸 다음 이를 제단에 벌려놓는다. 신의 뜻을 예언하기 위해서다. 나는 스리랑카의 유혈이 낭자한 유물에서 어떤 징조나 신의 뜻도 알아내지 못했다. 또 어떤 일이 일어날지 모른다.

스리랑카에서 2주 동안 취재를 하다가 다시 뉴욕으로 돌아갔다. 열차의 일그러진 잔해, 수네라와 지난다리, 마두랑가, 찰스 신부, 그리고 내가 보았거나 손잡았던 사람들의 꿈을 꾸었다고 생각했지만 사실은 그렇지 않았다. 그 대신 바다와 그 깊은 바닥에 아직도 갇혀 있는 것들에 대해 꿈꾸었다. 그들의 눈은 아직도 감기지 않았고 머리카락은 파도에 흔들리고 있다. 수천 명의 사람들이 침묵 속에 잠겼고, 소금기 머금은 차가운 바닷물에 묻혀 있다. 수천 명의 사람들이 함께, 그리고 동시에 홀로.

◆◦◦◦◦◦◦◦◦◦◦◦◦◦

형이 자살하고 나서 몇 시간 뒤 어머니에게 연락이 왔다. 어머니의 전화를 받았을 땐 마지막 셔틀버스가 이미 워싱턴을 출발했기에 공항에서 자동차를 렌트해 밤새 뉴욕으로 달렸다.

어머니가 전화로 무슨 말을 했는지 기억할 수가 없었다. 실제로 어떤 단어를 사용했는지 모르겠다. 단지 어머니의 목소리에서 그녀가 큰 충격을 받았다는 사실을 알 수 있었다. 어머니의 눈이 거의 기절할 지경으로 경직된 모습을 생생히 그릴 수 있었다. 나는 아무와도 얘기하고 싶지 않았으며 위로받고 싶지도 않았다. 아버지께서 돌아가신 이후로, 나는 나의 삶을 스스로 제어하고 싶었던 것이다. 내 감정을 통제하고 싶었다. 형이 죽었다는 말을 들었을 때 나는 내면으로 더 깊이 들어갔다. 예상되는 충격을 방지하고, 흔들리는 감정과 오장육부를 쥐어짜는 메스꺼움의 물결을 막기 위해 한발 뒤로 물러섰다.

물론 슬펐다. 그러면서 한편으로는 화가 나기도 했다. 형은 어머니에게 어쩌면 그렇게 잔혹한 일을 할 수 있었을까? 어머니 앞에서 자살을 하다니. 이 말도 되지 않는 일을 나더러 어떻게 처리하라고.

내가 뉴욕에 도착한 것은 동틀 무렵이었다. FDR 드라이브 거리에서 어머니 아파트의 스카이라인을 살펴보았다. 습관적으로 내 방 앞 발코니까지 가려면 얼마나 걸릴지 세어보았다. 5초, 거기가 바로 형이 뛰어내린 곳이었다. 나는 누군가가 여기를 지나면서 그 장면을 보았을지도 모른다는 생각을 했다. 작은 점이 하늘에서 날아와 아래의 보도로 사라졌을 것이다.

형의 죽음과 장례식 사이 나흘 동안 우리는 빙하에서 떨어져 나온 유빙流氷처럼 고립무원의 상태가 된 것 같았다. 아파트는 그대로인데, 바로 옆에 커다란 구멍이 생겨난 느낌이었다. 우리는 졸지에 다른 세계와 분리된 곳에 남겨졌다.

어머니는 침대에 누워 그녀를 찾아오는 사람들에게 일일이 형의 죽음에 대해 말해주었다. 이야기를 반복함으로써 형의 죽음을 설명해줄 수 있는 어떤 새로운 정보를 발견해내기라도 할 것처럼. 그리고 그 일이 실제로 일어난 것이 아니라 모두가 오해이며 끔찍한 꿈이었다는 사실이 밝혀질 것처럼.

어머니는 새로 오는 방문객에게마다 "체조선수처럼"이란 말을 해주었다. 모래를 헤집으며 실마리를 찾고, 형 카터를 되살릴 수 있는 생각의 조각들을 모으는 것이 어머니가 상처를 극복하는 데 도움이 된다는 것을 알고 있었다. 내가 그 이야기를 얼마나 많이 들었는지는 상관없다. 그 이야기들은 내게 여전히 무의미했으므로.

나는 잠시 듣기를 멈췄다. 어머니의 이야기는 내가 사건을 이해하는 데 도움이 되지 못했다. 도움이 된다면 이제까지 알려지지 않은 것과 일어나서는 안 되는 일이 눈앞에 드러난 것이리라. "왜 그랬을까?" 이것이 모두의 한결같은 질문이었다. 왜 자살했을까? 왜 어머니 앞에서 그런 일을 저질렀을까? 왜 그는 메모나 유서를 남기지 않았을까?

어머니는 때때로 울면서 소리를 질렀고 나는 그러는 어머니가 부러웠다. 나도 울었다. 그러나 다른 사람들이 듣지 못하도록 밤이면 베개에 얼굴을 묻고 울었다. 나 역시 형의 자리에 있었다면 형을 앗아간 그 암흑 속으로 추락했을 것이다.

집 앞엔 기자와 카메라맨들이 모여 있었다. 어머니의 변호사가 우연히 「뉴욕 포스트New York Post」지를 아파트에 두고 가기 전까지는 형의 사건이 그 정도로 보도 가치가 있는 것이라고 생각하지 못했다. "상속자의 비극적 최후"라는 제목이 1면에 새겨져 있었다. 타블로이드 신문은 어머니를 "가련하고 작은 부자 소녀"라고 지칭했다. 나는 그 신문을 내던져버렸다. 어머니가 다시 신문 헤드라인에 등장하는 것을 나는 원치 않았다.

형의 장례식이 치러질 프랭크 E. 캠벨 교회에 도착해 어머니가 차에서 내리는 것을 도와주고 있을 때 대여섯 명의 카메라맨들이 몰려와 사진을 찍어댔다. 나는 그들을 증오했다. 그들은 겨우 숨만 쉬고 있는 희생자를 둘러싼 독수리 같았다.

나는 2005년에 식물인간으로 15년을 살아오다 급식 튜브를 제거해 죽음을 맞게 된 테리 시아보Terri Schiavo를 취재한 적이 있다. 형의 장례식 순간과 당시 느꼈던 감정을 까맣게 잊고 지냈던 나는 시아보 부모님의 일거수일투족을 쫓아다니는 카메라맨들에게서 옛 기억을 떠올렸다. 시아보의 부모는 제거된 급식 튜브를 다시 끼워 딸의 생명을 연장시키려 하고 있었다.

"끼룩 끼룩." 내 옆에 있던 한 PD가 소리를 냈다. 허공을 선회하는 대머리독수리의 울음소리와 똑같았다.

"나는 내가 증오했던 사람이 돼버렸다"고 자책했지만 슬프게도 그때가 처음은 아니었다.

카터의 관은 장례식장에서 가장 큰 방에 안치되었지만 조문객의 행렬은 거리에까지 길게 늘어서 있었다. 어머니는 조문객을 한 명 한 명씩 일일이 눈을 마주보며 맞이했다.

부고는 따로 보내지 않았다. 나는 누가 찾아왔는지 살펴보고 가까운 친구들을 줄에서 빼내 그냥 들어오라고 했다. 때때로 낯선 사람들을 맞이하기도 했다. 그들이 누구인지도 몰랐다. 단지 호기심에서 지나가다 들른 사람들도 있었다. 그중 한 명은 「뉴욕 포스트」지를 들고 있었는데 어머니에게 사인을 받으려고 했다. 나는 일단 와줘서 감사하다는 인사를 건넨 후, 사람들에게 부탁해 그를 조용히 내보냈다.

형은 회색 폴 스튜어트 슈트를 즐겨 입었다. 나는 장례식 전날 밤 형의 아파트에서 그것을 가져왔다. 그 슈트를 형의 옷장에서 봤을 때 잠시 그것을 입고 싶다는 생각이 들었다. 그리곤 이내 내가 이기적인 사람이라 느꼈다. 그 옷은 형과 함께 묻혀야 할 것이라고 단념하며 집으로 돌아가는 택시 안에서 그 옷을 내 무릎 위에 올려놓았다. 택시엔 라디오가 켜져 있었고 진행자가 전화를 걸어온 사람과 인터뷰를 하고 있었다. "밴더빌트 가문의 아이들을 보세요. 신탁 펀드에서 나오는 이자가 내가 평생 번 돈보다 더 많을 겁니다. 그런데도 그것이 자살을 막지는 못했군요. 그렇지 않나요?"

장의사가 형의 머리 가르마를 다른 방향으로 잘못 빗어 넘겼다. "오, 안 돼. 그건 형이 아니야." 하마터면 이 말을 거의 뱉어낼 뻔했다. "실수가 좀 있었군."

나는 형의 머리 뒤쪽에 은색 나사와 볼트가 박혀 있는 것을 보았다. 어머니가 그것을 보지 말았으면 하고 생각했다. 설사 보더라도 어머니는 아무런 반응을 보이지 않을 것이다. 우리는 그곳을 떠나기 전에 형의 관 옆에 서 있었다. 어머니는 형의 얼굴을 쳐다보면서 잠시 눈을 감았다. 그리고 아버지 때 그랬던 것처럼 가위를 달라고 해서 카터의 머리카락 한 줌을 잘랐다.

●◦●◦●◦●◦●◦●◦●◦●◦●◦●

나의 대학생활 마지막 해에 관한 기억은 흐릿하다. 나는 어떻게 이런 일이 일어났는지를 이해하려고 노력하는 데 대부분의 시간을 소비했다. 어떤 어두운 충동이 형을 죽음으로 몰아갔을까 생각했다. 그 충동은 어디엔가 숨어 나를 기다릴지도 모른다.

그해의 많은 시간을 나는, 어떤 흉터 혹은 잃어버린 팔다리 등 아이들은 손가락으로 가리키지만 어른들은 쳐다보지 말라고 하는 것들을 가졌으면 하고 바랐다.

사람들이 조금만 주의를 기울였다면 알 수 있었을 것이다. 미소를 짓고 사람들과 사귀고 어울리고 인사하는 모습을 더 이상 내게서 기대할 수 없다는 것을. 내가 부서진 로켓Locket(조그만 사진, 기념물을 넣을 수 있는 금속 곽으로 목걸이에 매다는 장식품)처럼 심장의 절반만을 가졌다는 사실을 모두가 알았을 것이다.

피하고 싶은 휴일들과 축하 행사가 4학년 내내 찾아왔다. 어머니와 나는 추수감사절에 중국식 테이크아웃 음식을 주문했고 크리스마스에는 영화를 봤다. 우리는 선물 주고받는 것을 그만두었다. 서로의 생일도 그냥 넘어갔다. 모든 이벤트는 우리가 잃어버린 것을 생각하게 해주는 괴로운 일이었다. 주말이면 나는 다시 뉴욕행 기차를 탔다. 어머니와 함께 집에서 식사를 했으며 대부분의 시간을 집 안에서 보냈다. 처음 몇 달 동안 나는 아래층 손님용 방에 묵었다. 내 방에 들어갈 수도 없었고 더군다나 바깥의 발코니는 쳐다보지도 못했다.

어머니는 형 이야기를 했다. 어머니 나름으로 생각하는 자살 이유 같은 것들이었다. 어머니의 얘기를 듣기는 했지만 대꾸를 많이 하지는 않았다. 바닥도 없이 깊이 갈라진 구멍의 틈을 보는 것 같았다. 한 걸음만 더 내디디면 떨어지는 나를 붙잡아줄 것이 아무것도 없을 것 같아 두려웠다. 나는 그곳에 있었다. 이야기를 들었다. 함께 있었다. 그것이 내가 할 수 있는 전부였다.

형이 떠난 지 거의 한 해가 지날 무렵 나는 대학을 졸업했다. 어머니는 예일대가 있는 뉴 헤이븐New Haven으로 왔고 우리는 몇 장의 사진을 찍었다. 그것이 전부였다. 어머니는 아파트를 정리하고 타운하우스로 들어가기 위해 다시 뉴욕으로 돌아갔다. 어머니는 더 이상 펜트하우스에서 살고 싶어하지 않았다. 형의 죽음 이후 우리 둘은 높은 곳을 두려워하게 됐다. 나는 졸업을 한 지금 내가 무엇을 해야 할지 물었다.

"내면의 진정한 기쁨을 따르라Follow your bliss." 어머니는 조셉 캠벨의 말을 인용하셨다. 나는 뭔가 특별한 것을 바라고 있었는데……. 나는 기쁨을 느낄 수 없었기에 어머니의 말을 따를 수 없을 거라 생각했다. 어떤 것도 느낄 수 없었던 나는 감정을 느낄 수 있는 곳에서 살고 싶었다. 나의 내면에서 느끼는 고통과 일치하는 바깥 세상이 있다면 그곳에 머물고 싶었다. 내게는 마음의 평정이 필요했다. 얻을 수만 있다면 그 비슷한 것이라도 좋았다. 나는 살아남고 싶었으며 다른 이들로부터 무언가를 배우고 싶었다. 그래서 '전쟁'은 나의 유일한 선택처럼 보였다.

Anderson Cooper

이라크_피의 얼룩

Iraq; Inkblots of Blood

　　대학시절 나는 베트남 전쟁과 그 전쟁을 취재한 종
군기자에 대한 자료들을 많이 접했다. 그들의 야간 순찰과 화끈한 낙
하 이야기는 뉴스보도가 마치 흥미진진한 모험소설처럼 느껴지게 했
다. 그러나 뉴스를 다루는 직업은 쉽사리 얻을 수 있는 일자리가 아
니었다. 대학 졸업 후 나는 ABC뉴스에 단순 업무직 사원–복사하고 전
화를 받는–이 되기 위해 입사원서를 냈다. 그러나 몇 달을 기다려도
인터뷰할 기회조차 얻지 못했다. 예일대학 졸업장의 가치는 그 정도
에 불과했다.

　결국 나는 채널원Channel One에서 기사의 사실 여부를 체크하는 일
자리를 얻었다. 채널원은 미국 전역에 있는 수천 개의 고등학교에 매
일 12분간 방송되는 뉴스 프로그램을 만드는 방송사이다. 기사의 진

위 여부나 확인하는 일이 내가 원하는 일을 맡는 데 별 도움이 되지 않을 거란 사실을 알고 있었지만, 어찌됐든 방송국에 발을 들여놓는 것이 필요했다. 몇 달간 그 일을 담당한 후, 나는 외국에서 일하는 특파원이 되겠다는 생각을 품었다. 아주 단순했지만, 몹시 어리석은 생각이었다.

이국적이거나 위험한 곳에 가서 취재를 한다면, 별다른 경쟁 없이 내 보도가 채택될 것이라고 생각했다. 또 내 기사가 재미있거나 아주 가치 있는 것이라면, 채널원은 그것을 방송할 수도 있을 것이었다. 한 친구가 매킨토시 컴퓨터를 이용해 가짜 프레스카드를 만들어주겠다고 약속했고, 자기가 갖고 있던 Hi-8 카메라 중 한 대를 빌려주기로 했다. 정말이지 내가 뭘 하고 있는지 그때는 몰랐다. 하지만 TV 뉴스들이 어떻게 만들어지는지 많이 보아왔고, 어떻게 스토리를 연결할 것인가에 대해서도 나름대로 계획이 있었다. 나머지는 직접 부딪히면서 해결하기로 한 것이다.

나는 기사의 진위를 체크하는 일을 그만두었다. 하지만 채널원 프로듀서에게 나의 계획을 알리진 않았다. 그들이 말릴까 봐, 혹 그러지 않더라도 내가 취재한 프로그램을 받아주지 않을까 봐 걱정되었기 때문이었다. 1991년 12월 나는 태국으로 갔고, 미얀마에서 넘어와 조국의 군사독재정권을 무너뜨리기 위해 투쟁하던 난민들을 만났다. 내 가짜 기자증은 멋지게 통했고, 태국-미얀마 국경을 넘나들며 그들의 투쟁모습을 카메라에 담을 수 있었다.

그들의 캠프는 정글 속에 자리 잡고 있었다. 낮에는 저 멀리서 박격포 터지는 소리만이 고요한 정글의 정적을 깨뜨렸다. 나는 짜릿한 흥분에 사로잡혔고, 질문을 던지고 사진을 찍는 일에 애착을 느끼기 시작했다. 그러나 이런 일들이 정말로 생생하게 느껴진 것은 야전병원을 방문했을 때부터였다. 병원에는 많은 십대 전사들이 손발이 잘린 채 피를 흘리며 신음하고 있었다.

한 의사가 얼굴이 심하게 멍든 젊은이의 다리를 수술하고 있었다. 청년의 눈은 우윳빛으로 변했다. 의사가 쇠톱을 집는 모습을 보았을 때, 나는 그가 무엇을 하려는지 알지 못했다. 잠시 후 의사가 청년의 다리를 쇠톱으로 절단하는 것을 보고 거의 까무러칠 뻔했다. 주위에 있던 다른 병사들이 겁먹은 내 얼굴을 보고 히죽거리며 비웃었다.

채널원은 내가 찍은 동영상을 구매했다. 그리고 내가 방콕으로 돌아왔을 때, 이것이 바로 내가 원하던 일이란 생각이 새삼 나를 사로잡았다. 이제 다른 일을 한다는 것은 상상할 수도 없었다. 어머니에게 전화를 걸어 말했다. "이제 진정한 기쁨을 찾았어요."

●○●●○●●○●○●●○●●○●●○

2005년 1월 중순, 스리랑카에서 돌아온 지 얼마 되지 않아 나는 일과 관련해 뭔가 분위기가 달라졌음을 알아차렸다. TV 기자들이 내게 직접 쓰나미와 관련된 인터뷰를 하라고 부탁해왔으며, 동료들은 내가 정말 좋은 직업을 가졌다고 격려해주었다. 그런 칭찬이 불편했지만 그들에게 고마움을 표시했다. 사람들이 내 동영상에 관심을 가져준 것이 기뻤다. 하지만 내가 본 것이 어떤 모습이었느냐고 묻는다면 뭐라 답해야 할지……, 내가 본 것을 한 마디로 줄여서 표현할 자신이 없었다. 또한 갑작스런 스포트라이트에 어떻게 처신해야 할지 몰랐다. 차라리 해외로 나가는 편이 낫겠다는 생각에 이라크행 비행기에 몸을 실었다.

이라크는 새로운 과도정부를 구성하기 위한 선거가 1월 말로 예정돼 있었다. 후세인 정권이 붕괴된 이후 이라크에서 치러지는 첫 번째 민주선거다.

이번 이라크 방문은 CNN 업무를 위한 두 번째 입국이다. 나는 지금도 이라크에서 무엇을 보았는지 기억할 수가 없다. "모든 사람들은 제각각 전혀 다른 전쟁을 치릅니다." 언젠가 한 병사가 내게 해준 말이다. "우리 모두는 단지 자신의 눈에 보이는 전쟁의 단편만 볼 뿐이죠. 그렇기 때문에 모두가 전쟁을 똑같이 볼 수는 없어요." 맞는 말이다.

이라크는 로르샤흐 테스트Rorschach Test(잉크 반점 검사)와 같다. 피로 얼룩진 잉크 반점 속에서 원하는 건 무엇이든 볼 수 있으니까. 공격의 횟수는 줄어들고 있지만 사상자 숫자는 늘고 있다. 납치는 줄어들고 있지만 급조폭발물IED은 늘고 있다. 이라크인들이 훈련을 받으면 받을수록 직무를 포기하는 경찰이 늘어난다. 미국인 사망자 숫자가 줄어들수록 이라크 경찰 사망자수는 늘어난다. 한 발짝만 내디디면 폭탄이 터진다. 많은 대책이 세워졌고 많은 전문가들이 배치됐다. 하지만 가까이 다가가서 볼수록 어디에 초점을 맞춰야 할지 판단하기가 더 어렵다.

요르단의 암만Amman에서 바그다드Baghdad로 가는 아침 비행기에서 다양한 사람들을 만날 수 있었다. 절망에 빠진 사람, 탄압받은 사람, 호기심 많은 사람, 확신에 찬 사람, 진정한 신앙인, 구도자, 애국자, 걸인 등등. 이들은 이라크에서 돈이나 어떤 삶의 의미, 아니면 이 둘 사이에 있는 그 무엇을 찾을 수 있으리라 기대하고 있다. 요르단 비행기에는 남아공 출신의 기장과 승무원들이 일하고 있다. 그들은 이라크에 돈을 벌 기회가 있다는 사실을 알고 있는 사람들이다.

전쟁터는 지옥이다. 하지만 지옥은 또한 기회이기도 하다.

비행은 순조로웠다. 하지만 착륙을 몇 분 남겨놓고 갑자기 비행기가 바그다드 공항 위에서 나선 모양을 그리며 급선회했다. "마지막 하강은 나선형으로 내려갑니다." 기장이 안내방송을 했다. "승객 여러분께서는 다소 불편하시겠지만, 이것이 바로 완벽한 안전을 보장하고 있습니다."

물론 완벽하게 안전하다면, 조종사가 그런 궤적을 택하진 않았을 것이다. 하지만 지상에서 발사되는 로켓발사기RPG로부터 비행기를 방어하기 위해서는 이런 식의 착륙이 최선의 방책이 될 것이다.

'자유의 땅 이라크에 오신 것을 환영합니다.' 바그다드 국제공항에선 이렇게 씌어진 티셔츠를 팔고 있었다. 자유는 위대하다. 안전 또한 그러하다. 지금 대부분의 이라크 사람들은 자유의 대부분을 약간의 안전을 위해 희생하고 있는 셈이다.

터미널에 도착하자 기관총으로 무장한 필리핀 사람이 갓 도착한 헬리버튼(미국의 에너지 개발회사) 사원들에게 주의사항을 큰소리로 외치고 있었다. 필리핀인의 야구모자 뒷부분에는 그가 일하는 보안회사 이름, 커스터 배틀Custer Battles이 적혀 있었다. 하지만 그 이름은 그다지 믿음을 가져다주지 못하는 듯 보였다.

　모든 기자들은 자기가 보고 느끼는 것이 다른 곳에서는 경험할 수 없었던 독특한 것이라 믿고 싶어한다. 나는 내가 본 여러 사실들을 뒤섞지 않으려고 노력했다. 한 곳에서 본 사실이 다른 곳에서 사물을 보는 시각을 바꾸지 않도록 노력했다. 그것이 언제나 쉬운 일은 아니었지만, 내 머리와 마음속에 그것들을 분리하는 벽을 세웠다. 하지만 가끔 그 벽을 관통해 피가 흐른다. 바그다드에서 본 시체는 예전 보스니아에서 본 시체를 연상시킨다. 이따금씩 내가 어디에 있었는지, 왜 그곳에 있었는지 기억을 못할 때도 있다. 나는 단지 눈 한 번 깜짝할 찰나를 기억할 뿐이다. 그런 기억들은 시간과 공간을 초월해서 내 머릿속에 스냅사진처럼 펼쳐진다. 그래서 모든 전쟁은 다르고, 모든 전쟁은 똑같다.

●◦●◦●◦●◦●◦●◦●◦●◦●◦●

1993년 3월 사라예보 Sarajevo. 보스니아Bosnia는 내가 취재한 첫 전쟁은 아니었다. 하지만 당시 내가 겪은 것 중에는 가장 소름 끼치는 전쟁이었다. 미얀마 취재 후 대략 1년쯤 지났을 때, 채널원은 나를 특파원으로 고용했다. 나는 스물다섯 살이었고, 여전히 혼자 다니며 홈 비디오카메라로 취재했다.

그때는 보스니아에서 전쟁이 발발한 해였다. 사라예보는 포위되어 공격을 받고 있었고 주변 산악지역에 포진하고 있던 세르비아인들은 계속 도시로 포탄을 쏘아대고 있었다. 노인들이 부서진 시계를 팔러 나온 시장에도 연일 박격포탄이 떨어졌다. 포탄이 떨어지면 거리에 피가 뿌려졌다. 멀리서도 그 충격파가 생생하게 느껴졌다. 저격수들도 있었다. 그들이 쏜 탄환이 소리없이 허공을 가로질러 날아다녔다. 사격 전 표적을 비추는 불빛도 경고도 없었다. '탕' 하는 소리와 함께 시체 한 구가 땅바닥에 나뒹군다.

전장에서 두려움을 느끼지 않는다고 말하는 사람은 바보이거나 거짓말쟁이, 아니면 둘 다일 것이다. 전장을 많이 다닌 사람일수록, 사람이 얼마나 쉽게 죽을 수 있는지 잘 알 것이다. 영화와는 차원이 다르다. 슬로우 모션으로 쓰러지는 일도, 사랑하는 사람의 이름을 부르는 일도 없다. 그냥 사람들이 죽어가고 세상은 여전히 돌아간다.

나는 유엔 전세기를 타고 크로아티아의 자그레브에서 사라예보로 들어갔다. 채널원은 나에게 방탄조끼를 지급했다. 하지만 나는 비행기가 착륙하기 직전까지 방탄조끼 케이스의 포장도 뜯지 않았다. 포장을 뜯어보니 조끼 안쪽에 뭔가를 덧대 꿰맨 부분이 보였다. 경고 문구였다. "이 조끼는 장갑차를 꿰뚫는 발사체나 소총기, 날카롭고 뾰족한 물체를 막아주지는 못합니다."

저격수들로부터 나를 지켜줄 수 없다는 얘기였다. 기껏해야 권총

탄환이나 막아줄까. 사라예보에서는 아주 먼 곳에서 사람을 조준 사격해 살해한다.

어쨌거나 그 방탄조끼를 걸치고 모래주머니로 막아놓은 사라예보 공항의 통로로 걸어 나갔다. 비행기 안엔 나 말고 승객이 딱 한 사람 있었다. 독일 청년이었는데 카메라를 들고 있었다. 그는 잔뜩 겁먹은 표정이었고, 무엇을 어떻게 해야 할지 도무지 판단이 서지 않는다는 듯이 행동했다. 그는 공항을 떠나지도 않았다. 나중에 들은 얘기인데, 그는 그날 자그레브로 다시 돌아갔다고 했다.

나는 홀리데이인 호텔의 침대에서 잠드는 것이 두려웠다. 자는 동안 유탄이 방으로 날아와 죽을지도 모른다는 생각이 머릿속을 떠나지 않았다. 나는 근처 건물에 떨어지는 박격포탄의 둔탁한 폭발음을 들으며 침대가 아닌 방바닥에 누워 잠을 청했다. 홀리데이인 호텔 유리창은 대부분 금이 가고 깨져 있었다. 그래서 많은 유리창이 플라스틱으로 교체되었다. 그곳에서 겨울을 나는 동안, 세찬 바람이 몰아쳐 어두운 복도 아래로 파고들었다.

사람들은 여전히 그곳을 홀리데이인 호텔이라 불렀지만, 듣기로는 홀리데이인 체인이 프랜차이즈 계약을 파기했다고 한다. 세르비아의 '사라예보 목조르기'로 야기된 갖가지 제약들을 생각해볼 때, 호텔이 모기업에서 요구하는 높은 기준을 만족시킬 수는 없었을 것이다.

1984년 동계올림픽 기간 동안 호텔의 위치는 이상적이었다. 산이 보이고 강이 멀지 않은 도심에 자리 잡고 있었던 것이다. 그러나 전쟁을 치르며 호텔 주변은 폐허가 됐다. 과거에 전 세계의 스키 선수들을 불러모았던 스키 슬로프는 저격수들의 은신처가 됐다. 특히 홀리데이인 호텔은 저격수들의 주요 표적이었다. 최전방 전선이 이곳을 지나가고 있었고, 밤에는 표적을 비추는 저격용 총기의 불빛이 호텔의 창을 스치곤 했다.

채널원은 내게 장갑 차량을 지원하지 않았다. 대신 문이 두 개 달린 유고Yugo(옛 유고연방에서 생산한 소형 승용차) 한 대를 지원해주었다. 방탄 차량만은 못했지만, 그래도 없는 것보다는 나았다. 주변 안내를 해줄 블라도Vlado란 이름의 현지인 기자 한 명도 고용했다. 그는 유고를 '부드러운 피부'를 가진 차라고 불렀다. 그 때문에 나는 그 차가 전혀 믿음직하지 않았다. 내가 도착한 다음날 아침, 차를 세워둔 곳으로 가보니 앞 유리 와이퍼가 보이지 않았다. 뼈대는 놔둔 채 와이퍼 날만 뽑아간 것이다. 뼈대가 앞쪽으로 조금 굽어 있어 달릴 때면 마치 뿔을 휘젓는 것 같았다. 그 모습을 보고 처음엔 웃음이 나왔지만, 조금 있자니 슬픈 느낌이 들었다. 다음날 블라도는 와이퍼 뼈대를 완전히 뽑아버렸다.

호텔 정문은 판자로 막아놓아서 호텔로 들어가기 위해서는 옆문을 이용해야 했다. 블라도는 가능한 저격수들의 공격을 피하기 위해 호텔 뒤로만 차를 몰았다. 그런데 옆문을 통해 호텔로 들어갈라치면 나지막한 돌단을 넘어야 했고, 그때마다 나는 타이어가 터지지 않았는지 확인해야 했다.

떠나기 전날, 나는 호텔 밖으로 나와 몇 블록 떨어진 곳까지 산책했다. 그곳은 안전하리란 생각으로. 근처에서는 TV 기자들이 소위 '스탠드 업Stand-up(한 자리에서 카메라를 보며 리포트하는 것)'이라는 것을 할 만한 장소를 물색했다. 그런데 내가 삼발이 카메라 지지대를 세우자마자 거대한 폭발음이 들렸다. 뒤를 돌아보니 옆에 있던 기둥에서 타일이 떨어져 내리는 모습이 보였다. 순간 기둥이 총탄에 맞았다는 사실을 알았다. 누군가 나를 겨냥해 총을 쏜 것이다. 아니, 나를 겨냥하지 않았을 수도 있지만 그것은 그리 중요하지 않았다. 나는 서둘러 달려 옆 건물 뒤로 몸을 피했다. 어딘가에 숨어 있을 저격수는 주변 지역을 자동소총으로 마구 쏘아댔다. 나는 그 장면을 카메라에 담았고, 내 눈앞에 펼쳐지고 있는 모습을 녹음했다. 나중에 보니 내 얼굴이 시체처럼 하얗다. 최근에 다시 그 장면을 봤을 때, 내가 미처 못 보았던 것 하나를 발견했다. 내 얼굴에 스치는 희미한 웃음이었다.

●○●○●○●○●○●○●○●

가끔은 아무리 위험한 장소라도 전혀 그렇게 느껴지지 않을 때가 있다. 바그다드에서도 그랬다. 그 무엇도 나를 다치게 할 수 없을 것 같은 느낌이었다. 마치 B급 영화에 나오는 사이보그처럼 방탄복으로 무장하고, 이중의 방탄유리를 통해 폐허가 된 전장을 둘러보는 착각을 일으켰다. 거리엔 많은 사람들이 보이지만 누가 착한지 악한지, 누가 살아남을지 죽을지 알 수가 없다. 가슴이 두껍고 셔츠 안에 금속판을 숨긴 사람들이 밀착 경호를 해준다. 그들이 들고 있는 기관총은 안전장치가 풀려 있고, 여차하면 발사할 준비가 되어 있다. 그들의 가방 속에 무엇이 들어 있는지는 아무도 모른다.

여기서 사람들은 안전의 환상에 빠지게 된다. 그렇지만 경호원과 권총으로 몸을 덮을 수는 없는 일이다. 마음놓고 거리를 산책할 수도 없다. 정말이지 어디에서 어떤 일이 일어날지 말하기 어렵다. 방탄유리는 사람을 보호해주지만 사물을 왜곡시키기도 한다. 두려움은 모든 것을 변화시킨다.

2005년 1월 말경이었다. 나는 CNN을 위해 이라크 과도정부의 총선을 취재하러 바그다드로 돌아왔다. 우리 일행은 바그다드 공항에서 '아일랜드의 길Route Irish'이라 불리는 도로를 타고 시내로 들어왔다.

"이 길이 세계에서 가장 위험한 길이죠." 운전기사가 말했다.

"항상 그런 식으로 말하더군요." 내가 대꾸했다. 그러면서 내가 세상 물정 모르는 멍청이처럼 말한 게 아닌가 하는 생각이 들었다.

모든 전장에는 이렇게 위험한 길이 있다. 당신은 이 말을 어떻게 생각할지 모르겠지만.

바그다드 시내 '아일랜드의 길'은 공항과 그린 존을 연결해준다. 전체 도로 길이는 8마일 정도지만 정말 위험한 구간은 2마일쯤이다. 그곳에는 저격수와 매복한 적들이 득실거리고, 폭탄과 자살 테러를 꾀하는 세력들이 숨어 있다. 미군이 이 도로와 주변을 순찰하지만, 공격은 끊임없이 반복되었다.

월스트리트저널Wall Street Journal 기자 다니엘 펄Danial Pearl이 2002년 파키스탄에서 납치돼 살해된 후, 각국 언론사들은 기자들의 안전에 더욱 신경을 쓰게 됐다. 바그다드에서도 대부분의 메이저 미국 언론사들은 사설 경호회사와 계약을 맺었다. 공항으로 기자들을 마중나온 굵은 목의 건장한 청년들이 악수를 나누기도 전에 방탄복부터 건네준다.

CNN이 계약한 경호회사는 이전에 영국군 특수부대에서 근무한 경력이 있는 사람들을 경호원으로 썼다. 그들은 우리가 상상할 수도 없는 곳에서 엄청난 일을 겪은 거친 직업 전사들이었다. 그들은 자신들이 과거 어디서 일했는지에 대해서는 별로 얘기하지 않았지만, 어김없이 이 말 한 마디는 한다. 바그다드가 그들이 이제까지 경험해온 장소 중 가장 위험한 곳이라는 것.

바그다드에는 안전요원들이 버글버글하다. 줄잡아 1만 명이 넘는 사설 안전요원들이 활동하고 있다. 다른 장소, 다른 시대에서 그들은 용병이라 불릴 법하지만, 여기서 그들은 계약자라 불리는 것을 좋아한다.

"저기 저 미군 좀 보세요." 내 경호원 중 한 명이 바리케이드 앞에서 근무하고 있는 미군을 가리키며 말했다. "정말 완벽하게 무장하지 않았습니까?"

이곳엔 모든 특수부대 출신들이 다 모여 있다. 네이비 실Navy Seals(미국특수부대)부터 시작해 위크엔드워리어weekend warrior(주말전사)까지. 위크엔드워리어들은 거드름을 피우며 도시를 휘젓고 다닌다. 닌자복장-코만도 옷에 무릎 패드, 엉덩이에는 권총을 차고 부츠에는 단도를 끼우고, 손에는 기관총을 든-을 하고 말이다. 약간 무거워보이는 차림새의 그들에게 이라크는 정말 물 좋은 곳이다. 1년만 일하면, 그들은 20만 달러를 손에 넣는다. 그곳에서 나를 가장 걱정해준 사람들은 남아공 출신의 아프리카인들이었다. 그들은 돈과 전쟁터의 자유를 얻기 위해 그곳에 왔다. 내 경호원 중 한 사람은 그들이 통제 불능이라고 불평했다.

"남아공 출신들이 뒤따라오는 차의 엔진 방열판에다 총을 마구 쏘아대는 걸 본 적이 있어요. 이유도 없이 그냥 재미삼아 하는 짓 같았어요." 그는 고개를 절레절레 흔들며 말했다.

공항을 출발한 차 안에선 많은 이야기가 오가지 않았다. 나는 지금 달리고 있는 '아일랜드의 길'에 대해 보도하고 싶었기에 경호원들의 모습을 카메라에 담으려 했다. 하지만 카메라를 꺼내자 경호원들이 강력하게 제지했다. 그들은 자신들의 얼굴이 노출되는 것을 원치 않았다.

우리는 장갑 차량 안에서도 방탄복을 입어야 했다. 만약 매복 공격을 당한다면 적들이 우리가 탄 차를 무력화시킬 수 있기 때문이다. 경호원들은 우리가 이동하는 좌표를 CNN 사무실에 무전으로 계속 알려주고 있었다. 만약 우리가 납치된다면, 최소한 어디서 납치사건이 일어났는지를 CNN에 알려주기 위함이다.

수천 명의 이라크인들이 매일 '아일랜드의 길'을 이용한다. 교통량은 폭발적으로 늘어났다 줄어들었다 한다. 눈에 잘 띄지 않는 고속도로 진입 차선에서 차량들이 합쳐진다. 공격이 일어나는 곳은 차량의 속도가 떨어지는 바로 그런 지점에서다.

우리 차의 운전기사는 주변 교통상황을 끊임없이 체크하면서 빠른 속도로 차를 몰았다. 갑자기 차 한 대가 어디선가 나타나 우리 차 뒤쪽으로 바짝 다가붙었다. 순간 경호원들의 눈과 몸이 빠르게 움직였다.

"젊고 수염을 기른 네 놈이다." 경호원 한 명이 무전기에 대고 재빠르게 보고했다.

"알리바바야." 또 다른 경호원이 외쳤다. 알리바바는 이곳에서 강도를 일컫는 말이다.

우리는 적의 공격을 예상하면서 바짝 긴장해 있었다. 하지만 아무 일도 일어나지 않았다. 그 차는 갑자기 다른 차선으로 옮겨갔고, 잠시 후엔 나도 그 친구들을 머릿속에서 지워버렸다. 그러나 그때까지도 방탄복 속에서 가슴이 쿵쿵 뛰는 소리가 들렸다.

●◦●◦●◦●◦●◦●◦●◦●◦●

"이 길은 말이죠, 내 생각엔 세상에서 가장 위험한 길이에요. 알겠어요?" 운전기사가 웃으면서 말했다.

"그래 알았어요. 다시 한 번 일러줘서 고마워요." 나는 그렇게 대답할 수밖에 없었다.

1994년이었을 것이다. 나는 사라예보를 향해 장갑 랜드로버 차량을 타고 달렸다. 공항은 폐쇄되었다. 박격포탄이 쉴 새 없이 떨어졌고, 저격수가 곳곳에서 공항을 노리고 있었기 때문이다. 사라예보로 들어가는 유일한 길은 이그만Igman 산을 지그재그로 내려오는, 자갈과 먼지로 뒤덮인 구불구불한 길이었다. 급커브는 나를 질리게 만들었다. 우리는 몇 차례나 파괴된 트럭 잔해를 지나쳤다. 마치 계시록의 한 장면을 보는 듯했다.

나는 커브를 돌 때마다 운전기사에게 물었다. "이 커브를 돌면 가장 위험한 길이 나오나요?"

운전기사는 대답하지 않고 미소만 지었다. 잠시 후 나는 질문을 멈췄다. 모든 길이 다 위험했다. 그런 얘기가 통할 만한 평온한 지점이 없었다. 시트에 편히 기대 앉아, 아침 안개가 우리를 보호해줄 만큼 오랫동안 남아 있거나 아니면 저격수들이 술에 취해 총부리를 제대로 겨누지 못하기를 바라는 편이 차라리 나았다. 행운, 운명, 신……무사히 산에서 내려오게만 해준다면 뭐든지 믿으려고 할 것이다. 내가 탄 차는 곧 충돌할 것 같았고 운전 기사는 미친 것 같았다. 아니 조울증 환자라고 하는 편이 맞을 것이다. 하지만 사라예보에서는 그런 것이 오히려 자연스러웠다. 운전 기사는 머리가 벗겨지고 키가 훤칠한, 사람 좋아보이는 보스니아 출신이었다. 그는 만나는 모든 여자와 자려고 들었다. 실패할 때도 있었지만 성공한 적이 더 많은 것 같았다. 아침에 랜드로버 차에 올라타면 시트 위에 사용한 콘돔이 버려져 있었던 것을 적지 않게 보았다.

"맙소사. 꼭 차에서 섹스를 했어야 했나?" 종종 나는 그렇게 아침 인사를 건넸다.

"나도 알지만 어쩌겠어요. 여기가 섹스하기에 가장 안전한 장소인 걸.” 그는 그렇게 응수했다.

그의 논리에 반박하기는 어려웠다. 다른 곳이었다면, 그와 함께 일해야 한다는 사실에 신경이 거슬렸을 것이다. 하지만 사라예보에서, 특히 이그만 산길에서 그는 언제나 내가 의지하고 싶은 사람이었다. 그는 항상 민첩하게 차를 몰았다. 가끔 그가 세르비아 사람들에게 욕을 퍼붓곤 했는데, 그들의 어머니를 사기꾼이라 하고 딸들을 매춘부라 불렀다. 그럴 때면 우리가 탄 차가 아주 무시무시한 길 위를 달리고 있다는 사실을 알아차리게 됐다. 그가 투덜대기 시작하면 나는 안전벨트를 맸다.

마지막으로 이그만 산길을 내려왔을 때, 나는 사이드 미러에 비친 내 얼굴을 쳐다보았다. ‘찰리는 파도타기를 하지 않는다Charlie Don't Surf’란 노래가 카세트에서 퍼져 나왔고 내 얼굴에서 핏기가 사라졌다. 눈썹에는 골이 패어져 있었고, 입은 정신이상자의 웃음을 머금은 채 굳어 있었다. 도시에 도착했을 때, 밀려오는 안도감과 함께 진짜 미소가 내 얼굴에 번졌다. 운전기사는 마치 미친 사람을 보듯 나를 쳐다봤다. 그리고 그도 웃기 시작했다.

●●●●●●●●●●●●●●●

기사의 제목과 사진을 보는 사람들은 이라크가 완전한 혼란 상황이라고 생각할 것이다. 하지만 사실은 그보다 더 복잡하다. CNN

보도를 위해 처음 이곳에 왔을 때 나는 그 사실을 알았다. 2004년 6월, 연합군이 이라크 과도정부로 권력을 이양하는 과정을 취재하기 위해 왔을 때였다. 아일랜드 도로 경비를 맡은 미군 제1 기병대를 따라 순찰을 나섰다. 일상적인 정찰이었다. 문을 굳게 닫은 브래들리 장갑차와 중무장한 험비 차량이 줄지어 이동했다.

"어디든 TV에서 본 만큼 상황이 나쁘지는 않아요." 한 젊은 군인이 말했다. "물론 당신이 언제 총을 맞을진 모르겠지만, 대부분의 시간은 아주 따분하지요."

TV는 가장 극적인 장면만 방송한다. 조용한 시간은 거의 내보내지 않는다. 하지만 순찰을 돌 때는 이와 정반대이다. 시간은 아주 천천히 흘러가고, 머릿속이 텅 빌 때가 많다. 기온은 화씨 110도(섭씨 43.3도)까지 올라간다. 나이 어린 보충병들은 땀으로 범벅이 되고, 위장복과 보안경 속으로 땀이 줄줄 흘러내린다. 바그다드에서는 어느 누구의 눈도 들여다볼 수가 없다.

"더듬더듬 책을 읽는 초등학교 6학년 아이보다 땀을 더 많이 흘리는군요." 라이언 피터슨Ryan Peterson이 직속 상관인 중사를 놀리듯 농담처럼 말했다. 그러는 외중에도 그의 손은 험비 위에 장착된 기관총을 결코 놓치지 않았다. 두 달 전 피터슨은 순찰중에 매복 공격을 받았다. 그날 이후 그는 이런 매복 공격을 다시 당하지 않기 위해 할 수 있는 일이란 아무것도 없다는 사실을 깨달았다. 험비의 방탄 지붕은 피터슨의 허리 높이까지만 보호해준다. 험비 위에 서 있으면 절반은 무방비 상태로 노출되는 셈이다. 달리 어찌할 방도가 없다.

"이라크 하면 무엇이 생각납니까?" 내가 그에게 물었다.

"여기요?" 어깨를 움츠리며 마치 자신이 이곳을 처음 보는 사람인 것처럼 주위를 둘러보며 그가 되물었다. "여기서는 두 곳으로 갈 수가 있지요. 두 곳 말이에요."

그에게 두렵지는 않은지 물어보려다가 그런 질문으로 그를 괴롭히지 않기로 마음먹었다.

그러자 곁에 있던 제임스 로스James Ross 상사가 내게 말했다. "나는 총알이 날아다니기 시작하면 곁에 있는 병사들에게 모든 신경이 쏠려요."

로스는 매복 공격을 받았을 때 총알이 빗발치는 개활지를 달려 몸을 피한 적이 있었다. 무사히 몸을 피한 그날 이후, 그는 살아서 이곳을 빠져 나갈 수 있으리란 믿음을 갖게 됐다.

"왠지는 잘 몰라요." 그가 조용히 말했다. "하지만 그런 느낌을 갖게 됐지요."

그날, 내가 동행한 순찰대의 임무는 도로에 매설된 급조폭팔물IED을 찾는 것, 그리고 '아일랜드의 길' 근처에 거주하는 민간인들에게 식수를 공급하는 것이었다. 그들은 이런 종류의 임무를 매일매일 수행하고 있었다.

"이런 일은 이라크인들에게 신뢰를 얻기 위해 하는 것 아닙니까?" 나는 한 장교에게 물었다.

"우리는 누구의 마음도 얻으려 하지 않아요." 그는 미소 지으며 우스꽝스러운 억양으로 대답했다. "그들은 사냥의 목표물이 아니에요.

우리는 단지 할 수 있는 한, 최대한 많은 사람을 적이 아닌 사람으로 만들려는 것뿐이죠. 지금 우리가 할 수 있는 일은 그게 전붑니다.”

미군은 이라크인들에게 경제적 지원도 했다. 건설 사업을 추진해 사람들이 계속 일할 수 있게 했으며 어린이들에게는 재미있는 책을, 어른들에게는 담배를 제공했다. 이렇게 함으로써 미군은 그 지역의 이라크 사람들에게서 그들이 얻고자 하는 정보를 쉽게 캐낼 수 있었다.

10시간 동안 계속된 순찰이 끝났다. 군인들은 기지로 돌아가 자기 무기를 잘 닦아 정리했다. 그리고 몇 시간 수면을 취한 뒤 다음날 똑같은 일을 계속했다.

나는 팔레스타인 호텔에 있는 CNN 사무실로 돌아왔다. 아무 소득 없이 하루를 보낸 것처럼 느껴졌다. 동행한 순찰대에서는 아무런 사건이 일어나지 않았기 때문이다. 사무실로 들어서는 순간 전화벨이 울리기 시작했고, PD가 위성전화기에다 대고 기사를 정확히 불러주느라 고래고래 고함을 지르고 있었다. 이날 이라크 내 몇몇 도시에서 조직적인 경찰서 공격이 벌어졌다. 십여 명이 사망했고, 미국 TV와 신문에는 “이라크가 폭발했다”라는 제목의 보도가 나갔다.

그 모습을 지켜보며 은근히 짜증이 났다. 평범한 순찰활동을 취재하다가 정작 기사가 되는 것은 놓쳤다는 생각이 들어서였다. 그리고는 어떤 것을 취재해야 할지, 내가 집에서 본 뉴스 화면이 어떠했는지에 대해 생각했다. 그날 이라크 전역이 ‘폭발’한 것은 아니었다. 적어도 바그다드 안에서는 아무 일도 없었다. 그렇기에 내가 기사를 쓴다면 ‘200갤런의 식수가 바그다드 공항 인근 민가에 배급됐다’는 제목을 붙일 수도 있었을 것이다. 이런 기사가 시시콜콜하다는 지적을 받을 수는 있겠지만 최소한 정확한 사실임에는 틀림없다. 그러니까 그 병사가 내게 한 말은 사실이었다. 이라크는 가끔씩 TV에서 보는 것과 똑같지는 않다는 말.

●○●○●○●○●○●○●○●○●

2005년 바그다드에서는 '할 수 없는 일'의 목록이 '할 수 있는 일' 보다 훨씬 더 길었다. 레스토랑에서 식사를 할 수 없고, 영화관에 갈 수 없고, 택시를 탈 수 없고, 밤에 외출할 수 없고, 거리를 산책할 수 없고, 군중 속에 서 있을 수 없고, 한 곳에 너무 오래 머무를 수 없다. 또 같은 길을 반복해서 이용해서도 안 되고, 밤에 문 앞에 바리케이드 치는 것을 잊어서도 안 되고, 무전기를 사용할 때 음어로 말하는 것을 잊어서도 안 된다. 또한 무장 경호원과 무전기, 신분증, 방탄복 없이는 어디든 갈 수 없다. 당신은 항상 당신이 목표물이라는 사실을 잊지 말아야 한다.

이러한 것들만 조심한다면, 상황이 그렇게 나쁜 것만도 아니다.

과도 정부의 대통령을 뽑는 선거를 이틀 앞둔 시점이었다. 당시 치안 상태는 다른 때에 비해 훨씬 좋아보였다. 하지만 실상을 정확히 파악하기는 어렵다. 도로에는 바리케이드를 치는 사람들이 많았으나 이런 장애물들이 전시에 얼마나 도움이 되는지 판단하는 것조차 어려울 때가 많다.

바그다드에서도 자신들이 안전하다고 믿는 사람들이 있다. 이른바 '그린 존Green Zone'이라고 불리는 지역에 있는 사람들이다. 도시 한가운데 높은 벽으로 둘러싸인 곳, 여기에서는 군인과 민간인들이 이라크에서 일어나는 갖가지 사건들에 대응하는 방법을 연구하고 있다. 그린 존은 도시 속의 도시다. 몇 킬로미터에 이르는 폭탄 방어막과 두께가 몇 미터나 되는 벽들이 이 지역을 둘러싸고 있다. 그곳에 들어서면 장교들이 막대그래프가 그려진 차트를 들고 나와 저항세력의 공격과 이를 제압하기 위한 작전 현황을 설명해준다. 그의 설명을 들으면 모든 게 명쾌하다. 하지만 그린 존을 벗어나기만 하면 상황은 완전 딴판이 된다.

나는 군용 험비 차량을 타고 바그다드 도심으로 질주해 들어갔다.

동승한 토마스 퍼그슬리Thomas Pugsley 대위가 말했다. "이라크 사람들이 자동차 속도를 못 내도록 도로 곳곳에 인분을 뿌려놓았어요."

오늘 밤 대위가 소속된 여단의 한 병사가 살해당했고, 또 한 사람은 병원에서 수술을 받고 있다. "병사들이 죽어가고 있고, 그 사실이 여러분을 괴롭힐 겁니다. 하지만 여러분은 임무를 계속 수행해야만 합니다." 그가 말했다. 그러는 와중에도 그는 끊임없이 도로 양쪽을 번갈아가며 살폈다. "우리 여단에는 모든 부대가 최소 한 명 이상의 병사를 잃은 것으로 알고 있습니다. 그 생각이 작전을 나갈 때마다 마음 한 구석에서 스멀스멀 기어 나오지요. 하지만 우리에겐 수행해야 할 명령이 있습니다. 그리고 이번 선거 결과가 어떻게 나오느냐에 따라 이곳에 있는 우리의 운명이 바뀔 수 있습니다. 우리는 지금 최선을 다하고 있습니다."

퍼그슬리 대위는 이라크 방위군 2개 소대를 넘겨받았고 투표소를 잘 지키라는 임무가 그들에게 부여됐다.

"너무 조용하지 않습니까?" 내가 특정인을 지목하지 않고 허공에다 질문을 던졌다.

"첫번째 탄환이 날아들 때까지는 항상 이렇게 조용합니다." 어둠 속에서 누군가의 목소리가 들렸다.

퍼그슬리 대위는 1기갑대대 5여단 1중대 소속이다. 그는 원래 야전 포병중대 지휘관이었지만 바그다드에서는 포병부대가 필요하지 않았다. 그래서 약간의 보충 교육을 받은 후 기계화 보병부대에 배속됐다.

"이런 식으로 가다간 이라크 전역이 사막으로 변해버릴 거야." 퍼그슬리는 부하들에게 몇 초 간격으로 쉴 새 없이 지시를 내렸다. 특기병인 크리스 맥스필드Chris Maxfield는 험비 차량에 장착된 캘리버50 기관총 뒤에 서서 손전등을 이리저리 비춰보았다.

"저 앞에 보이는 게 뭔가?" 퍼그슬리 대위가 운전병에게 소리쳤다. "저리로 가자, 뭔지 살펴봐. 가까이 가지는 말고 왼쪽으로 돌아서 가."

그들은 순찰 내내 저항세력이 설치했을지도 모를 즉석 폭발물을 수색했다. 폭발물은 점점 더 복잡해지고 치명적인 무기로 변하고 있다. 때로는 버려진 차량 안에서 발견되기도 하고, 쓰레기 더미나 길가에 버려져 있는 개의 시체 속에서 터지기도 한다.

"우리가 기껏 건설해놓으면 놈들이 다 날려버리는군." 퍼그슬리 대위가 최근 있었던 공격을 떠올리며 뇌까렸다. "이 근처의 건물에서 두 번이나 폭탄이 터졌어요. 저기 있던 경찰서도 폭탄에 날아갔고, 이라크 정부가 청소년들을 위해 짓고 있었던 청소년센터 역시 완공 전에 흔적도 없이 사라졌어요. 그래서 우리가 모두 다시 짓고 있습니다."

"잠시 상황이 호전되는 듯 보일 때가 있지요. 그러다가 다시 원래 상태로 돌아가고……." 맥스필드가 말했다. "그러면 처음부터 다시 시작하는 거죠 뭐. 새로 계획하고, 새로 짓고, 그러다가 다시 처음 상태로 돌아가고. 개인적으로 나는 신경 쓰지 않아요. 지금 내 머릿속 엔 언제 집으로 돌아가는가 하는 것뿐이죠."

맥스필드는 스물네 살이다. 이제 한 달만 있으면 제대다. 그는 복무가 끝나면 대학으로 돌아가려 한다.

순찰조를 취재하다 보면, 일부 장교들이 자신들이 경험한 사실을 언론에 팔려고 할 때가 있다. 그 내용은 주로 현지인과의 은밀한 협력관계에 대한 것들이다. 그래서 그런 사건들에 거명된 병사들에게 확인취재를 해보면 "말도 안 된다"며 한마디로 잘라버린다. 하지만 장교들의 얘기는 다르다. "우리는 이라크인들과 잘 협력해 임무를 수행하고 있다"고 말한다. 기사가 되고 안 되고를 떠나서 진실은 그 중간쯤에 있을 것이다.

우리가 투표소로 갔을 때, 이라크 군인들은 약간 흥분한 상태였다. 그들은 보급을 받지 못한 채 밤새 현장을 지켜야 한다는 사실을 몰랐던 것 같다. 이때 퍼그슬리 대위가 나서서 그들을 달랬다. "힘든 일이라고 생각한다. 간이침대와 전등을 갖고 오도록 해보겠다."

그때 조금 떨어진 곳에서 한 이라크 병사가 춤추고 있는 것이 보였다. "어이, 이리 와." 퍼그슬리 대위가 외쳤다. "할 일이 있어. 빨리 와"

"튀어보이는 것은 무엇이든 잠재적인 목표물이 될 수 있다." 아담 제이콥스 중위가 말했다. 그는 단지 저항세력과 이라크 군대를 걱정하는 것이 아니라 자기 병력들까지 공격 목표물이 되지나 않을까 두려워하고 있었다. 그는 "이라크 사람들을 계속 독려하는 것은 어렵다"며 "나는 그들에게 지금 하고 있는 일이 평범해보일지라도 더 좋은 선善을 위한 것이라는 점을 일깨워주기 위해 노력한다"고 덧붙였다.

험비 차량을 타고 순찰대를 따라 나가보면, 정말이지 군인들을 존경하게 된다. 기자는 현장을 떠날 수 있다. 일이 끝나면 집으로 돌아간다. 하지만 이 젊은 남녀 군인들은 오랜 기간 이렇게 위험한 임무를 감당해야 한다. 그들은 시간에 붙잡혀 있다. 끊임없이 반복되는 순찰은 그 끝이 보이지 않는다.

또 다른 투표소 앞에서 위장을 한 이라크 방위군 한 명이 어둠 속을 응시하고 있었다. 눈의 흰 자위가 예민하게 이리저리 움직이고 있었는데, 그것이 검은 위장 모자를 쓰고 있는 그 병사에게서 보이는 유일한 부분이었다. 바로 그때 거리에서 총성이 울려 퍼졌다.

'승리'라는 이름이 붙여진 기지에서는 트레일러가 꼬리에 꼬리를 물고 서 있다. 버거킹 햄버거를 비롯해 PX에 들어갈 물건들이 입고를 기다리는 중이었다. 여기서는 TV와 전축, 그리고 티셔츠까지 살 수 있다고 한다. 때로는 잠시 눈을 감고 막사 복도에서 들리는 음악에 귀를 기울일 수도 있다. 잠시 동안이긴 하지만 마치 미국에 와 있다는 착각을 일으킨다. 긴 시간은 아니지만 확실히 기분이 좋아진다.

버거킹 매장 옆에는 군인들이 길게 줄을 서 있다. 워싱턴주에서 온 보충병 몇 명이 트레일러가 만들어주는 그늘에 앉아 치즈버거가 묻은 손가락을 빨고 있다. 손은 먼지가 잔뜩 묻어 더러웠고, 피부는 햇볕에 까맣게 타 있었다.

"여긴 정말 좆 같은 곳이야." 한 군인이 투덜거렸다. 나는 그에게 제대가 언제인지 물어보려다 그만두었다. 그는 아무 생각이 없어보였고, 공연히 그런 말로 그를 자극할 필요가 없다는 생각이 들었다.

●○●○●○●○●○●○●○●●

1993년 처음으로 사라예보에 갔을 때, 나는 하루 종일 방탄복을 입고 있었다. 잠잘 때도 베개 옆 가장 가까운 곳에 놓아두었다. 그러나 이틀이 지나자 계속 입고 있기가 어려웠다. 그래서 다른 집을 방문할 경우에는 차 안에 넣어둘 때가 많았다. 아무런 보호 장구를 착용하지 않은 보스니아 사람들 사이에서 나 혼자 안전장치를 두르고 있다는 사실이 민망하게 느껴졌기 때문이다. 그들이 겪은 일을 취재하려 그들을 위험에 노출시키는 셈인데, 내 자신은 위험을 전혀 감수하지 않겠다는 것이 말이 안 된다는 생각이 들었다. 또 방탄복만 벗으면 산들바람이 내 가슴을 스치는 것을 즐길 수 있고, 상대방과 포옹하면서 그들의 상실감을 더욱더 가깝게 느낄 수 있었기 때문이다.

나는 엘디나Eldina라는 이름을 가진 젊은 여인을 만났다. 그녀는 펌프로 물을 긷고 있었다. 무거운 플라스틱 물통을 이리저리 옮기며 그녀가 하루에도 대여섯 차례나 하는 일이다. 그녀가 나를 자기 아파트로 초대했다. 엘리베이터가 없는 작은 아파트였는데 그녀는 여기서 아버지, 할머니와 함께 살고 있었다.

방은 세 개였고, 그중 제일 큰방에 우리 네 명이 자리를 함께했다. 깨진 유리창 위를 막아놓은 두꺼운 플라스틱은 아파트를 때리는 세찬 바람에 불룩하게 휘어져 있었다. 할머니가 난로에 불을 붙였다.

창틀에는 엘디나가 심어놓은 토마토 화분이 놓여 있었다. 거기엔 정말 아름다운 토마토 열매가 맺혀 있었다. 통통하게 살이 오른 빨간 토마토, 회색빛 돌과 녹슨 쇳덩어리만 나뒹구는 사라예보에서는 정말 보기 힘든 정경이었다.

"이 토마토만 보면 여기가 천국 같아." 할머니가 조심스럽게 농익은 토마토를 따내며 말했다. 난로 불빛에 반사되어 그녀의 눈이 반짝였다.

엘디나의 아버지는 깡마른 몸매에 눈빛이 매서운 사람이었다. 이곳 사라예보에서 이런 눈빛은 너무나 흔히 마주칠 수 있었다. 그의 머리카락은 윤기 흐르는 백발이었고, 집게손가락은 니코틴 독으로 새카맣게 변해 있었다. 나를 보자 그는 아주 잠시 이를 보이며 미소를 지었다. 그리고는 담배를 물더니 깊이 빨아들였다. 엘디나의 엄마와 언니는 사라예보를 떠났다. 아마 지금쯤 유럽 어딘가에서 친척들과 함께 살고 있을 것이다. 하지만 최근 몇 달 동안 엘디나는 아무런 소식도 듣지 못했다.

"가족을 부양하는 건 정말 쉽지 않아." 엘디나의 아버지가 기어들어가는 목소리로 말했다. "먹을 것과 전기를 찾아 헤매는 것이 내 일의 전부야. 지금 상황에서 내가 할 수 있는 최선을 다하고 있는 거지."

전쟁이 터지기 전 그는 운전기사로 일했다. 그가 좋았던 시절의 가족사진을 보여주려고 앨범을 가져왔다. 해변에서 노는 사진이며, 초와 와인을 앞에 두고 파티를 하는 사진들이 들어 있었다.

엘디나와 할머니는 건강해보였다. 그들은 이 전쟁이 끝날 때까지 살아남을 수 있을 것 같았다. 하지만 아버지에 대해서는 확신이 서지 않았다. 그의 얼굴을 보니 심장마비로 입원했던 그때 내 아버지의 얼굴이 떠올랐다.

엘디나의 아버지가 입을 뗐다. "한 번은 우연히도 내 가장 친한 친구를 전선에서 만났지. 하마터면 그를 쏠 뻔했어."

"쏘지 않았나요?"

"그럼." 그는 잠시 말을 멈추었다. "그때 나는 친구를 그런 곳에서 만났다는 사실에 너무 놀랐어."

엘디나는 나를 맞이하기 위해 정장을 입고 있었다. 내가 그녀를 처음 만났을 때 입었던 회색빛 오버코트 대신 스웨터에 화려한 스카프를 걸치고 있었다. 얼굴의 주근깨를 숨기기 위해 화장도 한 것 같았다. 그녀는 예뻤다. 그 모습을 보면서 전날 밤 그녀가 잠자리에 들기 전 예쁜 옷을 미리 꺼내 입어보는 모습을 상상했다.

엘디나는 그녀의 아버지와 이야기하는 동안 나를 뚫어져라 쳐다보며 내 잔이 비면 곧바로 술을 채웠다. 그리고 내가 불편해하지 않는지 이리저리 살폈다. 나는 그녀를 너무 자주 보지 않으려 애썼다. 그녀의 반짝반짝 빛나는 눈이 나를 슬프게 했기에.

엘디나의 남자 친구는 군인이었다. 그녀는 내게 사진 한 장을 보여주었는데, 땅딸막한 체구의 그녀가 남자친구와 함께 찍은 사진이었다. 무거운 모직 유니폼을 입은 두 사람은 카메라에다 총구를 겨냥하고 사진을 찍었다.

"실종된 지 1년이 다 됐어요." 엘디나가 사진을 보며 말했다. "이따금씩 그가 감옥에 갇혀 있는 꿈을 꾸곤 해요."

"그는 죽었어." 엘디나의 아버지가 나중에 나에게 말해주었다. "사람들이 그가 죽는 장면을 직접 목격했지. 단지 시체를 수습할 수가 없었을 뿐이야. 그는 지금도 전선 어딘가에 누워 있을 거야."

그때 엘디나가 난로 곁 아기 침대에 누워 있던 아기를 안고 왔다. 그녀의 남자친구는 이 아기를 결코 본 적이 없다. 내가 잠이 든 아기를 안아주는 동안 그 생각이 내 머리를 떠나지 않았다.

나는 우리 가족이 사라예보에 있다면 무엇을 할 수 있을지 생각해보았다. 내 어머니는 여기 있는 많은 사람들이 하는 것처럼 시장에다 가재도구들을 내다 팔면서 하루하루를 연명할 수 있을까? 나는 어머니를 모시고 먹을 것을 구하며 버틸 수 있을까?

떠날 시간이 다 되어서야 엘디나의 할머니가 소리 없이 울고 있다는 사실을 알아챘다. 처음엔 눈물이 보이지 않았지만, 어느 순간 얼굴을 훔친 그녀의 손등에서 눈물이 미끄러지는 것을 보았다. 그때 갑자기 내 어린 시절, 나를 돌봐주던 유모 메이May와 작별인사를 나눴던 순간이 떠올랐다. 메이는 내가 태어났을 때부터 엄마를 도와 나를 키웠다. 하지만 내가 고등학교로 진학할 때 그녀는 우리 집을 떠나야 했다. 나는 메이가 계속 우리 가족과 함께 살기를 원했지만 내가 할 수 있는 일은 아무것도 없었다. 그녀가 떠난 후 며칠 동안 아무런 말도 하지 않았던 기억이 난다.

나는 엘디나와 아버지에게 작별인사를 했다. 그리고 할머니의 손을 잡고 건강하시라고 인사한 후, 식탁 위에 독일 지폐 몇 장을 올려놓고 서둘러 계단을 내려왔다. 유리 파편이 구두 아래에서 밟히는 소리를 들으며 나는 뜨거운 눈물을 목구멍으로 삼키고 있었다.

●○●○●○●●○●○●○●○●

바그다드에 있는 야르묵 병원은 1월에 있을 과도정부 선거를 준비하고 있었다. 혈액을 비축하고 여분의 침대도 갖다 놓았다. 나는 병원 뒷마당에서 직원들이 들것의 피를 씻어내는 장면을 목격했다. 이미 야르묵 병원에서 30분 이상 머물러서는 안 된다는 경고를 들었다. CNN 안전요원은 늘 내 곁에 붙어 있었고, 거리로 나가면 다른 무장 경호원들이 도로 주위를 경계했다. 9월에 이 병원을 상대로 자살폭탄 공격이 있었다. 당시 6명이 죽고 22명이 다쳤다.

야르묵 병원의 응급실은 이라크 병원 중 가장 바쁜 곳이었다. 정오 무렵 응급실은 환자들로 가득 찼다.

"오늘 아침 경찰서를 겨냥한 차량폭탄 테러가 있었어요. 사상자들이 몇 명 이리로 실려왔지요." 응급실 의사인 라나 압둘 카림Rana Abdul Kareen이 침대에서 비명을 지르는 남자의 진료기록을 들춰보며 내게 말했다. 그 환자는 수송용 침대에 실려 밖으로 보내지고 다른 환자가 그 침대로 옮겨왔다. 그 환자의 수송용 침대가 밖으로 옮겨지면서 바퀴가 바닥에 흥건한 피를 통과해 몇 줄의 선을 만들어냈다.

"여기 있었던 사람은 여러 군데에 총상을 입었어요." 닥터 카림이 말했다. "다른 한 사람은 지금 수술실에 있습니다. 수술실에는 수술을 받기 위해 대기 중인 사람도 있어요. 그리고 몇 사람은 부상 정도가 가벼워 간단한 치료 후에 퇴원시켰구요."

방금 데려온 환자는 응급실 중앙에 눕혀졌다. 간호사들이 다리의 상처 부위를 가볍게 닦아줬다. 그는 차를 몰고 가다 총격 세례를 받았다. 바닥에 팽개쳐져 있던 피 묻은 샌들 옆으로 그가 흘린 핏방울이 뚝뚝 떨어지면서 마치 추상표현주의 화가 잭슨 폴록Jackson Pollock의 작품과 같은 그림을 만들어냈다.

나는 선거를 앞둔 이라크 사람들의 반응을 취재하기 위해 그 병원으로 간 것이었다. 그런데 닥터 카림에게 평화를 어떻게 전망하는지 물어보고 싶었다. 나는 그녀가 뭐라고 말할지 충분히 짐작이 갔지만, 기사를 만들기 위해서는 어차피 다시 물어봐야만 했다.

"제발, 여기서 평화 얘기는 하지 마세요." 닥터 카림은 기분이 상한 듯 내뱉듯이 말했다. "아마도 10년 뒤에는 이곳에도 평화가 오겠지요. 하지만 지금 당장은 이라크에서 평화라고 불리는 모든 것을 잃어버렸다구요."

카림 박사는 카메라를 보자 짜증부터 냈다. 질문을 늘어놓는 기자에 대해서도 마찬가지였다. 내가 몇 가지 질문을 던지자 그녀는 나를 뚫어지게 쳐다보더니 몹시 피곤한 표정으로 화를 냈다. 나는 전에도 그런 표정을 본 적이 있었다는 사실을 깨달았다.

●○●○●○●○●○●○●○●

사라예보에 처음 갔던 때가 1993년이었다. 전쟁이 시작된 바로 그해였다. 한 여인이 '저격수들의 길Sniper Alley' 인근 도로를 건너다 총에 맞았다. 곁에 있던 사람들이 소리를 질러 지나가던 차를 세우고 총에 맞은 여인을 뒷자리에 태웠다. 나는 그 차량을 뒤쫓아 병원 응급실까지 따라갔다. 의사들은 카메라로 촬영하는 것을 허락했을 뿐 아니라, 카메라 앞에서 아주 멋있게 그들의 생각을 포장해 쏟아내기까지 했다. 그러나 그들은 정작 보스니아의 상황에 대해서는 아무것도 변하지 않을 것이란 확고한 믿음을 갖고 있었다.

"아직도 촬영이 안 끝났나요?" 잠시 뒤 응급실에서 일하는 한 남자가 내게 말했다. "아직 보지 못한 게 있습니까? 궁금한 게 더 있어요? 아니면 더 듣고 싶은 것이 있습니까?"

나는 그에게 미안하다고 말하고 카메라를 내려놓았다.

"고맙습니다." 그가 말했다. "나는 여기 있는 사람들이 차라리 그냥 조용히 죽어가는 것이 좋다고 생각합니다."

처음에 사람들은 자기 모습이 카메라로 찍히고 자신들의 고통이 세상 사람들에게 알려지기를 원했다. 그렇게 함으로써 미국이나 유럽이 이런 유혈극에 종지부를 찍도록 나설 것이란 생각을 한 것이다.

모두들 사라예보를 국제도시라고 말한다. 당신이 무슬림이건, 세르비아인이건, 크로아티아인이건 아무 상관이 없었다. 그러나 전쟁이 계속되면서 명확하게 구분이 되기 시작했다. 아무도 다시 함께 사는 세상에 대해 얘기하고 싶어하는 것 같지 않았다. 아니, 대화조차 하고 싶지 않은 것처럼 보였다.

키노 카페Kino Café에는 대략 스무 명의 젊은 남녀가 담배연기 자욱한 방에서 미국의 서부영화를 보고 있었다. 볼륨이 낮게 조정되어 있어 리 마빈Lee Marvin과 찰스 브론슨Charles Bronson의 목소리가 겨우 들릴 정도였다. 하지만 한때 '세르비아−크로아티아어'라고 불리던, 지금은 '보스니아어'로 불리는 언어로 자막이 제공되고 있었다. 젊은 남자들은 하나같이 깡마른 몸매였고, 그들 대부분이 군복을 입고 있었다. 여자들은 잘 다려진 화려한 옷에 얼굴 화장과 머리 손질까지 신경 쓴 표시가 역력했다.

"우리가 죽는다 하더라도 멋있게 보이고 싶다." 슬레마Slema가 말했다. 올해 스물한 살인 그녀는 미소를 지으며 농담조로 말했지만 어딘지 어색했다. "지금 미래에 대해 생각하는 것은 아무 소용이 없어요. 여기는 러시안 룰렛Russian roulette을 하는 것과 같은 상황이죠. 언제든지 수류탄이 떨어질 수 있고, 우리 모두 죽을 수 있어요."

"지금은 죽은 사람들을 위해 눈물을 흘릴 때가 아니에요." 그의 친구가 말을 이었다. "우리는 너무 급박한 삶을 살고 있어요. 그래서 모든 것이 잊혀져버렸지요. 잊혀지지 않은 것이 있다면, 총에 맞은 사람이 있다는 사실이에요. 하지만 불행히도 우리는 그런 것들을 생각할 시간조차 갖고 있지 않죠."

"그러면 당신들은 무슨 생각을 하고 있습니까?" 내가 물었다.

"어떻게 하면 살아남을 수 있을까죠. 내일을 생각할 수가 없어요" 그녀가 대답했다. "단지 지금을 살 뿐입니다. '지금 내가 대화하고 있다'고는 말할 수 있지만 '내일 할머니 댁에 갈 거야'란 말은 할 수가 없지요. 그런 말을 하는 것은 불가능해요."

"사라예보에 사는 사람들은 모두 총알 아래 살아요." 슬레마가 담배에 불을 붙이며 말했다. "다들 자기 차례가 있어요. 그들은 그 차례를 기다리고 있는 겁니다. '내 차례는 언제일까'라고 되물으면서."

●○●○●○●○●○●○●○●

첫 취재를 마치고 사라예보를 떠날 때였다. 공항으로 가는 길에 작은 공터에 모여 있는 사람들 옆을 지나면서 속도를 늦춰야 했다. 트럭 헤드라이트 불빛에 불독 두 마리가 얽혀 있는 모습이 비쳤다. 한 마리가 다른 개의 목을 꽉 물고 있었다. 몇몇 사람들이 큰 목소리로 개에게 지시하고 있었다. 그들의 입에선 담배연기가 끊임없이 차가운 밤공기 속으로 뿜어져 나오고 있었다. 다른 사람들은 개들이 싸우는 모습을 조용히 지켜보고만 있었다. 싸움은 오래가지 않았다. 작은 개가 숨도 제대로 가누지 못하며 자기 코너로 밀렸다. 큰 개가 작은 놈의 숨통을 끊으려는 듯 목을 물고 놓지 않았다. 승자가 명확해지자 사람들이 두 마리를 떼어놓았다. 한 사람이 거의 다 죽어가는 개의 목을 가볍게 두드렸다. 개의 숨구멍을 틔워주기 위해 목을 계속 만지는 동안 그 사람의 손가락 사이로 피가 흘러내렸다. 돈이 오갔고, 사람들이 흩어지기 시작했다. 보스니아군 트럭 몇 대가 요란한 소리를 내며 지나갔다. 트럭 안에는 전선으로 나가는 젊은 병사들이 가득 타고 있었다. 투견장에 있던 사람들은 그들을 쳐다보지도 않았다.

●○●○●○■○●○●○●○●○●

내가 CNN 기자로서 이라크에 처음 왔을 때, 처음 이틀 동안 J. 폴 브레머J. Paul Bremer 대사와 함께 다니며 시간을 보냈다. 브레머 대사는 당시 이라크에 있던 미국의 최고위급 외교관이었다. 2004년 6월의 일이다. 브레머는 이라크 첫 과도정부로 권력을 이양하는 임무를 수행 중이었다.

브레머는 항상 무장한 경호원들에 둘러싸여 있었다. 그들은 모두 특수부대 출신들로 지금은 사설 경호회사인 블랙워터와 계약을 맺은 사람들이다. 나는 브레머와 함께 있어도 좋다는 허락을 받았다. 그가 가는 곳은 어디든 갈 수 있었고, 언제든지 그와 얘기를 나눌 수 있었다. 경호원들은 나에 대해서는 신경을 쓰지 않았다. 하지만 카메라맨 닐 홀스워스Neil Hallsworth에겐 팔꿈치로 접근을 막았으며, "걸리기만 해 봐"라는 말을 반복했다.

"무슨 소리야? 당신을 쏘겠다는 거야?" 닐이 내게 그 얘기를 전했을 때 나는 그렇게 되물었다.

"그런 뜻인 것 같아." 닐이 웃으며 대답했다.

"만약 그들이 당신을 쏜다면." 나는 이어서 말했다. "당신이 그 장면을 찍고 있다는 사실을 기억하라구. 그것은 우리가 오늘 찍은 것 중 가장 인상적인 컷이 될 거야."

브레머는 늘 비즈니스 정장 차림이었다. 빳빳하게 다린 와이셔츠와 프렌치 커프스를 달고 있었다. 하지만 신발 하나만은 먼지가 풀풀 날리는 곳에서 편하게 신을 수 있는 사막전투화를 고집했다. 그는 언제나 경호원들에 둘러싸여 끊임없이 움직였고, 아이비리그 출신의 젊고 유능한 참모들이 그림자 같이 그를 수행했다.

한 번은 내가 브레머 선발대(사전답사팀)와 함께 버스를 타고 이동할 때였다. 선발대 책임자는 자신이 과거 텍사스에서 부시 가족을 위해 일했으며 지금은 브레머를 위해 일하고 있다고 자랑을 늘어놓았다.

우리 일행은 쿠르드족 경찰차와 버스와 함께 이동 중이었다. 꼬리에 꼬리를 무는 긴 차량 행렬은 구불구불 기어가는 뱀처럼 보였다.

"멋지군! 이걸 찍으면 쓸 만하겠어."

버스 창밖을 내다보던 선발대원 중 한 명이 미소 지으며 말했다. 고속도로 양쪽에는 화가 난 쿠르드인 운전자들이 우리의 긴 행렬이 다 지나갈 때까지 차를 세우고 기다리고 있었다.

"괜찮아." 한 선발대원이 농담 삼아 창밖으로 말을 던졌다. "존 케리John Kerry야, 케리를 찍어야 해."

브레머가 말하는 것은 특별히 뉴스가 될 만한 게 없었다. 그는 결국 외교관에 지나지 않았기 때문이다. 어차피 그에게 드라마틱한 움직임이 허용되지는 않을 것이다. 그가 은퇴한다면, 이라크에 충분한 지상군이 배치되지 않았다는 점을 역설하는 책을 쓸지도 모른다. 하지만 현역에 있는 동안 그렇게 강한 발언은 결코 하지 않았다.

브레머는 이따금씩 블랙호크 헬기를 타고 움직였다. 블랙호크가 날아오르면 육중한 회전날개가 공기를 갈라놓았으며, 미국의 힘이 하늘을 흔드는 것처럼 느껴졌다. 헬기를 타면 몸이 너무 많이 흔들려 피부가 가려워진다. 블랙호크는 비행 중 문을 열어놓고 움직인다. 그러면 다리가 허공에 대롱대롱 매달리고, 뜨거운 열기가 얼굴을 달구며 입술에 남아 있는 수분까지 모조리 빨아들인다. 브레머가 탄 헬기는 아주 낮게 비행한다. 지상에서 대략 50피트 높이로 비행하는데, 이렇게 하면 로켓추진수류탄RPG 공격을 피할 수 있다고 군인들이 설명해주었다. 헬기는 가끔 위로 치솟았다 다시 제 고도로 내려온 뒤,

장착된 기관총이 잘 작동되는지 몇 차례 발사해보기도 한다.

한 번은 쿠르드족 마을에서 브레머의 경호팀과 현지 기자들 사이에서 논쟁이 벌어졌다. 이라크 기자들은 기자회견을 거부하며 잔뜩 화가 나 있었다. 브레머는 현장에서 몰래 빠져나가려고 했지만, 현장팀은 그럴 경우 일이 더 시끄러워질 수 있다고 판단했다. 결국 브레머는 쿠르드족 기자들과 만나게 되었다. 사건의 전말은 이랬다. 복도에서 즉석 인터뷰를 하던 브레머에게 쿠르드 국기를 건네려던 한 아이가 경호팀으로부터 손을 맞았다는 것이다. 군중들 틈에서 "미국은 위대한 나라"라고 내게 말했던 그 아이였다.

바그다드로 돌아오는 길, 경호팀들은 나에게 브레머 옆자리에 앉아도 좋다고 허락했다. 사진을 찍을 수 있는 기회였다. 옆자리라고 해봤자 프로펠러 돌아가는 소리 때문에 대화를 나누기가 거의 불가능하기 때문이다. 뿐만 아니라 브레머는 자리에 앉자마자 귀마개를 했다. 나와 대화를 나누는 것에는 전혀 관심이 없는 듯 보였다. 나는 몇 차례 그와 미소만 나눴을 뿐이다. 그는 헬기 안에서 각종 행정문서에 쉴 새 없이 서명을 해댔다. 보좌진이 한 묶음의 서류를 건넸고, 그가 서명을 하는 동안 그의 손목께에 붙어 있는 백악관 커프스가 태양 빛을 반사시키고 있었다. 우리 주위에는 세 명의 저격수가 앉아 있었다.

뒤쪽에도 무장 경호원 수십 명이 자리를 잡고 있었다. 내 옆에 앉아 있던 경호원은 팔에 마우리족 문신을 하고 있었는데 닳아빠진 헌 책을 읽고 있었다. 처음엔 무슨 책인지 알지 못했다. 하지만 그가 페이

지를 넘기자, 제목을 잠깐 볼 수 있었다. 『친구를 사귀고 사람들에게
영향력을 발휘하는 법How to win Friends and influence people』.

●◇●◇●◇●◇●◇●◇●◇●

2005년 이라크 과도정부 대통령선거 D-1, 이라크군은 최고의
경계상태에 돌입했다. 모든 도로가 봉쇄됐기에 이동하기가 여간 어
렵지 않았다. 그래서 나는 CNN이 임대한 안전구역 내의 주택 근처
에서만 시간을 보내야 했다. 이따금 도시가 전혀 위험하지 않다고 느
껴졌다. 하지만 그런 생각을 하는 순간, 어김없이 폭탄이 터지고 사
람이 납치된다.

사무실에 앉아 있으면, 컴퓨터 스크린에 뜨는 무수한 속보를 접할
수 있다. 이러한 소식들은 대부분 방송에 한 줄도 나가지 않는 것들
이다. 경찰관 세 명 피랍, 이라크 군인 한 명 사망, 가게 안에서 수류
탄 폭발, 군의관 자택 앞에서 피격 사망, 신원을 알 수 없는 시체 발
견 등등……. 잠시 후면 모두 잊혀질 그런 작은 사건들이 쉴 새 없이
입수된다.

대부분의 기자들은 큰 호텔 몇 개 중 한 곳에 머문다. 2004년 6월
내가 이라크에 처음 왔을 때, CNN은 팔레스타인 호텔에 베이스캠프
를 마련했다. 그 후 상황이 점점 더 악화되자 우리는 거점을 옮겨야
했다. 그러나 팔레스타인 호텔 옥상에는 여전히 임시로 만든 방들이

있었고, 그 방들은 몇 개의 언론사에 임대되었다.

각각의 방에 들어가면, 기자들이 피르도스 광장Firdos square을 배경으로 스탠딩(기자가 한 자리에 서서 뉴스를 보도하는 것)할 수 있는 자리가 마련돼 있다. 피르도스 광장은 바그다드가 함락되자마자 사담 후세인의 동상이 쓰러졌던 곳이다. 밤에 호텔 옥상에서 스탠딩을 하면, 기자의 얼굴을 비추는 밝은 불빛이 저격수들에게 좋은 표적을 알려주는 길잡이 역할을 하기도 한다. 그래서 스탠딩하는 중엔 경호원들이 저격수의 움직임을 감지하기 위해 주변 대로를 감시한다.

팔레스타인 호텔 로비에는 볼품없는 기념품 가게가 하나 있는데 싸구려 잡동사니와 먼지가 뽀얗게 덮여 있는 칼, 통조림 등을 팔고 있다. 한 번은 거기서 후세인의 사진을 몇 장 산 적이 있다. 바그다드 함락 이후 그와 관련된 물건은 대부분 치워져 있었다.

팔레스타인 호텔의 엘리베이터는 달팽이처럼 느렸다. 엘리베이터를 기다리는 동안, 그날 사상자 수를 다 파악할 수 있을 정도였다. 처음 그 엘리베이터를 탔을 때, 나는 버겐스탁Birkenstock 신발을 신고 디지털 비디오카메라를 든 한국 여자 한 명이 은발의 머리를 위로 감아 올린 까무잡잡한 미국인과 속삭이듯 대화를 나누는 것을 들었다.

"들었어요? 사제 폭탄이 터져서 이라크인 세 명이 죽었대요."

"그래요, 경찰 두 명도 모술에서 죽었다더군요."

2004년 내가 팔레스타인 호텔에 묵고 있던 어느 날, 우리 경호팀으로부터 공격이 있을 수 있다는 경고를 받았다. "괴한들이 호텔 방마다 다니면서 무슬림이 아닌 사람들을 살해할 것이란 첩보가 있어요."

한 경호원이 내게 말했다. 바로 몇 주 전 사우디아라비아에서 실제로 그런 일이 발생했다고 한다. 그 얘기를 듣자 이번 경고가 결코 꾸며낸 것이 아니란 생각이 들었다.

"내게 좋은 생각이 있어요." 그는 내게 커다란 나무판 두 개를 건네주며 확신에 찬 목소리로 말했다. "밤에 잠들기 전에 이걸로 문을 단단히 막아요"

"2×4인치밖에 안 되는 나무로?" 내가 되물었다. "이걸로 어떻게 괴한을 막겠어요? 뭐 하이테크 열쇠 같은 건 없을까?"

그가 어깨를 으쓱하더니 나를 물끄러미 바라보았다. 속으로는 '야 이 멍청아, 여기 그런 게 어딨어'라고 말하는 것 같았다.

다행히 밤새 그런 일은 일어나지 않았지만, 나는 이른 아침 호텔을 떠났다. 그날 저항세력들은 호텔에 로켓을 쏘아댔다. 호텔에서 몇백 야드 떨어진 곳에 박격포를 실은 버스를 배치하고 공격을 계속했는데, 그중 한 발이 옆에 있는 쉐라톤 호텔에 명중했다. 바그다드 호텔에도 한 발이 떨어졌다. 로켓의 위력은 엄청났다. 버스가 뒤집혔고 두 명의 이라크 경호원이 부상을 입었다.

나는 다음날 약속시간에 늦을지도 모른다는 걱정과 모닝콜을 못 받을까 염려하는 마음으로 잠이 들었다. 하지만 옆 건물에 떨어지는 로켓 소리에 화들짝 놀라 일어날 수 있었다.

몇 시간 동안 비행기 탑승을 기다리면서, 나는 불과 몇백 미터 밖에서 박격포탄이 떨어지는 장면을 목격했다. 엄청난 충격이었다. 피어오르는 연기가 먼 곳에서도 뚜렷이 보였다.

"괜찮아요. 정말 괜찮아요." 짐을 날라주는 소년이 웃으며 말했다. 나는 그가 정말로 괜찮은지 한참을 쳐다보았다.

●○●○●○●○●○●○●○●○●

2005년 1월 투표일에 바그다드는 도시 전체가 완전히 폐쇄됐다. 차는 물론 어떤 이동수단도 눈뜨고 찾아볼 수 없었다. 모든 길이 봉쇄됐기 때문이다. 작은 투표소와 학교 등에서 사람들이 투표하기 위해 줄 서 있는 모습만 눈에 띄었다. 미군들은 이웃 빌딩 옥상에서 경계를 늦추지 않고 있었다. 그들은 거리에 모습을 드러내지 않았다. 투표소 주변은 철저히 격리됐다. 이라크 군인과 경찰들이 투표소로 가는 길목마다 경계를 서고 있었다.

철조망이 설치된 바리케이드를 지날 때, 한 이라크 군인이 미제 소총을 자랑스럽게 들고 와서는 자기 사진을 찍어달라고 요청했다. 그는 어려 보였고, 자신이 하는 일에 대단한 자부심을 갖고 있는 것 같았다.

"이 무기는 말이죠," 그가 총을 두드리며 말했다. "로켓발사기로 무장하고서 자기가 위대하다고 떠벌리는 사람들을 하이파 거리에서 여자처럼 도망치게 만든 총이에요. 나는 신에게 맹세했어요. 끝까지 싸울 거라고."

나는 그에게 미소를 지어주고 떠났다. 대여섯 대의 휴대전화가 시멘트 블록 위에 놓여 있었다. 투표하러 들어간 사람들의 것이다. 휴대폰은 폭탄의 뇌관으로 쓰일 수 있기에 투표장에 휴대하지 못하도록 한 것이다.

차례를 기다리며 줄 지어 서 있는 이라크 사람들은 말이 없었다. 학교 입구 벽에 걸려 있는 포스터에는 "두려움에 떨며 살지 마십시오. 테러리스트에 관한 정보가 있다면, 당신은 포상받을 자격이 있습니다"라고 씌어 있었다.

투표를 끝낸 사람들은 집게손가락을 잉크병 속에 넣는다. 그들의 의무를 다했다는 의미이다. 학교에서 나온 많은 사람들이 손가락을 치켜들고 미소 지은 채 카메라 앞을 지나갔다.

"이것은 피를 흘려서라도 완수해야 할 일이에요." 한 남자가 자신의 손가락을 보면서 말했다. "투표가 이라크 국가와 국민의 미래를 결정할 겁니다. 투표는 아주 훌륭한 일이죠."

다리가 몹시 부은 검은색 옷의 여자가 아들이 밀어주는 휠체어를 타고 투표소로 들어왔다. 바드리아 플라이Badria Flayih라는 이름을 가진 그녀는 90세였다. 가까이 다가가자 그녀는 잉크가 묻어 있는 손을 들어보였다.

"나는 하나도 두렵지 않아." 그녀는 거의 선언하듯 소리쳤다. "어젯밤 한숨도 자지 못했어. 여기 와서 투표한다는 생각을 하니 흥분이 돼서 말이야. 신은 수니파든 시아파든 쿠르드족이든 상관없이 모든 이라크 사람을 구할 거야. 우리는 모두 같은 이라크 사람들이야. 한 민족이란 얘기지."

투표하기 위해 서 있던 사람들이 박수를 쳐대느라 줄이 조금 흐트
러졌다.

●○●○●○●○●○●○●○●○

다시 아프리카 소웨토로. 1994년 5월, 투표소가 문을 열자 한
무리의 여성들이 일제히 박수를 쳤다. 투표를 위해 길게 늘어선 줄이
남아공 슬럼가의 판자촌을 휘감았다. 그 장면을 보자니 살찐 검은 뱀
이 떠올랐다. 판잣집과 진흙탕 길을 감고 크게 똬리를 틀고 있는 뱀
말이다. 소웨토의 다른 지역에서는 구호를 외치고 소그룹으로 나눠
춤을 추고 있는 청소년들의 모습을 목격하기도 했다. 하지만 투표를
기다리는 행렬은 조용했다. 남녀노소 가릴 것 없이 아주 오랫동안을
기다리고 있었다. 몇 시간을 더 기다린다 해도 그들에게 크게 문제가
될 것 같지 않았다.

당시 남아공에서는 '흑인들이 정권을 잡을 경우 어떤 일이 발생할
것인가'에 대해 갖가지 주장들이 난무했다. 백인들이 게릴라전을 펼
것이라는 예측도 있었고, 흑인들의 통치에 대한 두려움도 있었다.

몇 주 전 나는 한 젊은이가 총에 맞아 사망하는 모습을 목격했다.
'아프리카민족회의African National Congress'에 반대하는 인카타 자유당
Inkatha Freedom Party이 주도하는 집회에 참가했을 때였다. 시위대가 요
하네스버그의 시내에 집결했을 때, 인근 빌딩 어딘가에서 저격수들

이 몇 발의 총알을 발사했다. 그 누구도 총알이 어디서 날아오는지, 어디로 피해야 할지 몰랐다.

"총알 한 발을 피하기 위해서 다른 곳으로 달리는 것은 다른 총알을 맞으러 가는 것이나 마찬가지다." 언젠가 카메라맨이 이런 말을 한 적이 있었다. 그날 나는 절대 도망치지 않았다.

대단한 혼란이었다. 나는 가만히 서서 눈앞에서 벌어지는 광경을 똑똑히 목격했다. 그때 보았던 것을 수백 개의 동작, 수천 개의 다른 순간으로 쪼갤 수도 있다. 한 할머니는 분을 못 이긴 나머지 '모든 이를 위한 더 나은 세상A BETTER LIFE FOR ALL'이라고 씌어진 만델라 선거 포스터를 지팡이로 때렸다. 대여섯 명의 남아공 경찰들이 빌딩 문을 부수려 시도했고, 여성 경찰들은 권총을 손에 든 채 유리창을 살펴보며 총을 쏜 사람을 찾고 있었다. 거리 한편에서는 배가 훤히 보이는 옷을 입은 아시아 출신의 매춘부들이 발코니에 서 있는 모습도 보였다. 그들이 이 광경을 구경하기 위해 베란다 난간 위로 몸을 기대자 젖가슴이 삐져나와 보였다.

총에 맞은 소년은 열다섯 살쯤 되어보였다. 가슴에 총을 맞은 소년은 꼼짝도 않고 바닥에 누워 있었고, 그의 붉은색 스니커즈 신발 한 짝이 그 옆에 있었다. 아마 총을 맞고 쓰러질 때 벗겨진 듯했다. 다른 신발 한 짝은 여전히 그의 발을 감싸고 있었다. 끈이 없는 매끈한 신발이었다. 흑인으로 보이는 네 명의 진압 경찰이 소년의 시체를 콘크리트 벽 뒤쪽으로 옮겼다. 소년의 발이 땅에 질질 끌렸고, 그러다 나머지 신발마저 벗겨져버렸다. 소년의 가슴에 난 상처는 작았지만 자리에는 피가 흥건하게 묻어 있었다.

총소리가 멎자 경찰들은 담요와 선거 포스터로 쓰러진 시체들을 덮기 시작했다. 나는 몇 블록을 걸어가 가게에서 소다수와 물을 샀다. 그리고 길모퉁이에 앉아 그것들을 마셨다. 사건이 벌어지는 동안, 내가 시내에 있다는 사실을 잊고 있었다. 나 자신에 대한 모든 것도 잊고 있었다. 당시 내가 느낀 것은 어지러움과 공포뿐이었다. 나는 거리에 앉아서 여전히 그런 감정이 남아 있다는 걸 느낄 수 있었다. 그것이 사라지는 데는 몇 시간이 걸렸다.

사실 이전에도 이 구석 자리로 온 적이 있었다. 2년 전 나는 택시를 타고 이 거리 반대편에 내렸었다. 그때 백인 운전기사는 "흑인들이 이곳을 영원히 다스릴 수는 없을 것"이라고 침을 튀기며 얘기했다.

에이즈와 대중교통이 아프리카의 구세주가 될 것이라고 말하기도 했다. 그는 로키 거리에 있는 정육점을 지나면서 속도를 높였다. 그 정육점 카운터 뒷벽에는 누드사진이 붙어 있었다.

"보세요. 흑인들은 일주일에 대여섯 번이나 섹스를 해요." 운전사는 객소리를 늘어놓았다. "그런데 백인들은 일주일에 한두 번만 하잖아요. 그래서 에이즈가 해결사라는 거예요. 앞으로는 많은 사람이 에이즈 때문에 죽을 거예요. 내 생각에 흑인 80%와 백인 20%가 에이즈에 감염된다면, 앞으로 흑인 정부의 탄생은 물 건너간 거죠."

나는 그와 논쟁하고 싶지 않았다. 당시에는 모든 사람들이 총을 갖고 다녔고 총기 사고는 어디서나 발생했다. 택시 안이라고 예외는 아닐 터였다. 나는 소웨토의 선거일에 그 택시 운전사를 떠올렸다. 그리고 방금 총에 맞아 죽은 어린 소년도 떠올렸다. 우리는 '미래'를 예측할 수 있다고 믿고 싶어한다. 우리는 '현재'를 이해하고 있다고 생각한다. 그러나 그것이 진실인지, 내겐 확신이 없다.

Anderson Cooper

니제로_식은땀

Niger ; Night Sweats

눈을 감고 잠을 청해본다. 설핏 잠이 들었을지도 모르겠다. 아프리카에서는 모든 것을 견뎌야 한다. 더러운 침대 시트를 덮어야 하고, 땀과 먼지에 절은 머리칼은 헝클어져 있는 데다 입에서는 모래 알갱이가 씹힌다. 그런 와중에도 나는 뉴스에 내보낼 영상을 구상한다. 머릿속으로 영상을 오려 붙이고 또 붙여보고, 그러다 문득 잠을 깨면 내가 어디에 있는지 알지도 못한 채 가쁜 숨을 몰아쉬곤 했다. 니제르, 르완다, 소말리아……

아프리카에는 서구의 모습과 대비되는 사진의 소재가 너무 많다. 모두 다 잡을 수 없을 정도로. 빠르게 달리는 차의 창문 밖으로 머리를 내놓은 것 같다. 질식할 정도다. 너무 많아서 오히려 상황을 이해하기가 힘들다는 것을 이해하겠는가? 팔다리를 자르고, 처형하고,

집들은 텅 비어 있고, 가게는 문을 닫았으며, 곳곳에 불구가 된 아이들의 모습이 눈에 띈다. 눈매가 매서운 총잡이들과 알몸의 시체들, 박살난 차량, 그리고 시신이 무더기로 매장된 무덤들, 손으로 만든 묘비, 여기저기 널려 있는 총알, 굶주린 개들, 저격수들이 쓴 경고문이 빌보드차트처럼 붙어 있고 교차로엔 버스와 화물차가 멈춰 서 있다. 헐렁한 옷을 입은 노인들이 어디론가 걸어가는 모습도 보인다. 이런 모습들을 보고 있자면 의식이 몽롱해진다. 사막과 산, 논, 들판. 허리 숙인 농부. 인기척이 나면 그들은 고개를 들고 쳐다본다. 서로의 눈이 마주친다. 어린아이들은 도로로 뛰어나와 꼼짝하지 않고 지나가는 사람들을 바라본다. 저 사람들이 좋은 사람인지 나쁜 사람인지는 전혀 알지 못한 채. 그들은 체중을 뒤꿈치에 실어놓고, 차가 기우뚱하거나 총을 장전하는 소리가 들리면 언제든지 달아날 태세를 갖추고 있다. 집도 마을도 온전한 것이 없었다. 지붕은 뚫려 있고, 벽은 불에 타고 무너진 채 방치돼 있다. 집들은 속이 훤히 들여다보이고 약탈당한 흔적이 역력했다.

가끔 멀쩡해 보이는 집도 몇 군데 눈에 띈다. 나는 마을들을 뒤로한 채 계속 걸어간다. 세상 어디든 모험이 기다리고 있다. 그곳에서의 삶은 결코 나의 삶이 아니다. 그러나 앞으로 내가 경험하게 될 삶이며, 사람들이 보기 원하는 삶이다.

잠시 그곳에 머문 뒤 나는 떠날 것이다. 그동안엔 셔츠가 등에 달라붙고 목은 태양에 검게 그을리고 슬픔과 상실감에 빠지겠지만, 떠나는 차 안에서 시원한 에어컨 바람을 쐬며 얼음물을 마시면 이별할 수 있을 것이다. 마치 지구 위를 미끄러지듯, 가볍게 미소 지으면서.

●○●○●○●○●○●○●○●○●○

나는 지금 니제르의 마라디Maradi에 있다. 2005년 7월 말이다. 며칠 전, 나는 친구와 휴가를 맞아 르완다로 바캉스를 떠났었다. 산악지역에 사는 고릴라를 보러 갔고, 새로 지은 학살 박물관genocide museum도 구경했다. 다른 이들은 그다지 재미있는 일이라 생각하지 않겠지만, 사실 휴가를 멋지게 보낸 기억도 별로 없다. 딱히 할 일이 없어 벤치에 앉아 쉬고 있자니 그것도 곧 시들해졌다. 휴가가 이틀 남았을 때였다. 호텔 방에서 TV를 보다 니제르 국민들이 기아에 허덕인다는 소식을 접했다.

"유엔의 보고서에 따르면, 니제르 국민 350만 명이 아사 위험에 처해 있는데, 이들 대부분이 어린이입니다." 뉴스 앵커의 이 짤막한 보도가 끝나자 이내 다른 뉴스가 흘러나왔다.

나는 CNN 본사에 전화해 니제르에 가도 되는지 물어보았다. 그리고 나와 휴가를 함께 보내던 동료들에게 먼저 떠나겠다고 털어놓았다.

한 친구가 나의 변경된 계획을 듣고서 물었다. "왜 니제르에 가려고 하는데?"

"자네는 왜 니제르에 가지 않으려고 하는데?" 내가 되물었다.

"나는 말이야, 정신이 똑바로 박힌 사람이거든." 그가 웃으면서 대답했다.

나는 뭐라 설명해야 좋을지 몰랐지만, 니제르에 가는 것이 마치 새로운 창을 여는 것처럼 생각됐다. 창이 열리면 완전히 다른 세상을 볼 수 있을 것이었다. 나는 기아에 허덕이는 니제르를 취재하고 싶었다. 그들이 처한 현실을 내 눈으로 똑바로 보고 싶었다. 나는 내가 너무 편하거나 무신경해져서 예민한 감각을 잃지나 않을까 걱정이 되었다.

다음날, 나는 비행기를 타고 니제르로 향했다. 드디어 휴가의 따분함에서 벗어났다. 창공을 날면서 다시 내 일로 돌아왔음을 느꼈다. 확실한 것은 아무것도 없지만, 내가 해야 할 일은 확실해졌다.

●○●○●○●○●○●○●

통계 수치를 종합해보면, 니제르는 세계에서 가장 가난한 나라 중 하나다. 국토의 90%는 사막지역이며 수확이 좋을 때도 대부분의 국민들이 근근이 먹고 산다. 니제르 여성들은 평균 8명의 아이를 낳는데, 신생아 네 명 중 한 명꼴로 5세 이전에 사망한다. 넷 중 하나라면, 충격적인 수치다. 그러나 니제르 사람들의 평소 먹거리가 얼마나 부실한지, 의료서비스를 받는 것이 얼마나 어려운지를 알게 된다면 이 수치가 이해될 것이다.

농작물을 심어 추수할 때까지의 하절기는 어른들에게도 살아남기

124

어려운 시기다. 니제르 사람들은 이 기간을 '배고픈 계절hungry season'
이라 부른다. 이 시기에는 전해에 비축해둔 곡물로 연명하는데, 2004
년에 한발이 닥쳤고 메뚜기떼까지 습격해 와서 재배하던 모든 농작
물이 황폐화됐다. 그래서 2005년에는 비축해둔 곡물이 거의 없는 상
태였다. 사람들은 나뭇잎을 따먹으며 식량을 찾아 유랑하고 있었다.

니제르에 착륙해 활주로 끝에 도착했을 때까지도 니아메 국제공항
은 보이지 않았다. 비행기가 멈춘 자리 양쪽으로 모래와 관목만이 지
평선 끝까지 펼쳐져 있었다.

비행기의 옆 좌석에 앉아 벌컥벌컥 술을 들이켜던 영국인 사업가는
창밖을 응시하다가 울먹거렸다. "정말 여기는 아무것도 없구나." 그
리고 입속으로 이렇게 중얼거렸다. "아이들이 죽어가고 있어."

"무엇을 도와드릴까요?" 에어프랑스 승무원이 지나가다 그에게 물
었다.

"사람들이 죽어가고 있어요." 그 사업가가 다시 말했다.

"알고 있습니다." 승무원이 말했다. "이 지구촌에는 매일 사람들이
죽어가고 있어요." 그녀는 술 취한 승객과 얘기를 나누는 것이 싫은
눈치였다.

기아를 취재한다는 것은 결코 쉬운 일이 아니었다. 운전기사가 딸
린 메르세데스 벤츠는 니아메 공항을 벗어나 여기저기 구멍이 팬 도
로 위를 미끄러지듯이 달렸다. 벤츠는 주로 사업가와 관료들이 이용
하는 셔틀 차량이었다. 굳게 닫힌 차창 위에는 층층이 먼지가 쌓여
있었다.

"이건 기아가 아니라 수치야."

호텔에서 만난 유럽 기자는 이렇게 투덜거렸다. 그는 자신이 찍은 사진들이 상사가 원하는 그림이 아닌 것 같다며 걱정했다. TV란 원래 그런 것이다. 기자들은 자기가 원하는 그림을 알고 있고, 상사들은 그 그림을 기대한다. 그런 그림을 얻지 못한다면 상사들을 실망시킬 것이다. 이제 기자들은 최후의 선택으로 더 극적인 그림을 위해 병원 침대를 찍으러 다닐 수밖에 없다. 단순히 굶주리는 모습만으로는 충분하지 않다. 단순히 아픈 사람의 모습만으로는 뭔가가 부족하다.

물론 내가 찾아간 곳에는 기아가 만연했고, 그런 모습들을 더 가까이 접근해 잡아내야 했다. 니아메에서 마라디로 들어가는 길가에는 옥수수와 수수, 기장을 재배하는 들판이 펼쳐져 있었다. 농작물들이 심어져 있지만 수확할 때까지는 많은 시간이 남아 있다. 그때까지 먹을 수 있는 곡식들은 거의 없다. 어른들은 나뭇잎과 풀을 뜯어먹고 살아간다지만, 아이들에게는 영양분이 필요하다. 하지만 먹을 것이라곤 정말이지 아무것도 없다.

"풍경만 봐서는 그리 나빠 보이지 않네." 나는 PD인 찰리 무어에게 말했다. 하지만 이 말을 내뱉는 순간 '아차' 하는 생각이 들었다. 할 수 있다면 얼른 주워 담고 싶었다.

"이 정도만 해도 충분히 열악한 거야."

무어가 대답했다. 물론 그의 말이 맞다.

충분히 열악하다.

"여기는 꽤 힘든 곳입니다." 내가 짐을 챙기고 있을 때 공군 장교가 말했다. "어디에 머물 예정입니까?"

"모르겠습니다!" 나는 큰소리로 말했다. 겁을 집어먹어서 마치 크게 고함을 지른 것처럼 보였을 것이다.

"모르겠다니 무슨 소립니까? 소말리아는 그냥 한번 와볼 수 있는 곳이 아닙니다. 당신은 어느 회사 소속입니까?"

문득 내 가짜 프레스카드를 빼앗기지나 않을까 걱정이 됐다. 나는 구호단체와 함께 머물고 있으며, 단지 숙소의 정확한 위치를 모를 뿐이라고 대답했다. 사실은 머무를 곳도 없었고, 어느 회사에 소속된 상태도 아니었다.

1992년 9월 초순, 소말리아 바이도아Baidoa에 막 도착했을 때였다. 그때는 사라예보에 가기 전이었으므로, 미얀마가 내가 가본 유일한 전장이었다. 미얀마 취재 사진을 채널원에 판매한 후, 나는 6개월 동안 베트남에 체류했다. 하노이에서 베트남어를 배우면서 또 다른 취재거리를 준비하고 있었다. 그러나 채널원은 내 비자가 만료될 때까지도 정식 직원 발령을 내주지 않았다. 나는 또 다른 계획을 준비해야 했다.

당시 내 나이는 스물다섯이었고, 형의 자살에 큰 충격을 받은 상태였다. 거리를 걸어가다가도, 콘크리트 바닥에 묻어 있는 얼룩만 봐도

피가 연상됐다. 그럴 때면 근처 레스토랑의 화장실로 달려가 구토를
하곤 했다.

베트남에서 나는 죽은 형을 몇 번 본 적이 있다. 누군가 군중 속에
서 내 주의를 끄는 사람이 있으면 잠시 그가 형, 카터가 아닌가 생각
하곤 했으니까.

어느 날 저녁 하노이의 한 카페에서 장애를 가진 한 걸인이 내 앞에
멈춰 섰다. 그는 뒤틀린 손을 내밀며 적선해달라고 했다. 그 얼굴을
보는 순간, 카터라는 생각이 들었다. 그의 온화한 눈빛과 시선, 늘어
진 머리카락이 그런 생각을 하게 만들었다. 나는 소스라치게 놀랐다.

정신을 차렸을 때 걸인은 내게서 멀어져 있었다. 나는 그를 쫓아가
얘기를 나누고 싶었다. 하지만 의자에 앉아 꼼짝도 할 수 없었다. 황
당한 생각이었다. 나는 그 누구에게도 그날 일을 얘기하지 않았다.
나는 당황스러웠고 스스로가 걱정이 되었다. 비록 생각뿐이었지만
그것은 망상의 신호였으므로.

카터를 생각나게 하는 것은 사람들뿐만이 아니었다. 한 번은 내가
머물었던 하노이의 아파트 옆 음식점에 앉아 있을 때였다. 나는 그
음식점의 천장이 신문지로 도배돼 있는 것을 보았다. 그것은 오래전
크리스마스에 형이 선물해주었던, 담뱃갑으로 만든 박스를 연상시켰
다. 질감이나 색깔이 아주 비슷했다. 잠시 나는 형 카터를 아주 또렷
하게 다시 떠올렸다. 그의 체형, 그의 머리칼 색깔, 가는 손가락……

카터가 죽은 지 4년이 지났지만, 그의 사망 원인과 관련해 밝혀진
것은 아무것도 없다. 베트남은 내가 겪었던 어둠을 결코 보듬어주지

못했다. 내 핏줄 속으로 흐르는 슬픔을 위로해주지도 못했다. 나는 지금도 슬픔을 느끼고 있고, 그래서 슬픔을 겪고 있는 다른 사람들 곁에 있어주고 싶었다. 나는 이 모든 상황을 어떻게든 견뎌내려 했고, 일자리 또한 필요했다. 그때 소말리아는 내가 진정 가야 할 곳으로 여겨졌다.

기아가 아프리카의 뿔Horn of Africa을 덮치고 있었다. 이미 수만 명의 아프리카인이 굶주림으로 목숨을 잃었으며, 수백만 명이 언제 죽을지 모르는 상황에 처해 있었다. 소말리아는 가뭄 문제를 해결할 중앙정부가 부재한 상태였다. 사병과 무기를 보유한 몇몇 군벌세력만이 존재했다.

하지만 '기아'는 아직 주요 뉴스가 되지 못했다. 석 달 내로 미국이 군대를 파견한다고 했다. 수백만 달러나 되는 구호자금이 지원됐고, 미국 방송사들은 앵커까지 파견했다. 이런 지원으로 수십만 명의 목숨을 건질 수가 있을 것이다. 하지만 그 약발이 떨어지면 모든 상황은 또다시 통제 불능으로 돌아갈 것이다. 늘 그래왔다. 어떤 상황에서 시작한 일이 전혀 다른 상황으로 끝나곤 했다. 평화를 지키러 온 사람들이 평화를 만들어내는 사람으로 변했다. 인도주의적 임무 수행이 소말리아 군벌들을 쫓는 작업으로 바뀐 것이다. 그러던 와중에 블랙호크가 추락했고 미군이 죽어갔다. 모든 게 엉망으로 변해갔다.

하지만 모든 것이 굶주림에서 시작됐다는 사실을 잊으면 안 된다. 매일 수천 명이 죽어갔고, 대부분이 어린이와 노인들이었다. 무기나 돈, 가족이 없는 사람들이 먼저 쓰러졌다. 총과 박격포로 무장한 십대 소년 패거리들이 픽업트럭을 타고 힘 자랑을 하러 다녔다.

나는 미군이 막 개통한, 케냐의 뭄바사Mombasa 근처까지 가는 구조 물자 수송기를 얻어 탈 수 있었다. 이곳 바이도아Baidoa에서만도 하루에 백 명가량이 굶주림으로 죽어가고 있다. 미군은 C-130 헤라클레스 수송기에 수수 자루를 실어 날랐다. 곡물 자루들은 비행기 바닥에 고정된 그물 위에 차곡차곡 쌓여졌다. 내가 탄 비행기에도 6명의 젊은 군인들이 곡물 자루 위에서 잠을 자고 있었다.

"저 군인들은 뭐죠?" 나는 비행기에 같이 올라탄 공군 장교에게 물었다.

"우린 저들을 '뱀 먹는 사람들snake eaters'이라 부르지요." 마치 비밀 정보를 공개하듯 그가 속삭이듯 대답했다. "말하자면 활주로의 안전 상태를 점검하는 사람들입니다."

한 달 전 비자 갱신 문제로 나이로비Nairobi에 묶여 있을 때, 나는 로렌조 라마스Lorenzo Lamas가 출연하는 '뱀 먹는 사람Snake Eater Ⅱ'이란 제목의 저예산 액션영화를 본 적이 있었다. 당시 영화에서 보았던 근육질 배우들보다 지금 잠들어 있는 이 청년들이 훨씬 더 전문가처럼 보였다. 비행기가 착륙하자 '뱀 먹는 사람들'이 제일 먼저 비행기에서 내렸다. 그들은 활주로 옆으로 달려가더니 숲속으로 사라졌다.

C-130 수송기는 20분가량 머물렀다. 수수 자루와 나를 내려놓더니 화물칸 문을 닫고 이륙해버렸다.

활주로 다른쪽 끝에는 구호단체 요원 몇 명이 픽업트럭을 세워놓고 있었다. 한 트럭 위에는 기관총으로 무장한 젊은 소말리아인이 거총 자세로 앉아 있었다. 그 뒤에는 더러운 티셔츠를 입은 사람들 한 무리가 허연 이를 드러내고 뭔가를 씹으며 서 있었다. 알고 보니 소말리아 사람들이 틈만 나면 씹는 마약 풀 '카트Khat'였다. 카트를 하루 종일 씹으면 마약중독 상태가 된다. 소말리아에는 구호물자를 실은 몇 안 되는 비행기만 들어올 수 있었으나, 카트를 실은 비행기들은 매일같이 이 나라 곳곳을 다녔다.

내가 도착한 그날, 구호단체 사람 두 명이 구호용 곡식을 실어가려 기다리고 있었다. 그들은 나를 알지 못했고, 나도 그들에게 접근하기가 쑥스러웠다. 나중에 깨달은 것이지만, 기자란 눈엣가시 같은 존재로 여겨졌다. 기자들은 일반적인 정보뿐만 아니라 식량과 이를 옮기는 과정에서도 어떤 이야기를 찾는 사람들이다. 구호단체 사람들은 메이저 언론사에서 나온 기자들과는 좋은 관계를 유지한다. 그 방송을 보는 사람들이 엄청난 기부를 할 수도 있기 때문이다. 하지만 홈 비디오 카메라를 들고 온 기자들에겐 웬만해서 친절을 베풀려 하지 않는다.

수수 자루들이 모두 트럭으로 옮겨 실어지자, 나만 홀로 활주로 한쪽에 남겨놓은 채 모든 사람들이 그곳을 떠났다. 살다 보면 커다란 빌딩에서 떨어져 나온 벽돌 한 조각처럼 홀로 떨어진 상황을 맞이하게 될 때가 있다. 바이도아 활주로 옆에 혼자 서 있는 것이 바로 그런 상황이었다. 내가 어디로 가야할지 이리저리 궁리해보았다.

그때 내 수중에는 현금 2천 달러와 카메라, 그리고 녹화용 비디오 테이프 몇 개와 캐슈너트가 들어 있는 배낭 한 개가 전부였다. 캐슈

너트는 비행기를 타기 전 구입한 유일한 식품이었다. 내가 무엇을 하고 있는지, 그리고 무엇을 해야 할지 아무런 생각이 나지 않았다.

●○●○●○●○●○●○●○●

2005년 7월 말, 니제르 마라디Maradi 인근의 임시 병원에는 아이를 품에 안은 수십 명의 어머니들이 모여 있었다. 영양실조에 걸린 자식들이 살아날 수 있을지 검사하기 위해서였다. 병원은 1999년 노벨평화상을 받았던 프랑스 구호단체 '국경 없는 의사회Médecins Sans Frontières'가 세운 것이다. 그들은 전 세계 최악의 장소에도 두려움 없이 갈 뿐 아니라, UN에 비해 훨씬 효율적이라는 이유로 내가 제일 좋아하는 단체이다.

병원은 마라디 중심지의 큰길에서 몇 블록 떨어진 곳에 있었다. 마라디는 니제르에서 세 번째로 큰 도시이긴 하지만 낙후된 이 나라의 수도 니아메Niamey에서 차로 10시간이나 걸리는 오지이다.

아이를 안은 어머니들이 병원 건물로 들어가려면 두 명의 비무장 경비원이 지키는 작은 금속 문을 통과해야 했다. 동틀 무렵이지만 이미 긴 줄이 늘어섰다. 여인들은 그들의 거칠고 검은 피부와 너무나 대조되는 밝고 화려한 색상의 전통 의상을 입고 있었다.

몇 주 뒤 뉴욕으로 돌아갔을 때, 길에서 마주친 한 우아한 여인이 내게 말을 걸었다. "앤더슨, 그 니제르의 여인들 말예요. 그러니까 그

옷감이요. 그런 옷감들을 어디서 찾는 걸까요? 그런 색깔을 고르기 위해 얼마나 많은 고민을 하는 걸까요?" 그녀는 가볍게 한숨을 쉬며 말했다.

병원에 도착한 날 아침, 아이를 안은 수십 명의 어머니들이 문밖에 서 있었다. 마치 코끼리처럼 거친 피부를 가진 벌거벗은 한 아이가 어머니 앞에 웅크린 채 용변을 보는 장면이 눈에 띄었다. 어머니는 약품 상자에서 꺼낸 마분지 같은 것으로 아이의 주름진 엉덩이를 닦아줬다.

여인들은 내가 들어오는 것을, 이리저리 오가는 것을, 내 피부색과 어깨에 든 카메라를 물끄러미 바라봤다. 그들은 내 옷과 시선을 살펴보고, 나의 방문 의도와 나로부터 도움을 받을 수 있을지 여부를 한눈에 판단한 것 같았다. 그들은 내게 매달리지 않았다. 내가 자신들을 도우러 온 게 아닌 줄 알기 때문이다. 내가 가진 것은 카메라와 노트북컴퓨터뿐. 지금 당장 그들을 도울 방법은 아무것도 없었다. 물론 장기적인 관점에서 자신들을 도울 수 있다고 생각해 사진 찍는 것을 거부하지는 않겠지만, 사실 그들은 아예 관심이 없었다. 그들에게 필요한 것은 지금 당장의 도움이기 때문이다. 물, 음식, 영양분을 지금 당장.

병원 문 바로 건너편에 설치되어 있는 접수 텐트에서 의사 밀튼 텍토니디스Milton Tectonidis가 엄마 품에 안겨 칭얼대는 두 살 된 남자 아이를 진찰하고 있었다.

"탈수 증세가 심하네요." 그는 아이 왼쪽 팔의 피부를 아주 부드럽게 꼬집으며 말했다. 아이의 이름은 라시두Rashidu, 큰 눈으로 텍토니디스 박사를 응시하고 있었다.

일반적으로 "영양실조에 걸린 아이들은 이렇게 눈 주위가 움푹 들어가 눈이 커 보이고, 피부는 탄력이 전혀 없어 꼬집거나 문질러도 제자리로 잘 돌아오지 않아요." 박사가 설명했다.

텍토니디스 박사는 캐나다 출신인데, 고향에서라면 마약 중개상으로 오인받을 것 같은 차림새였다. 크고 마른 몸매에 긴 머리는 빗질도 하지 않았고 헐렁한 티셔츠를 걸치고 있었다. 그는 국경없는의사회 소속으로 10여 년 이상을 여러 나라에서 일하며 적어도 수만 명, 어쩌면 수십만 명을 치료했다. 이제는 자기가 몇 사람의 생명을 구했는지 세는 것도 잊어버렸다고 한다.

"탈수가 너무 심하면 이 아이처럼 똑바로 쳐다보지도 못하는데, 애는 아직 괜찮네요." 그는 깜빡임도 없는 라시두의 큰 눈을 보며 미소 지었다.

텐트는 사람들로 붐볐다. 아이를 안은 40여 명의 어머니들이 아이들의 체중을 재기 위해 나무의자에 앉아 기다리고 있었다. 어머니들은 아무 말도 없었다. 보채고 울고, 보채고 우는 아이들 소리만 불협화음처럼 계속됐다.

텍토니디스 박사는 라시두의 체중을 재지 않았다. 그럴 시간이 없었다. 그는 아이를 팔에 안은 채 안쪽에 있는 집중치료실로 곧장 들어갔다.

UN은 벌써 몇 달째 니제르의 식량 부족을 경고해왔지만, 누가 그런 기사에 관심을 갖겠는가. 지금 같은 영상시대에 '그림'이 없이는 아무것도 '현실'이 될 수 없었다. 굶주리는 아이들, 부풀어 오른 배, 움푹 들어간 눈 같은 '그림'들, 한 마디로 샐리 스트루더Sally Struthers(미국 여배우, 70년대 인기 TV 시리즈 'All in the family'로 유명, 후에 아프리카 등 개발도상국 저소득층 어린이를 위한 구호 활동에 참여, 굶주리는 아이들의 참상을 TV 다큐멘터리로 전하는 역할을 함—옮긴이)가 필요한 것이다.

'경고'만으로는 신문의 헤드라인을 장식할 수 없다. 명백한 '위기'가 있어야 한다. '영양실조Malnutrition' 정도로는 안 된다. '기근Famine' 정도는 돼야 이목을 끌 수 있다. 문제는 니제르의 상황이 아직 '기근' 정도까지는 안 된다는 것이다. 어른들은 아직 굶어죽을 정도가 아니고, 다만 수천 명의 아이들이 죽어갈 뿐이었다. '식량 부족, 굶주림의 위기, 심각한 영양실조' 정도로는 TV 프라임타임을 비집고 들어갈 수 없다. 니제르 현장에 가장 먼저 온 방송사는 영국 BBC, 우리는 두 번째였다. 다른 대다수 미국 방송국은 굳이 오려고도 하지 않았다.

"우리가 보도자료를 내서 '관심을 가져주세요, 우리는 식량과 의료 지원이 필요합니다'라고 호소했던 게 2월이었어요. 그런데 7월이 돼서야 구호품들이 도착할까 말까 하는 정도예요." 텍토니디스 박사가 말했다.

"아마 쓰나미(그 전해 12월 인도네시아 인근에서 발생) 때문일 겁니다. 사람들은 동시에 두 개 이상의 위기에 관심을 가질 수 없거든요." 나는 그를 위로해야 했다.

하지만 텍토니디스 박사는 머리를 저으면서 말했다. "언제나 이런

식이죠. 문제가 발생한 곳이 정치적으로 덜 중요한 나라일수록, 지원
은 더 늦어지니까요.”

텍토니디스 박사에 따르면, UN은 약 10억 달러 규모의 구호 기금
을 준비하고 있다. 그렇게 해야 세계 어딘가에서 위기가 발생했을 때
일일이 원조를 호소하러 다니거나, 때로는 현실을 과장하지 않고도
사태에 대응할 수 있기 때문이다. 사실 이렇게 현실을 과장하는 것은
UN이 고육지책으로 자주 쓰는 수법이다. BBC에서 보도했던 “350만
명의 니제르인들이 아사 위기에 처해 있다At risk of starvation”라는 표현
은 교묘하게 과장된 것이다.

잘 읽어보라. 이 문장에서는 ‘위기에 처해 있다At risk’라는 표현이 핵
심인데, 그것은 정확히 무엇을 의미하는 것인가? 우리 모두는 어떤
의미에서 항상 위기에 처해 있지 않은가?

만약 원조가 이루어지지 않고, 관심이 모아지지 않을 경우 350만
명의 니제르인이 굶기 시작할 것이다. 그건 사실이다. 하지만 현실이
꼭 그렇게 진행되는 것은 아니다. 아이들이 먼저 굶어죽기 시작한다.
그러면 몇몇 기자들(특히 유명세를 원하는 프리랜서들)이 먼저 관심을 갖는
다. 그들이 현장에서 찍어 보낸 사진(또는 영상)들이 몇몇 대형 방송국
의 관심을 끌게 된다. 대형 방송국의 전파를 타면 지원이 시작된다.
완벽한 시스템은 아니지만 시장이 돌아가는 방식이다. 비극이라면,
니제르에서는 아직 시스템이 돌아갈 만큼 충분히 많은 사람이 죽어
가고 있지 않다는 것이다. 몇천 명의 아이들이 죽는 것으로는 충분치
가 않다.

라시두는 합성수지로 만든 매트리스 위에 눕혀졌다. 집중치료실의 침대 위에 침구 같은 것은 없다. 그런 호사는 기대할 수 없다. 말은 집중치료실이라지만 실상은 양쪽에 한 줄씩 침대가 죽 놓여 있는 수백 피트 길이의 텐트다. 아이 어머니들은 아이들과 같은 매트리스를 쓴다.

아이들이 심각한 영양실조 상태가 되면, 몸은 '스스로를 먹기' 시작한다. 지방이 제일 먼저 소비되고, 다음이 근육, 그 다음 차례는 간ㆍ소장ㆍ신장 같은 기관들이다. 심장은 수축되고 맥박은 늦어지며 혈압은 떨어진다. 설사로 인해 탈수증이 나타나고, 면역체계는 무너진다. 굶주림이 아이들을 죽게 하는 것이 아니라 그에 따른 감염과 질병이 그렇게 하는 것이다. 뼈와 피부 사이에 지방층이 하나도 남지 않아서, 고통을 줄여줄 완충재가 더 이상 없을 때 아이들의 여린 심장은 그만 삶을 포기하는 것이다.

나는 라시두의 침상 곁에 서서 그를 살리려 애쓰는 의사들을 바라보고 있다. 내가 아무것도 도울 수 없는 쓸모없는 방관자라는 느낌이 들었다. 나는 카메라맨이 라시두의 겁에 질린 얼굴을 제대로 찍고 있는지 확인했다. 나는 몇 시간 후면 방송될 내 기사에 라시두의 얘기를 어떻게 집어넣을지 고민하고 있었다. 하지만 이것은 바보 같은 짓이다. 단순히 바보 같은 걸 넘어서 이것은 부적절하다. 나는 피 냄새를 맡은 상어였다. 이 작은 소년은 죽어가는데, 내가 도울 것이라곤 아무것도 없는데, 단지 그의 불행을 카메라에 담고 있을 뿐이다.

나는 그의 작은 발을 만져봤다. 발은 물기 같은 것에 젖어 있었다.

"그건 세포에서 나오는 물입니다." 텍토니디스 박사가 설명해주었다. "어떤 때는 발에, 어떤 때는 손에 나타나고 가끔은 눈 주변에 나타나기도 하죠. 소아영양실조증kwashiorkor의 전형적인 증상이에요. 이 병은 20세기 초 아프리카에서 처음 발견됐지만, 꼭 아프리카에 국한된 것은 아니고 2차 세계대전 당시 강제수용소에서도 나타나곤 했죠."

그는 라시두의 코로 튜브를 집어넣으며 말했다. "잘하면 이 아이를 살릴 수 있을 거예요. 우선 수분을 주고, 그 다음에는 당분을 줄 겁니다. 물론 약해진 심장이 놀라지 않도록 아주 조금씩. 그 다음에는 항생제를 주고 우유를 먹일 겁니다. 아이가 처음 하루 이틀만 무사히 넘겨주면 다음주 중에는 뛰어다닐 수도 있을 거예요."

라시두는 울고 있었지만 눈에는 눈물이 없었다. 눈에는 공포만이 가득했다. 아이는 팔을 뻗은 채 누워 있었다. 발가벗은 채 떨고 있는 아이는 언뜻 보면 아주 조그맣고 주름진 노인 같았고, 그 울음소리는 마치 목이 졸려 죽어가는 아기 새의 울부짖음 같았다.

나는 카메라맨을 돌아보며 소리를 제대로 잡고 있는지 확인했다.

●◦●◦●◦●◦●◦●◦●◦●◦●

"기자분 맞죠? 안녕하세요."

목소리는 젊고 힘이 넘쳤다. 하지만 나는 누가 말하는지 바로 볼 수 없었다. 달려온 픽업트럭이 내 앞에 갑자기 멈춰 섰고, 구름처럼 먼지가 피어올라 시야를 가렸기 때문이다.

1992년 9월, 나는 바이도아로 이어진다고 짐작되는 길을 걷고 있었다. 어릴 때부터의 버릇대로 입술 안쪽을 씹어대면서였다. 소말리아에 들어온 지 한 시간도 안 됐는데 벌써 길을 잃었기 때문이었다.

내가 큰 방송국에 소속돼 있었다면 공항에 도착하자마자 나를 데려갈 차가 기다리고 있었을 것이다. 하지만 난 어디에도 고용돼 있지 않았고 공항 주변에서 도와줄 사람을 찾을 수도 없었다.

먼지구름 속에서 내 앞길을 가로막고 있는 픽업트럭의 모습을 어렴풋이 볼 수 있었다. 좀 더 가까이 다가가자 AK-47 자동소총을 어깨에 멘 두 명의 소말리아인이 보였다.

"맙소사" 난 혼잣말로 중얼거렸다. "홀로 길을 가다 총 든 사람과 마주쳤네."

트럭이 완전히 멈춰 서고 먼지가 가라앉자, 젊은 소말리아 사람이 내게 걸어오는 것이 보였다.

"기자분 맞죠?" 젊은이가 다시 물었다. 그는 몸집에 어울리지 않게 커다란 사이즈의 티셔츠를 입고 있었는데 티셔츠 앞에는 '내가 두목이다I'm the boss'라는 문구가 적혀 있었다.

'두목'의 이름은 사이드Saiid였다. 그는 이 나라의 내분사태가 터지기 전에는 학생이었고, 지금은 굶주림에서 벗어나기 위해 나름대로 살 궁리를 하고 있었다. 친구들과 함께 총을 사고 트럭을 빌린 뒤, 이 곳을 방문하는 저널리스트들을 위해 통역·운송·경호 등 원스톱 서비스를 제공하고 있었던 것이다. 마이크 오비츠Mike Ovitz가 즐겨 하던 '팩키지 딜'이었다(헐리우드의 실력자였던 마이크 오비츠는 극작가·감독·배우를 패키지로 묶어 대형 영화제작사를 상대로 유리한 거래를 많이 했던 것으로 유명하다—옮긴이).

사이드는 영국 TV 방송국인 ITN의 로고가 찍힌 볼펜을 목에 걸고 있었다. 그는 ITN과의 일을 막 끝냈다고 설명했다. 어떻게 보면, 그는 저널리즘 경험이 나보다 더 풍부한 사람이었다.

"돈만 지불한다면 아무 문제가 없을 겁니다." 사이드는 계속해서 말했다. 이런저런 불안감은 있었지만, 그의 태도가 워낙 확고했으므로—게다가 그는 무기까지 갖고 있었다—나는 그의 트럭에 올라타고 길을 떠났다. 그는 자동차 앞 유리창에 '난 소말리아를 사랑한다I♥ Somalia'는 스티커를 붙여두고 있었다.

첫눈엔 갈색 얼룩처럼 보였던 마을을 지나갔다. 높은 갈색 벽 뒤에 갈색 집들이 있었고 갈색 초소들이 차례로 늘어서 있었다. 대로에는 주름진 양철로 만든 가게와 카페들이 줄지어 서 있었는데 대부분 문을 닫은 듯 보였다. 더러운 누더기를 입고 해골보다 나을 게 없어 보이는 사람들이 흐느적거리며 걷거나 자리에 앉아 공허한 눈빛으로 무언가를 응시하고 있었다.

일단의 무장 세력들을 태운 픽업트럭이 우리 앞을 지나쳐갔다. 그들은 신경질적으로 경적을 울렸고 흐느적거리며 길을 걷는 굶주린 사람들을 위해 속도를 줄이지도 않았다. 한 트럭의 뒤쪽 모래주머니 위에는 열세 살쯤 되어 보이는 소년이 올리브그린색의 유탄 발사기를 어깨에 메고 앉아 있었다. 제법 고성능 대포처럼 보이는 무기를 실은 트럭도 보였다.

거리에 신호등 따위는 물론 없었다. 굳이 말하자면 더 큰 총을 가진 차에 우선권이 있었다. 우리 일행이 가진 것은 AK-47 두 자루뿐이었으므로 우리는 행렬이 다 지나가기를 기다려야 했다.

"당신은 왜 따로 총을 갖고 다니지 않죠?" 나는 트럭의 옆자리에 타고 있는 사이드에게 물었다.

"난 교육자라 총을 갖고 있지 않아요. 교육자는 총이 필요 없죠." 그가 말했다.

그의 생존 원칙은 간단했다. "나는 나 자신을 위해서만 일해요. 여기서는 어려운 일이 아니죠. 전 꽤 잘하고 있답니다."

어디서부터 일을 시작해야 할지 몰랐지만, 일단 병원에서부터 일을 풀어가는 게 맞겠다고 생각한 나는 사이드에게 병원으로 가자고 요청했다. 병원 문 앞에는 무기를 가지고 들어오면 안 된다는 경고판이 있었지만 아무도 그 규칙을 지키는 것 같지 않았다. 뜰에는 소말리아인 몇 사람이 총을 메고 그들의 긴 사롱(치마 모양의 전통 의상)을 무릎 위로 끌어올린 채 쪼그려 앉아 있었다.

"안으로 들어가도 될까요?" 나는 사이드에게 물었다.

"물론이죠." 그는 수술실에 들어가기를 꺼려하는 내 심정을 아는지 모르는지 쉽게 대답했다. "당신은 미국인이잖아요, 괜찮아요."

안에는 두 개의 수술실이 있었다. 상수도도 전기도 없었기 때문에 수술대 옆으로 빛이 들어오는 대낮에만 수술이 가능했다. 마룻바닥에는 피범벅이 된 거즈가 가득 찬 플라스틱 쓰레기통이 있었다. 수술실에 들어섰을 때, 젊은 미국인 의료진이 다리 이곳저곳에 부상을 당하고 팔에는 붕대를 두른 채 상반신을 드러낸 소말리아 사람을 돌보고 있는 모습을 보았다.

그의 이름은 레이몬드Raymond였다. 스물여덟 살인 그는 미국판 국경없는의사회인 '국제의료군단International Medical Corps' 소속의 자원봉사자였다. 레이몬드는 의사가 아니었지만 이곳 소말리아에서 그런 것은 상관이 없었다. 그는 미국인이고 의료 훈련을 받았고, 무엇보다 이곳 현지에 있었다. 그것으로 충분했다.

그는 남부 스타일에 톰 크루즈Tom Cruise 과의 미남이었다. 푸른색 수술복을 입은 그는 바이도아에 온 지 석 달째였다. 그리고 나처럼 수술실로 불쑥 들어서는 기자들을 여럿 경험한 눈치였다.

"난 내가 손댈 수 없는 것을 두고 훌쩍거리며 슬퍼할 여유가 없어요." 소말리아 환자의 벌어진 상처를 들여다 보면서 그가 말했다. "난 내가 할 수 있는 것을 할 뿐이고, 나머지는 걱정하지 않아요. 악몽 따위도 꾸지 않죠. 바닥은 더럽고 수도도 없고 고양이들이 사방에 득실거리죠. 모든 게 감염돼 있어요, 모든 게. 뭐랄까, 이런 것은 직접 현장에 와서 겪어보지 않으면 절대 알 수 없는 거예요. 무슨 말이냐면 당신이 머릿속으로 아무리 상상해봐도 정말 이곳에 와서 경험하지 않는 이상 알 수 없다는 뜻입니다. 무슨 말인지 아시겠어요?"

글쎄, 이제 막 알기 시작한 것 같기도 하다.

짧은 금발머리의 상냥한 간호사 돈 매크래이Dawn Macray가 방으로 들어왔다. 그녀가 말했다. "어젯밤 폭탄이 터졌어요. 15명이 희생됐죠. 셋은 즉사했고요. 오늘은 총상자 여러 명과 칼에 찔린 사람 둘이 들어왔어요."

"식량이 공수되기 시작했다는데 여기 사정은 좀 나아지고 있는 건가요?" 내가 물었다.

"어떻게 나아진다는 거죠? 그들은 아직도 서로를 죽이고 있는 걸요." 그녀가 대답했다.

레이몬드는 은퇴한 미국인 의사가 다리절단 수술을 하는 걸 돕기 위해 옆방으로 갔다. 60대 후반으로 보이는 여의사는 광부들이 쓰는 램프를 머리에 쓰고 있었다. 소말리아인 환자의 부인은 절단 수술을 막기 위해 애쓰고 있었다.

"이봐요, 우리도 남편의 다리를 구하고 싶지만 방법이 없다니까요." 레이몬드가 설명하자, 소말리아인 병원 관계자가 냉담한 어투로 이를 번역했다. 레이몬드는 다시 말했다. "정 그러시면 다리를 자르지 않고 소독만 하고 끝낼 수 있어요. 하지만 그가 죽으면 당신 책임입니다."

통역을 통해 단호한 마지막 통보가 전달되자, 그녀는 고함을 멈추고 어깨를 움츠렸다. 절단 수술은 오래 걸리지 않았다.

"모든 게 도전이죠." 레이몬드는 다른 환자를 돌보러 가면서 말했다. "보급품도 장비도 시간도 충분치 않아요. 그런데 부상자는 너무나 많고 그중 상당수는 손을 쓸 수도 없어요. 다리를 다쳐 뼈가 썩어 들어가는 환자들, 여기가 미국이라면 어떻게든 하겠죠. 하지만 여기서는 불가능해요. 그저 여기서 할 수 있는 최선을 다할 뿐이에요.”

몇 달 뒤 바이도아에 다시 돌아왔을 때 나는 병원을 찾아 레이몬드의 안부를 물었다. 레이몬드는 집으로 돌아갔다고 했다. 아무도 이유를 말하려 하지 않았다.

●○●○●○●○●○●○●○●○

니제르 마라디에 있는 병원 집중치료실에 아미누Aminu라는 이름의 네 살 난 소년이 누워 있었다. 두 살 난 라시두와 몇 미터 떨어진 침대에 있던 아미누는 무거운 울 담요에 감싸여 거의 보이지도 않을 정도였다. 아미누는 작은 소리로 훌쩍거렸다. 그의 어머니는 침대 곁에 앉아 파리떼를 막기 위해 부채질을 하고 있었다. 그녀의 이름은 주에라Zuera였고 눈에 띄는 미인이었다. 광대뼈가 조금 튀어나왔고 짙은 검은색 피부에, 얼굴에는 두 개의 작은 흉터가 나란히 나 있었다. 이 흉터는 이 지방의 전통대로 그녀가 태어난 지 며칠 만에 맨살에 일부러 낸 상처의 흔적이었다. 솔직히 다른 어느 나라엔가 태어났다면 패션모델이라도 될 수 있었을 것 같지만, 어린 시절 소아마비의 후유증으로 그녀의 한쪽 다리는 약간 뒤틀리고 변형돼 있었다. 걸을 때 절룩거리긴 했지만 크게 눈에 띄지는 않았다. 하지만 니제르에서는 이 정도 장애를 가진 여성은 제대로 일할 수 없다는 이유로 인기가 떨어진다. 그녀는 백발의 노인과 결혼했고 세 명의 아이를 두었다.

"주에라의 부모는 그녀가 결혼이라도 할 수 있어서 다행이라고 생각했을 거예요." 지나가던 간호사가 말했다.

"아미누는 아주 심각한 소아영양실조증에 걸린 상태로 병원에 왔어요." 텍토니디스 박사는 아미누의 작은 몸을 감싼 담요를 조금 들추면서 말했다. 아이는 갑작스런 노출에 칭얼대며 울기 시작했다. 박사는 소년의 물집 잡힌 피부를 살펴봤다.

"이건 세포 조직에서 나온 물이죠. 눈가에도 물기가 어려 있네요. 피부는 아연 부족으로 벗겨지고 있는 상태예요." 박사는 미소 지으며 주에라에게 말했다. "많이 좋아지고 있어요. 하루 이틀만 더 견디면 아이를 구할 수 있을 것 같네요."

"그러면 이 아이가 죽을 수도 있다는 건가요?" 나는 놀라서 물었다.

"예." 박사는 아미누에게 작은 사탕을 주면서 말했다. "항생제를 주사하긴 했지만 그의 몸 안에 박테리아가 너무 많다면 한 시간 안에라도 아이는 사망할 수 있어요. 그래도 우리가 주는 사탕을 다섯 개나 먹었고 우유도 다 먹었으니까, 아주 좋은 징조예요."

그가 말하는 '우유'는 심각한 영양실조 환자를 위해 만들어진 영양보충제다. 텍토니디스 박사에 따르면 비타민이 풍부한 이 우유는 무려 30여 년에 걸친 기아 연구의 산물이다.

"예전엔 이런 아이들에게 일반 음식물을 먹일 수밖에 없었는데 태반이 죽고 말았어요. 연구결과, 심각한 영양실조 상태에서는 영양공

급을 아주 천천히 늘려가야 한다는 것을 알게 됐죠. 처음부터 철분을 주면 안 된다거나, 무엇이든 너무 많이 먹이면 곤란하다는 지식들은 모두 시행착오를 거치며 배운 거예요." 텍토니디스 박사가 말했다.

그는 조제 우유가 든 컵을 아미누의 입에 댔고 아이는 열심히 마셨다.

"생명이란 참…….." 의사의 얼굴은 아미누의 얼굴에서 불과 몇 인치 떨어져 있었다. "생명이란 참 대단해, 그렇지 아가야?"

아미누의 침상에서 몇 개 아래에 있는 아이는 하부Habu였다. 10개월 된 이 아이는 거의 죽을 때가 된 듯했다. 내 눈에조차 그렇게 보였다. 아이의 눈은 초점이 없었고, 가슴은 빠르고 가녀리게 헐떡거렸다. 나는 종잇장처럼 얇은 피부 아래에서 겨우 뛰고 있는 그의 심장을 어렴풋이 볼 수 있었다.

"며칠간 잘해왔는데 갑자기 나빠졌어요." 텍토니디스 박사는 차트를 보여주며 말했다. "7월 9일에 들어왔는데 감염이 되었어요. 13일인 오늘은 들어올 때보다 더 나쁘네요."

하부의 어머니는 아무 말도 안했다. 그녀는 나와 텍토니디스 박사 사이의 공간을 멍한 표정으로 노려보고 있었다.

"아이가 견뎌낼 수 있을까요?" 내가 물었다.

그러나 박사는 대답하지 않았다.

병원에서는 가장 위독한 환자를 먼저 치료한다. TV가 원하는 것과 똑같다. 가장 아프고 가장 도움이 필요한 사람이 먼저다. 내 머릿속에서 서글픈 선택 작업이 시작됐다.

"저 아이는 상태가 좀 안 좋군, 하지만 더 나쁜 아이를 찾을 수 있을 거야." 나는 혼잣말을 하며 어느 아이의 고통이 TV 전파를 타야 좋을지 고민했다. 의도가 좋으니까 상관없다고 스스로를 위로했고, 어느 순간에는 진짜 그렇게 믿기도 했다.

하지만 일이 끝나고 홀로 침대에 누워 하루를 돌이켜보면 스스로가 사기꾼처럼 느껴졌다. 모든 아이들의 사연은 다 가치가 있다. 죽음의 무게에는 차이가 없는 것이다.

그들은 죽고, 나는 살아 있다. 그 경계선은 종이 한 장 차이이며, 돈이 그 차이를 만든다. 돈만 있으면 당신은 언제나 살아 있을 수 있고 잘 곳과 먹을 것을 구할 수 있다. 마라디에서의 처음 며칠간, 솔직히 나는 허기를 느끼지 못했다. 열기나 먼지 때문이 아니었다. 나 스스로에게 구역질이 났기 때문이다. 내 몸속의 지방, 나의 건강, 나의 사소한 고통이나 통증들이 부끄러웠다. 이곳에 올 때 가방 한가득 먹을 것(참치 캔이나 초콜릿 바 등)을 싸들고 왔지만, 그것을 먹으려 할 때마다 가책이 느껴졌다. 물론 그런 감상조차 오래가지는 않았다. 며칠이 지나자 나는 스스로를 책망하는 이유조차 잊어버리고 말았다.

그들은 죽고, 나는 살아 있다. 그건 과거부터 지금까지, 우리가 살고 있는 이 세계의 방식이다. 나는 항상 내가 보도하는 기사들이 선한 결과를 가져올 것이라 생각해왔다. 이를테면 내 기사를 보고 누군가가 실천에 나선다거나 하는……. 지금은 이런 확신도 약해졌다. 한 곳의 사정이 나아지면, 다른 곳의 사정이 나빠진다. 지도상의 위치만 끝없이 바뀔 뿐이다. 모든 것을 해결할 수는 없다. 내가 아무리 기사

를 잘 쓴다 해도, 또 그 기사 모두가 진실에 가득 찬 것이라 해도, 나는
지금 당장 이곳에서 죽어가는 아이들의 생명을 구할 순 없는 것이다.

●○●○●○●○●○●○●○●○●○

다음날 아침, 내가 집중치료실로 돌아왔을 때 하부의 침대는 비
어 있었다. 그 아이를 마지막으로 본 후 이제 15시간쯤 지났을 뿐인
데. 그녀의 어머니도 보이지 않았다.

나는 텍토니디스 박사를 찾아 무슨 일이 생겼는지 물어봤다. 박사
는 하부가 누군지 바로 기억해내지 못했다. 내가 빈 침상을 가리키자
그는 차트를 살펴봤다.

"하부는 아침에 죽었습니다. 간호사들이 급하게 수혈을 했습니다
만, 무언가에 감염됐던 것 같네요. 여기 오는 아이들 중 상당수가 말
라리아나 다른 박테리아에 감염된 상태죠. 사실 어제 가망이 없다는
생각이 들었지만 노력해봤습니다. 수혈을 해줬더니 하룻밤은 견뎠는
데, 끝내 극복하지 못했네요." 그가 말했다.

전체적으로 보면 영양실조 등으로 의사의 치료를 받은 아이들 중
5% 정도만 숨지게 된다. 하지만 병세가 아주 심각한 아이들만 모인
이런 집중치료실 병동에서는 하루에도 두세 명이 죽어나간다.

텍토니디스 박사가 말했다. "정성껏 치료했는데 아이가 죽으면 조
금 힘들죠. 하지만 반대로 기적 같은 경우도 많아요. '살아남을 수 있

을 거야'라고 생각해주면 정말로 어려운 고비에서 벗어나는 아이들이 많죠. 가장 힘든 것은 무난히 살아날 것으로 생각했던 아이가 갑자기 숨을 거두는 거예요."

"그런 일이 생기면 감정이 복받치지 않나요?" 나는 어떤 답이 나올지 짐작하면서도 물었다.

텍토니디스 박사는 손을 내저으며 말했다. "우린 저 많은 아이들 중 하나에 대해 너무 오래 생각할 수 없어요. 아이들은 쉽게 숨을 거둡니다. 여기 아이들 넷 중 하나꼴이죠. 니제르에서는 매년 5세 이하 아이 20만 명이 죽습니다. 올해처럼 기근이 심할 때는 아마 더 많이 희생될 겁니다."

그의 얘기는 계속됐다.

"간호사들에게 말하죠. 감정이 복받쳐 울고 싶으면 울어도 좋다. 하지만 어딘가 다른 곳에 숨어서 울어라. 아이 엄마들 앞에서 울어서 얻는 게 무엇인가? 그건 동정도 아니다. 다만 다른 엄마들에게 '우리 아이에게도 무슨 일이 생기는 건 아닐까?'란 근심만 깊게 할 뿐이다. 그게 뭔가? 그건 바른 자세가 아니다. 사람들은 당신을 신이라도 되는 듯 여기고 있다. 그들에게는 당신들 자체가 어렵게 잡은 기회이다. 지난달 여기서 숨진 아이들은 50명뿐이다. 반면 우리는 1,500명의 목숨을 구했다. 아이 한 명이 죽었다고 멈춰서는 안 된다. 엄마들도 이해한다. 그들이 원하는 것은 동정이 아니라 당신들이 최선을 다해주는 것이다. 그들은 숨진 아이를 위해 울어주길 원하지 않는다. 우는 것은 당신들의 임무가 아니다."

1992년 처음 소말리아에 들어왔을 때, 나는 채널원의 일자리를 원했다. 내가 본 것들은 충격 그 자체였다. 국제구호기구의 식량 배급처에는 마치 해골 같은 몰골의 남녀노소가 음식을 기다리며 줄지어 있었다. 석탄 불 위의 낡고 커다란 기름탱크에서 음식이 만들어지는 동안 그 냄새는 굶주린 이들을 자극했다.

죽은 이들은 누더기에 싸인 채 시체공시소로 간다. 거기서 나무토막처럼 쌓여 있는 다른 시체들 옆에 놓여진 뒤, 결국은 묘비명도 없는 구덩이에 매장된다. 사이드가 나를 매장 장소로 데려다 주었는데 매일 수십 개의 무덤이 채워지고 그만큼의 구덩이가 새로 생겼다.

우리가 그곳에 도착했을 때는 이미 날이 저물고 있었다. 무덤 사진을 몇 장 찍다 보니 현장엔 몇 명만 남아 있었다. 조금 걱정이 되기 시작했다. 나와 사이드, 그리고 무장한 두 사람뿐이었다. 그들이 나를 쏜 뒤, 빈 무덤에 묻어버리는 것은 아닐까 걱정한 것이다. 그들이 그러지 말아야 할 이유가 없지 않은가? 나는 그들에게 지불하기로 한 돈보다 많은 돈을 갖고 있고, 그들은 그걸 알고 있기 때문이다.

"사이드, 내가 잘 아는 저널리스트 친구들이 며칠 내로 여기에 올 거라는 얘기를 했던가요? 그 사람들도 분명 통역이 필요할 텐데, 꼭 당신을 소개시켜 줄게요." 내가 말했다. 나를 살려 둘 이유를 알려주기 위해서였다.

그리고 나는 즉석에서 약속했던 수고비를 올려주겠노라고 했다.

현장을 떠난 우리는 이곳저곳을 다니다가 먼지 가득한 오솔길 옆으로 간이 창고들이 있는 곳에 도착했다. 창고의 지저분한 바닥에는 한 아이가 죽어 있었고 그들의 부모로 보이는 남녀가 쭈그리고 앉아 아이의 시신을 지켜보고 있었다.

처음엔 그들의 모습을 카메라에 담아도 되는지 확신이 없었다. 그들의 슬픔을 방해하고 싶지 않았다. 아이의 아버지가 고개를 들어 눈을 마주치게 됐을 때, 나는 카메라 쪽을 머리로 가리켰다. 그는 별다른 반대 없이 자식의 시체로 눈길을 돌렸다. 나는 '녹화' 버튼을 눌렀다.

그는 나이가 들어보였지만 아마 마흔은 넘지 않았을 것이다. 아이는 지금 막 숨졌던 것 같다. 그는 숨진 아이의 머리를 한 손에 받치고 다른 손으로는 아이의 얼굴과 몸을 감쌀 더러운 천을 펼치고 있었다. 여자는 주전자에 물을 조금 채웠다. 여자는 천천히 아들의 시신에 물을 뿌렸다. 젖은 천 위로 숨진 아이의 푹 꺼진 눈자위가 보였다. 그의 앙상한 갈비뼈도 보였다. 아이에겐 근육도 지방도 없었다. 그의 발은 헛간을 만드는 데 쓴 나뭇가지보다 더 가늘어보였다.

그들은 이미 아들 셋이 숨지는 것을 지켜봤다. 이제 마지막 자식도 떠나보냈다. 아이는 다섯 살이었다.

그 아이는 단지 한 명의 소년, 하나의 죽음일 뿐이다. 소말리아 전체에서 이런 일은 수천 번씩 일어난다. 매일같이.

●○●○●○●○●○●○●○●○●

"아미누가 죽었어요."

함께 일하는 PD 찰리 무어가 집중치료실에 다녀와서 내게 말했다. 아미누는 네 살이었다. 어제는 분명 괜찮아보였는데, 어제가 마치 오랜 옛날처럼 느껴졌다.

"아미누가 죽었습니다."

간호사가 한 말은 이 한 마디뿐이었다. 정확한 사인도 알 수 없었다. 이곳 마라디에서는 부검을 하지 않는다. 부검할 장소도, 시간도 없다.

아미누는 굶주려 있었지만 그게 최종 사인은 아니다. 그는 몇 달간 앓아왔고, 이곳에서 2주간 치료를 받았다. 그의 몸은 각종 질병으로 피폐해 있었다. 말라리아를 앓았을 수도 있다. 아이의 피부는 벗겨져 있었다.

"아미누가 죽었어요."

찰리가 말했을 때 내 자신이 큰 충격을 받았다는 사실에 더 놀랐다. 우리 둘은 이런 일이 늘 생길 수 있다는 것을 알고 있었지만, 아미누의 죽음은 예상을 벗어난 것이었고 마치 불공정한 것처럼 느껴졌다. 텍토니디스 박사는 낙관적이었다. 아미누는 당분 섭취를 위한 사탕을 여러 개 먹었고 조제 우유도 잘 마셨다. 질병도 아주 심한 상태는 벗어났었다. 그는 하부의 죽음 이후, 우리 기사의 끝부분을 희망적으로 장식해줄 '성공 스토리'였다.

우리는 그 의미를 알고 있었기에 카메라맨들을 불러 다시 병원으로 갔다. 결국 우리는 죽음의 순간을 찍기 위해 이곳으로 온 것이다. 그것이 우리가 일하는 방식이다. 이야기를 만들고, 영상을 찍고, 가슴에 사무치는 감동의 순간을 찾는 것. 그러나 감동의 순간이 만들어지는 과정은 결코 아름다운 것이 아니다.

병원에 도착하니 아미누의 침대는 비어 있었다. 그의 어머니 주에라는 아침에 이곳을 떠났다.

아미누는 숨진 지 몇 시간 만에 매장됐다. 여자들은 묘지에 들어갈 수 없어서 주에라는 아들이 흰 천에 쌓여 척박한 땅에 묻히는 장면을 보지 못했다. 장례식도 묘비명도 없다. 작은 봉분만 남을 뿐이다. 우리가 비디오카메라로 찍기는 했지만, 봉분이 너무 작아 카메라에 잘 잡히지 않았다.

한밤중에 집중치료실에서 아이가 숨질 경우, 간호사들은 엄마에게 아이의 시신 곁에서 하룻밤 잘 수 있도록 허락할 때가 많다. 나는 그 모습을 잊을 수가 없다.

주에라 역시 깜깜한 암흑 속에 누운 자신의 아이에게 말을 걸어봤을까? 아침에 눈을 뜬 순간, 아직 아이가 살아 있다고 생각한 것은 아닐까? 아이가 이미 죽었다는 고통스러운 현실을 기억해낼 때까지 과연 몇 초나 걸렸을까?

아미누는 죽었다.

주에라가 사는 곳을 알아내는 데 반나절이 걸렸고, 거기까지 가는 데 또 반나절이 걸렸다.

옥수수밭의 한가운데에 있는 작은 마을이었다. 갈대로 만든 헛간과 진흙으로 만든 집들이 모여 있었다. 우리가 도착했을 때 그녀는 자신의 방 한 개짜리 집 밖에 앉아 있었으며, 마당에는 마을 여인들이 빙 둘러서 있었다.

그녀의 늙은 남편도 주변에 있는 남자들 틈에 서 있었다. 그 누구도 아미누의 죽음에 대해 특별히 놀란 것 같지 않았다. 흐느낌도 울부짖음도 없었다. 죽음은 예전에도 이 마을을 자주 찾아왔었기 때문이다. 아미누는 주에라가 잃은 첫 아이지만, 이 마을의 거의 모든 여인들은 이미 한 명 이상의 자녀가 숨지는 것을 지켜봤다.

주에라는 부드러운 목소리로 말했다. "아미누는 착하고 점잖은 아이였어요, 병원 사람들은 최선을 다해줬지요." 그는 아미누의 동생인 두 살짜리 사니Sani를 안고 있었다. 사니는 자기 형에게 무슨 일이 생겼는지 모른다. "이 아이는 형이랑 늘 함께 놀았죠. 오늘 아침에도 계속 형의 이름을 부르며 찾았어요." 주에라가 말했다.

그녀의 뒤편에는 두 여인이 허리까지 오는 목제 절구에 곡식을 찧고 있었다. 두 개의 절굿공이는 번갈아 둔탁한 소리를 내고 있었다. 마치 마을의 일상적인 삶을 나타내는 맥박소리 같았다. 절굿공이를 살펴보니 오랜 세월의 노동과 고난을 드러내듯 양쪽 끝이 닳아 있었다. 그것은 너무나 크고 딱딱해 누군가가 매일 다루는 도구라는 게 믿어지지 않았다. 여인은 내가 무거운 절굿공이를 들고 쩔쩔매자 웃음을 지었다.

근처에서는 주에라의 할머니가 다른 할머니 세 명과 함께 마른 나뭇잎 같은 것을 집어먹고 있었다. 그게 최근 몇 달간 이들의 주식이었다.

아미누는 주에라의 할머니가 잃은 열세 번째 증손자였다. 그녀의 증손자 38명 중 절반을 잃었다. 그녀는 이제 죽은 손자들의 이름을 다 기억할 수도 없다.

주에라의 집 안에는 얇은 매트리스를 얹은 작은 트윈 침대가 있었다. 나는 몇 년간 이런 집들을 수없이 봐왔지만 볼 때마다 충격을 받았다. 지저분한 바닥, 임시로 만든 선반, 유일한 장식이라곤 오래된 잡지에서 뜯어낸 듯 한쪽 벽에 붙여진 종이뿐이었다. 주에라의 집안은 아마도 나이 많은 남편 덕분에 그나마 형편이 나을 것이다. 하지만 이런 살림살이로 봐서는 주에라의 생활이 진짜 그런지 짐작도 가지 않았다. 아미누가 입던 낡은 옷 두 벌은 어린 동생에게 돌아갈 것이다. 아이들의 사진 같은 것은 없었다. 사진은 비싼 데다 아미누는 너무 어렸으므로. 주에라에겐 죽은 아이를 추억할 어떤 것도 남아 있지 않았다. 이 마을의 다른 엄마들도 마찬가지다. 우리가 찍은 아미누와 하부의 사진(영상)들은 아마 그들이 남긴 유일한 이미지일 것이다. 그들이 살아 있었다는 유일한 흔적 말이다.

　　나는 땀으로 흠뻑 젖은 채 바이도아를 떠나는 비행기에 올라탔다. 소말리아에 머물렀던 기간은 48시간도 채 되지 않았지만 두 꼭지의 기사를 채울 만큼 충분한 양을 취재했다. 이제 나이로비로 가서 이를 편집해 기사로 만들어야 했지만, 나는 탈진했고 고열에 시달렸다.

　　전날 밤에 나는 마지막 남은 물을 마셔버렸다. 적십자 측은 자신들의 안전한 숙소에 머물도록 허락해주었다. 나는 마룻바닥에 누워 잠을 청하면서 스스로 다행한 일이라고 생각했다.

　　마침내 C-130기가 이륙했을 때, 나는 가만히 등을 기댔다. 천정의 파이프에서 시원한 공기가 나왔고 비행기는 금방 시원해졌다. 나는 갑작스런 기온 변화에 몸을 떨어야 했다.

　　동승한 공군병사 한 명이 자신의 비행복에서 카세트 테이프를 꺼내 조종석 안으로 들어갔다. 몇 초 뒤 퀸Queen의 '보헤미안 랩소디 Bohemian Rhapsody'가 내 머리 위 스피커에서 흘러나왔다.

　　"이게 진짜 삶인가요?/아니면 환상인가요?/산사태의 습격을 받은 것처럼/현실에서 도망칠 방법이 없네요 Is this the real life?/Is this just fantasy?/Caught in a Landslide/No escape from reality."

　　나는 창문 밖 바이도아의 마지막 모습을 눈에 담았다.

　　"난 말야, 적도 위에다 오줌을 싸는 게 소원이었어." 한 공군병사가 말했다. 그는 자기 비행복의 지퍼를 내리더니 비행기의 옆문 쪽으로 몸을 기대 소변을 봤다. 소변이 작은 틈을 타고 밖으로 흘러내릴 수 있도록. 조종사가 갑자기 비행기를 앞뒤로 흔들어댔다. 공군병사가 중심을 못 잡고 휘청거리자 다들 낄낄대며 웃었다.

나이로비에 도착하자 나는 샤워로 머리의 먼지를 떨어내고 거품 목욕을 했으며 손가락과 발가락에 낀 때를 긁어냈다. 그리곤 새 옷으로 갈아입고 이탈리아 식당으로 갔다. 파스타를 먹고 과일주스를 벌컥벌컥 마시며 바에 설치된 TV를 봤다. '저곳(TV 속의 소말리아)에 있었는데 지금은 여기에 있구나.' 불과 몇백 마일 거리의 짧은 비행기 여행이었는데도 마치 몇 광년쯤 떨어진 별세계를 다녀온 듯 느껴졌다.

식사가 끝났다. 레스토랑 안으로 시원한 바람이 불어왔다. 심호흡을 하는 순간, 갑자기 코를 찌르는 이상한 냄새가 느껴졌다. 포연, 썩는 냄새, 맨살과 음식물의 냄새, 그것은 소말리아의 냄새였다. 그 냄새가 어디서 오는 것인지 분간할 수가 없었다. 옷은 깨끗하고 몸도 잘 씻었다. 잠깐이지만 이 냄새가 나의 상상 혹은 고열과 뜨거운 날씨 때문에 생긴 환각이라고 생각했다. 그러나 잠시 후 그것이 내 신발에서 나는 것임을 깨달았다.

나에겐 신발이 하나뿐이었기에 소말리아의 냄새는 신발의 가죽과 밑창에 달라붙어 있었다. 그날 아침 바이도아에서 죽은 당나귀 사진을 찍으며 바닥에 흥건한 피에 발을 디딘 적이 있었다.

모든 이야기엔 냄새가 있다. 하지만 처음에는 감지하기가 어렵다. 어떤 때는 내 옷에 밴 냄새를 깨닫는 데 며칠씩 걸리기도 한다. 그리고 그 냄새는 내 대뇌피질의 구석에 조용히 가라앉아 이윽고 '기억'이 된다. 집으로 돌아오면 더 이상 냄새를 맡을 수 없었다.

그날 밤 음산한 내 방의 푹신한 매트리스에 누워 빗방울 떨어지는 소리와 거리 저편에서 마타투matatu 미니버스가 내는 굉음을 들으며 나는 울었다. 몇 년 만에 처음으로.

●◦●◦●◦●◦●◦●◦●◦●◦●◦●

소말리아 보도 덕분에 나는 '채널원 특파원'이라는 정규 일자리를 얻었다. 내가 꿈꿔오던 자리였지만, 막상 손에 넣고 보니 생각했던 것만큼 기분이 좋지는 않았다.

죽은 자식의 시신을 닦는 부모의 영상은 채널원을 시청하는 많은 학교에서 큰 반향을 불러일으켰다. 몇몇 학교에서는 소말리아 구호 기금을 만들기 위한 활동이 시작됐다.

"나는 다른 사람들의 불행을 이용해 경력을 쌓고 있는 게 아닐까?" 내가 친구에게 말했다.

"그렇지 않아, 넌 고통을 겪는 이들의 모습을 다른 사람들에게 알리는 일을 할 뿐이야." 친구가 대답했다. 물론 맞는 말이다. 하지만 아이러니한 것은 내가 더 슬픈 소식을 목격하고 전달할수록 더 성공한다는 점이다. 소말리아에서 돌아온 나에게 채널원은 2년 계약을 제시했다.

소말리아에서는 몇 개월 동안 계속해서 구호물품의 공수가 이뤄졌지만, 상당수의 구호물품이 기아 해결에 사용되지 않는다는 것이 명백해졌다. 구호물품이 비행기에서 내려지는 순간, 그것들은 거리를 지배하는 무장 세력들에 의해 이리저리 나눠졌다. 미군은 인도적 차원에서 구호식품이 필요한 사람에게 제대로 전달될 수 있도록 '구호희망작전Operation Restore Hope'을 구상했다. 처음 소말리아를 방문한 지 석 달이 지난 1992년 12월, 채널원은 다시 한 번 소말리아에 다녀올 것을 요청했고, 나는 진주하는 미군을 따라갔다.

소말리아의 수도 모가디슈Mogadishu에 도착했다. 포탄에 무너진 집들, 포장이 파헤쳐진 도로들, 몇 년간 조명을 켜본 적이 없는 것 같은 아수라장의 도시였다. 모가디슈의 가장 큰 호텔은 미군의 침략(진주)을 앞두고 세계 곳곳에서 온 저널리스트로 예약이 꽉 차 있었다. 위성 안테나가 호텔의 지붕을 덮었고, 나처럼 방을 예약하지 못한 사람들을 위한 매트리스가 로비에 널려 있었다.

그때 나는 미군과 미국 주요 미디어가 굉장히 밀접하게 움직인다는 것을 처음 알게 됐다. 미군은 카메라 조명을 받으며 도착했고, 그 모습은 전 세계로 생중계되었다. 곧이어 미군의 공보사관과 PR부대가 도착했다. 그들은 공짜로 헬리콥터에 동승하거나 함정에 승선할 수 있는 사람들의 리스트를 들고 왔다. 기사를 써야 할 저널리스트들이 간절히 원하는 것이었다. 당시만 해도 대중에게 정교하게 조작된 메시지를 보내려는 군의 이런 의도에 대부분의 사람들이 포섭됐던 것 같다. '엉클 샘Uncle Sam'과 거래를 해야 정보에 접근할 수 있었다.

이건 함정에 빠져들 수밖에 없는 게임이다. 저널리스트들은 모든 상황을 통제하고 있는 미군의 도움이 필요하고, 미군은 자신들이 원하는 메시지가 전달되도록 하기 위해 저널리스트들의 도움이 필요했다. 그들은 먹이고 저널리스트들은 받아먹으면 된다. 굳이 현장을 누비며 발을 더럽히지 않아도 되는 것이다.

미군의 침공 며칠 뒤, 나는 미 해군 강습상륙함 '트리폴리 함USS Tripoli'으로 가는 헬기에 올랐다. 나와 신문사 기자, 카메라맨이 함께 탑승했다.

트리폴리 함에 가까워지자 동승한 미 해군 공보장교는 헬기의 소음을 뚫고 여자 신문기자에게 말했다. "이봐요, 트리폴리 함의 전 승무원들이 갑판 위로 나와서 '고마워요, 미국'이라는 글자를 만들면 어떻겠어요?"

그녀가 미소 지으며 대답했다. "신문 1면 사진거리가 될 것 같군요."

●○●○●○●○●○●○●○●○

소말리아는 미국의 것과는 아주 다른 자신들만의 규칙과 코드를 갖고 있다. 내가 처음에 본 것은 굶주림과 무장세력들뿐이었지만, 상황은 생각보다 훨씬 복잡했다. 그 안에 나름의 질서가 있다는 것을 미처 깨닫지 못했던 것이다. 마치 컴컴한 극장에 들어가는 것처럼,

형 카터와 나. 1969년 무렵 내가 엄마 뱃속에 있을 때 카터는 나를 '아기 나폴레옹'이라고 불렀다.
그러나 우리들의 진정한 지도자는 그였다.

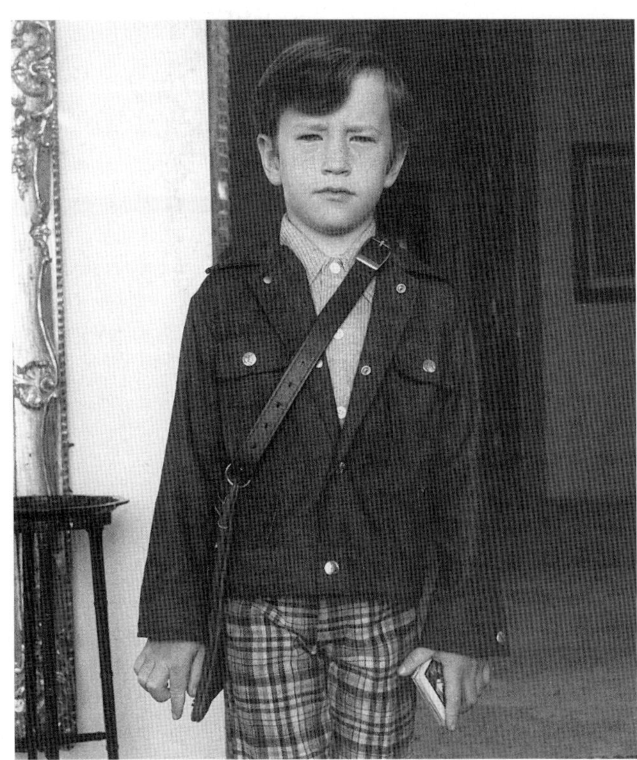

이 사진은 아버지가 찍은 것이다.
나는 당시 여덟 살쯤이었다.

1976년 미시시피주 퀴트만으로의 여행. 아버지는 우리가 서로 같은 피를 나눴다는 것을 이해하고 그것에 감사하라고 가르쳤다.

1963년 아버지가 어머니를 만났을 무렵. 어릴 적 난 아버지와 닮은 점이 하나도 없다고 생각했다. 하지만 지금, 아버지의 사진을 보면 마치 내 모습을 보는 것 같다.

16세 때의 카터. 아버지가 돌아가시고 난 뒤 우리 둘은 각자의 삶에 충실했다.
이후 우리가 다시 가까이 지내게 된 적은 없었던 것 같다.

1986년 크리스마스.
어머니 글로리아 밴더빌트와 카터
그리고 나.

1985년 자이르(콩고의 옛 이름)에서 피그미족 추장과 포즈를 취했다. 나는 17세였고 고등학교를 한 학기 일찍 졸업했다. 아프리카는 내가 복잡한 일에서 멀어지고 싶을 때 자주 찾는 곳이 됐다.

1993년 보스니아 사라예보 공항에 내리자마자 케블라 섬유로 만든 방탄조끼와 헬멧을 착용했다. 하지만 며칠 후부턴 이 장비들을 거의 쓰지 않았다.

2005년 1월 스리랑카 해변의 파괴된 호텔. 크리스마스 장식이 여전히 호텔 로비 천장에 매달려 있다.

2005년 1월 스리랑카의 병원 영안실에서 지난다리와
수네라라는 이름을 가진 두 어린이의 시신을 찾고 있다.

2005년 1월 스리랑카 캄부루가무와 인근 해변에서 승려가 되기 위한 수련을 하고 있는 어린이들.

2005년 12월 이른 아침. 이라크 바쿠바의 미군 검문소.

2005년 여름 아프리카 중서부
니제르 공화국의 마라디. 350만 명의
니제르인들이 기아의 위기에 처해 있다.
사진 속의 아이들은 다행히 영양부족을 겪지
않고 있는 일부 운 좋은 부류이다.

마리디의 호텔 방에서 기사를 쓰고 있는 나.
우리는 하루 종일 취재하고 밤 늦게까지 기사를 쓰거나 화면을 편집한다.

2005년 9월 뉴올리언스의 물에 잠긴 고속도로 진입로에서 방송을 하고 있다.

2005년 9월 텍사스주 버몬트. 허리케인 리타가 해안으로 밀어닥치고 있다.

눈이 적응하기 위해서는 어느 정도 시간이 필요하다.

처음에 소말리아 사람들은 미군에 대해 고마워하는 것으로 보였다. 그러나 미군의 주둔이 길어지자 그들은 조금씩 변해갔다.

하루는 프랑스군의 지프 한 대가 호텔 앞에 멈췄다. 끼익 하는 브레이크 소리가 내 주의를 끌었다. 밝은 색깔의 옷을 걸친 소말리아 여인이 객석에서 내렸고, 그때 주변에 있던 사람들 중 하나가 그녀를 잡아챘다. 누군가는 그녀를 창녀라고 불렀다. 군중들이 모여들었다. 그녀에게 발길질과 주먹질이 쏟아졌고 그녀는 빠져나오려고 애썼다. 그녀는 울며 뭔가를 설명하려 하는 것 같았지만, 사람들의 고함소리 때문에 자세히 들을 수 없었다. 뒤에 있는 군중들은 상황을 더 잘 보기 위해, 또 주먹질할 기회를 얻기 위해 서로를 밀쳤다.

갑자기 여자가 몸을 돌리더니 호텔 입구의 수박 상인이 갖고 있던 칼 한 자루를 집어들었다. 나는 호텔 마당의 벽 위로 기어 올라가 카메라를 켰다. 뷰파인더 안에 군중들을 상대로 칼을 휘두르는 여인의 흑백 영상(옛날 비디오카메라의 뷰파인더는 흑백임)이 잡혔다. 다른 한쪽 눈에는 여인의 공격을 피해가며 실실 웃는 남자들의 모습이 컬러로 보였다.

그녀는 바로 내 밑에 있었다. 담벼락 아래로 주차된 차 한 대만 사이에 둔 상태였다. 나는 뛰어내려 그녀를 구할 수도 있었다. 그럴까 생각도 했지만 나는 가만히 있었다. 성난 군중에게 붙잡힐까 걱정도 됐고, 끼어드는 행동이 그녀를 더 곤란하게 할지도 모른다는 생각도 들었다. 아니면 그냥 겁에 질렸던 것인지도 모르겠다.

누군가 그녀의 손에서 칼을 빼앗았다. 순간 그녀의 옷 상의가 찢어져 가슴 한쪽이 드러났다. 여성들이 온몸을 가리고 다녀야 하는 엄격한 이슬람 사회인 소말리아에서는 자못 충격적인 장면이었다. 지나가던 미 해병대 차량 한 대가 군중들을 향해 경적을 울리며 속도를 줄였다. 몇몇 병사가 창밖으로 목을 빼고 무슨 일인가 살펴보려 했지만, 군중들이 그냥 가라고 손짓하자 이내 떠나버렸다.

갑자기 휙 소리와 함께 쇠파이프 하나가 내 머리를 스친 뒤 호텔 마당으로 떨어졌다. 몇몇 소말리아 사람들이 그 장면을 지켜보고 있던 나와 다른 기자 몇 명에게 고함을 질러댔다. 촬영을 하지 말라는 경고였다.

나는 잠깐이지만 촬영을 포기하고 벽에서 내려가야겠다고 생각했다. 어차피 이 장면은 방송을 타기 어려울 것이다. 공격의 전후 사정이 담겨 있지 않으니까. 하지만 당시 내게 그것은 중요하지 않았다. 한 여인에 대한 공격을 촬영함으로써 폭도들에게 자신들이 하는 짓을 누군가가 지켜보고 있음을 알려줄 수 있다고 생각했다. 지금 생각하니 그건 바보 같은 짓이었다.

나는 촬영을 멈추지 않았다. 아예 한쪽 눈을 감은 채 무심히 뷰파인더만을 응시했다. 남자들이 아무리 내게 얼굴을 들이대고, 소리치고, 주먹을 휘둘러도 개의치 않았다. 내 마음은 고요했다. 내가 생각했던 것은 오직 한 가지, 어느 얼굴에 초점을 맞출까' 뿐이었다.

언젠가 한 경찰관의 얘기를 들은 적이 있다. 그는 동네에서 다툼이 일어났던 주택을 찾아갔다. 아파트 안에 들어서는 순간, 경찰관은 누군가가 총을 들고 자신을 겨누고 있음을 느꼈다고 한다. 경찰은 한 발짝만 움직이면 범인이 총을 쏠 것이라 생각하고, 몸의 모든 긴장을 푼 채 멍하니 서 있었다고 한다. 상대방이 공포도, 적의도, 위협도 느끼지 않도록. 스스로 투명인간이라도 된 듯. 그러자 범인이 슬그머니 자리를 떴다는 것이다.

벽 위에 서서 카메라의 뷰파인더를 들여다보고 있던 나 역시 그 순간 그 자리에 없는 투명인간이 되었다.

마침내 누군가가 내 다리를 뒤에서 붙들고 청바지를 잡아 끌어내렸다. 마당에 있던 다른 기자였다.

"당장 내려와!" 그는 고함쳤다. 어쩔 수 없이 담에서 내려오면서 나는 여인을 다시 한 번 바라봤다. 그녀는 군중들 중의 남자 몇 사람에게 잡혀 끌려가고 있었다. 그녀에게 무슨 일이 생겼는지 끝내 알 수 없었다. 다시는 그녀를 보지 못했다.

●○●○●○●○●○●○●○●

그로부터 2년간 나는 채널원을 위한 취재여행을 계속했다. 보스니아, 크로아티아, 러시아, 우크라이나, 그루지야, 이스라엘, 캄보디아, 아이티, 인도네시아, 남아프리카공화국 등 분쟁이 있는 곳에는 무조건 갔다.

1994년 5월, 나는 르완다Rwanda를 향했다. 인종 학살이 진행되던

곳. 수십만 명의 투치족과 후투족이 이미 살해되었으며, 내전이 끝날 때까지는 더 많은 사람들이 희생될 것으로 보였다. 대부분 투치족으로 구성된 르완다애국전선Rwandan Patriotic Front은 수도 키갈리Kigali를 향해 진군하고 있었다. 그들은 승리를 눈앞에 두고 있었고 더 이상의 학살은 없을 것이라 맹세했다. 수십만 명의 후투족은 국경 쪽으로 피신했다. 그들은 손에 피를 묻힌 채 탄자니아Tanzania와 자이레Zaire 등으로 숨어들어갔다. 난민 속에 묻혀 자신들의 죄가 조금은 희석되기를 바라면서.

르완다 국경으로 들어갈 때 가장 먼저 눈에 띈 것은 엄청난 양의 무기, 그리고 시체들이었다. 대부분의 시체들은 벌거벗은 채였고, 물에 붓거나 사체에서 발생한 가스 때문에 그로테스크한 모습을 하고 있었다. 탄자니아에서 르완다로 들어가려면 꼭 건너야 하는 다리 아래에는 작은 폭포가 있었다. 그곳에서 수십 구의 시체가 물에 떠올랐다 가라앉았다 하는 게 보였다. 얼마나 많은지 일일이 셀 수조차 없었다. 시체들은 물결에 밀려 이리저리 떠다녔고, 그들의 팔은 소용돌이치는 물속에서 허우적댔다.

나는 두 개의 작은 암초 사이에 걸린 아이의 시체를 보았다. 물결이 그의 몸 위를 덮칠 때마다 팔이 흔들렸다. 몇 분간 그 모습을 바라보았다. 시체가 물결에 밀려 암초에서 벗어나지 않을까 했지만 적어도 내가 지켜보는 동안에는 그런 일이 일어나지 않았다. 다리 위에서는 숨을 쉬는 것도 힘들었다. 입을 열자 작은 폭포에서 밀려온 물방울이 썩어가는 시신의 냄새를 머금은 채 밀려들었다.

시체들은 1분에 하나꼴로 떠내려갔다. 나는 한동안 그곳에 서서 시간을 쟀다. 하루 평균 수천 구의 시체가 이 강을 지나 우간다Uganda에 있는 빅토리아 호수로 흘러간다는 말을 들었다. UN은 빅토리아 호수에서 시체를 건져내는 사람들에게 한 구에 1달러씩을 주고 있었다.

국경은 르완다애국전선 측에서 지키고 있다. 처음 그들과 마주쳤을 때, 나는 다소 완곡하고 외교적인 표현을 사용했다.

"여기저기를 좀 둘러보고 싶습니다만." 빛바랜 녹색 옷에 캔버스 운동화를 신은 군인 앞에서 이렇게 말한 것이다.

내가 바보스럽게 보이는 듯 그가 나를 노려보며 말했다. "학살의 현장을 보고 싶은 게 아니고요?" 반군은 PR의 중요성을 잘 알고 있었다. "원하는 것은 뭐든지 다 볼 수 있게 해드리죠." 그가 약속했다.

그는 토니Tony 중위였다. 다음날 그는 우리를 르완다 내륙으로 안내했다.

르완다로 가기 전 탄자니아에서 차를 빌리면서 우리의 정확한 행선지를 알리지 않았다. 운전사가 르완다로 가지 않으려 할까 봐 그저 국경이나 둘러보고 올 거라고 말한 것이다. 무슨 개그 프로그램도 아닌데 황당하게도 운전사는 내 말을 그대로 믿었고, 그리 멀리 가지 않을 것이란 생각에 차에 연료를 조금만 넣고 온 것이다. 르완다로 들어서자 연료가 겨우 몇 갤런밖에 남지 않았다. 우리는 반군의 차량과 마주칠 때마다 멈춰 서서 연료 몇 리터만 달라고 사정해야 했다.

"이봐요, 우리는 지금 전쟁 중이란 말입니다." 토니 중위는 연료를 얻으려고 멈출 때마다 말했다. "우리가 쓸 기름도 많지 않은데, 그걸

남들에게 어떻게 줄 수 있겠어요?”

“차라리 살 수 있으면 좋을 텐데.” 내가 말했다.

“자, 빨리 갑시다” 그가 대답했다.

이런 대화는 몇 시간이나 계속됐다.

●○●○●○●○●○●○●○●○

시체를 보기도 전에 그 냄새를 맡았다. 잠시 후 우리는 한 무더기의 시체를 보기 위해 멈춰 섰다. 무시무시한 괴물도 바로 눈앞에서 보면 평범해 보이게 마련이다.

길가에서 우리는 다섯 구의 시체를 발견했다. 그들은 길가 풀섶에 반쯤 가려진 채 나란히 누워 있었다. 잠깐 동안이지만 ‘그들이 혹시 누워서 쉬고 있는 것은 아닐까’, ‘시장 가는 길에 잠시 낮잠을 청하고 있는 게 아닐까’라는 착각에 빠졌다. 그들은 물론 죽어 있었다. 대기에 노출된 탓인지 그들의 몸은 수축돼보였고 피부는 마치 가죽옷처럼 뼈 위에 걸쳐져 있었다. 어린 소녀도 있었다. 바짝 말라붙은 머리 가죽에 한 줌의 머리카락이 남아 있는 게 보였다. 그 옆에는 더러워진 흰 블라우스를 입은 여인의 시체가 있었는데, 그녀의 손이 옆에 누워 있는 남자의 몸 위에 놓여 있었다. 처음에는 그녀가 장갑을 끼고 있는 줄 알았다. 마치 절반쯤 벗겨진 장갑 같았다. 가까이 다가가서야 그것이 피부라는 것을 깨달았다. 강렬한 태양 빛에 그녀의 피부가 벗겨지기 시작한 것이다. 발바닥도 비슷한 모습이었다. 얼굴 피부도 분리되기 시작했다. 아직 턱에 남아 있는 이빨이 마치 웃고 있는 것 같았다.

아무도 말을 꺼내지 않았다. 들리는 것은 윙윙거리는 파리떼 소리와 머리 위에서 우리가 떠나기만 기다리고 있는 독수리의 울음소리뿐이었다.

"나쁜 놈들." 동행한 프로듀서가 이 광경을 보고 한마디 내뱉었다.

나는 그 말이 참으로 이상하다고 생각했다. 그는 이런 짓을 저지른 사람을 욕하는 게 분명했고 나도 그것을 잘 알고 있지만, 그가 이 참상에 대해 마치 자신이 당한 일처럼 분노하는 것이 상당히 이상했던 것이다. 그렇게 반응하지 않는 내 쪽이 이상하다는 생각은 미처 하지 못했다.

나는 시체들 옆으로 비켜서서 몸을 굽힌 뒤 가지고 있던 일회용 카메라로 사진을 찍었다. 특히 여인의 손 부분을 클로즈업해서 찍었다. 찰칵 찰칵. 몇 주 뒤, 내가 사진을 찾으러 갔을 때 드럭스토어의 점원은 나를 이상한 놈 보듯 했다. 인화된 사진을 보고서야 이해가 갔다. 내가 좀 심했던 것이다. 끔찍한 시체 사진들 사이에 웃고 있는 병사들과 우리 카메라맨들의 사진이 섞여 있었다. 게다가 개인적인 스크랩을 위해 찍어둔 현지 기념품 사진까지 뒤섞여 있었던 것이다.

그때는 뭔가 잘못되어가고 있음을 느끼지 못했다. 하지만 시간이 흘러 깨닫게 되었다. 잠시 멈춰 서서 다른 일을 할 때가 되었음을.

2년 전 소말리아에서 이 일을 처음 시작했을 때만 해도, 한 구 한

구의 시체가 내겐 엄청난 충격이었다. 그때 나는 그들이 영위했을 삶을 상상해보곤 했다. 교사였을지도 모르는 아빠는 일을 마치고 집으로 돌아온다. 엄마는 아이들을 보살핀다. 나는 살아 숨쉬는 그들이 테이블에 둘러앉아 하루 일을 얘기하는 모습을 상상해본다. 이런 상상은 언제나 가장 슬픈 일이었다. 아무도 그들의 죽음을 기억해주지 않는다는 사실. 그들의 생애, 사소한 다툼, 그들이 느꼈던 기쁨, 그 모든 것들이 갈기갈기 찢겨져 길가의 시체로 나뒹굴고 있다. 그들은, 한마디로, 사라져버린 것이다.

하지만 르완다에서는 달랐다. 시체로 변한 이들이 과연 어떤 사람이었는지 더 이상 생각하지 않았다. 대신 그 죽음 자체의 디테일에만 집중하게 됐다. 부패 정도를 따지기 시작했고, 시체 경직 현상을 분석하게 됐다. 내가 지금 무엇을 보고 있는지 잊어버리게 된 것이다.

많이 보면 볼수록, 진정으로 보려고 할수록 더 많은 자극이 필요하다. 스스로에게 영향을 주려면 더욱더 그렇다. 그곳까지 간 이유는 어쨌든 영향을 받기 위해서다, 변하기 위해서다. 소말리아에서 처음으로 일을 시작했을 때 나는 현장의 느낌을 찾아낼 수 있었다. 그런데 지금 르완다에서 그 느낌을 다시 잊어버리기 시작한 것이다.

미국으로 돌아온 후 나는 직장 상사에게 말했다. "내 가슴이 꽉 차버렸어요." 이제 더 이상의 죽음은 보고 싶지 않았다. 직장 상사는 내가 더 많은 돈을 요구한다고 생각했을지 모르지만, '정말 이제 충분하다'는 생각이었다. 몇 달 뒤 나는 채널원과의 계약을 끝내고 회사를 떠났는데, 바로 그때 ABC뉴스에서 제의가 들어왔다. 나는 ABC로부터 상당히 높은 평가를 받았는데, 한편으론 이런 평가가 우습게 느껴지기도 했다. 1992년만 해도 ABC 같은 큰 회사의 말단 리포터 자리도 얻을 수 없었는데 이제 특파원 자리를 주겠다는 것이다. 주로 국내 업무를 맡을 것이라는 사실에 나는 만족했다. 뭔가를 느끼기 위해 온 세상을 찾아다니는 일을 멈추고 싶었다. 이왕이면 그런 느낌을 집 가까이에서 찾고 싶었다.

Anderson Cooper

카트리나_폭풍과 마주하기
Katrina Facing the Storm

인류의 고향(아프리카)에서 처음 시작되었을 때, 그
폭풍은 아무도 알아채지 못할 산들바람이었을 것이다. 키상가니
Kisangani(콩고 북동부의 도시)에서 이륙한 작은 국내선 항공기의 조종사
는 어느 순간 세찬 기류에 비행기가 떠오르는 것을 느꼈을지 모른다.
르완다 산악지대에서 일하다 허리를 펴던 농부는 문득 얼굴을 스치
고 지나가는 차가운 바람을 느꼈을 수도 있다. 하지만 서아프리카를
떠난 거대한 바람과 파도가 기상학자들의 주의를 끌기 시작한 것은
2005년 8월 셋째 주가 되었을 때이다.

저기압은 대서양을 건너 바하마 제도의 따뜻한 수증기를 빨아들여
그 크기와 힘을 키워나갔다. 8월24일이 되자 이 저기압은 열대성 폭
풍으로 발전했고, 국립허리케인센터National Hurricane Center에 의해 자

동으로 이름이 붙여졌다. '카트리나'였다.

그때 나는 친구들과 함께 크로아티아의 해변에서 아드리아해의 푸른 바다 위를 항해하고 있었다. 그해 두 번째로 시도된 휴가였다. 7월의 첫 휴가는 르완다와 니제르를 다녀오는 일 때문에 취소됐었다. 나는 며칠 동안 이메일도 열지 않으려고 했지만 어쩔 수 없이 블랙베리 단말기는 켜두고 있었다. 단말기가 울리자 나는 직감적으로 안 좋은 일임을 느꼈다.

"미안하네 친구, 하지만 당장 돌아와야겠는데." 책임 프로듀서 데이비드 도스David Doss가 말했다.

카트리나는 8월 25일 목요일 허리케인으로 발전했고, 그날 저녁 플로리다 남부를 강타했다. 12명이 숨졌다. 땅에 상륙하며 폭풍은 약해졌지만, 따뜻한 멕시코 만의 물에 다시 닿게 되자 거대한 폭풍으로 되살아났다.

나는 토요일 아침 두브로니크Dubrovnik 공항을 출발해 휴스턴으로 향했다. 루이지애나주 뉴올리언스에서는 레이 내긴Ray Nagin 시장과 캐슬린 블랑코Kathleen Blanco. 주지사가 기자 회견을 열고 시민들에게 도시를 떠날 것을 권고하고 있었다. 하지만 그때 내긴과 블랑코가 강제소개명령을 내리지는 않았다. 그날 저녁 국립허리케인센터의 맥스 메이필드Max Mayfield는 시장에게 폭풍의 심각성을 직접 설명했다. 그가 정치인에게 이런 전화를 한 것은 생애 두 번째였다고 한다.

뉴올리언스의 비상 수칙에 따르면, 시 당국은 교통수단을 상실한 주민 10만 명을 이동시킬 버스를 준비하고 있어야 한다. 하지만 시민들을 수송할 버스는 준비되지 않았다. 일요일이 되자 멕시코만 가운데에 머물던 카트리나가 예상대로 북서 방향으로 진로를 바꾼 뒤, 카테고리 5급의 초대형 허리케인으로 탈바꿈했다. 카트리나는 마치 괴물 같았다. 시속 175마일(시속 282킬로미터)의 바람이 불어닥쳤다. 그제야 시장과 주지사는 강제소개명령을 내렸다.

나는 일요일 밤에야 휴스턴에 도착했고, 곧바로 루이지애나 남부의 배튼루지Baton Rouge를 향해 출발했다. 배튼루지에 도착한 시간은 월요일 새벽 1시, 그때부터 폭풍의 언저리에 들어가면서 세찬 비가 내리기 시작했다. 뉴올리언스까지 가려면 1시간 반을 더 가야 하는데, 사무실로부터 길이 폐쇄됐다는 연락을 받았다. 늦게 도착한 스스로를 자책할 수밖에 없었다. 하지만 뉴올리스언스에 있던 CNN 위성중계 차량이 홍수 가능성 때문에 현장에서 철수했다는 소식이 들려왔다. 내가 제 시간에 뉴올리언스에 들어가더라도 폭풍이 불고 있는 동안에는 현장 방송을 할 방법이 없는 것이다. 나는 배튼루지에 묵으면서 폭풍이 지나간 다음 뉴올리언스에 들어가기로 결정했다.

카트리나는 내가 이전 15개월간 다뤘던 허리케인 중 여섯 번째로 큰 대형 허리케인이었고, 그해 발생한 것으로는 두 번째였다. 예전엔 날씨에 대한 사람들의 관심을 이해하기 어려웠다. 뉴욕에 살면서 좋다고 느낀 것 중에 하나가 (마천루 때문에) 하늘이 잘 보이지 않는다는 점일 정도였다.

하지만 2004년 허리케인 찰리Charley에 대한 보도를 하면서 나는 종종 허리케인 보도에 자발적으로 나서기 시작했다. 내 마음을 끈 것은 폭풍 자체만이 아니었다. 폭풍 이전과 이후가 흥미로웠다. 거기에는 정적과 침묵이 있었다. 가게들은 철시했고, 집들의 창문은 나무판자로 감싸여 있다. 많은 면에서 전쟁터의 느낌을 닮았다.

허리케인 찰리가 플로리다에 상륙하기 몇 시간 전, 나는 플로리다 주 탬파베이에 있는 호텔에 체크인했다. 지배인은 큰 몸집에 머리 위에 작은 애완용 앵무새를 올려놓은 여자였는데, 숙박을 하려면 '안전에 어떤 문제가 생겨도 호텔 측은 잘못이 없다'고 쓴 서류에 사인을 해야 한다는 것이었다. 내가 사인을 하는 순간, 앵무새가 지배인의 어깨에 용변을 봤다.

"얘 신경이 조금 날카로워졌어요. s-t-o-r-m 때문에." 그녀는 앵무새가 알아들을까 봐 'storm'이란 단어 대신 스펠을 불렀다.

허리케인 보도를 하려면 살아남기 위한 몇 가지 기술을 익혀야 한다. 먼저 커다란 SUV를 빌린 뒤 물과 식량, 살 수 있는 보급품들을 뭐든 잔뜩 사서 실어둬야 한다. 특히 가스통과 아이스박스, 얼음은 시간이 갈수록 구하기 어렵다. 전쟁터에서는 무조건 전선을 향해 가야 하듯이, 허리케인이 오면 무조건 물 쪽으로 가야 한다.

그리고는 마치 매복작전을 준비하듯 당신이 있을 위치를 잡아야 한다. 폭풍이 몰고 오는 거대한 파도를 놓치지 않기 위해 물에서 가까운 곳에 자리를 잡아야 하는데, 물에 휩쓸려 가지는 않을 정도의 높이여야 한다. 주변에 나무나 간판 같은 것이 많으면 안 된다. 폭풍이 불면 마치 공대지 미사일처럼 날아다니며 당신을 노리게 될 것이기 때문이다. 당신은 또 몇 개의 후방 기지를 물색해두어야 한다. 폭풍의 강도가 심해지면 보다 안전한 장소로 물러나야 할 것이다.

CNN 기술자들은 이미 배튼루지의 부두 근처에 좋은 장소를 물색해두었다. 몇백 미터 떨어진 곳에 큰 빌딩이 있어서 유사시에 위성 중계차가 피하기 좋았다. 위성 안테나가 작동해야 방송을 할 수 있기 때문에 중계차를 안전하게 보전하는 것이 무엇보다 중요했다.

문제는 이 위성 안테나가 가끔 범선의 돛과 같은 역할을 한다는 점이다. 강한 바람에 휩쓸리면 안테나를 지탱하고 있는 트럭도 뒤집힐 수 있다. 적어도 서로 다른 두 방향에 빌딩이 서 있어서 중계차를 보호할 수 있는 위치를 찾아야 한다. 그래야만 허리케인이 갑자기 방향을 바꾸더라도 안테나가 맞바람을 맞는 일을 피할 수 있다.

몇 차례 허리케인 기사를 다뤄보면 폭풍이 어떤 순서로 오는지 감을 잡게 된다. 처음에는 부드럽게 부는 바람 정도이다. 그리고 비가 오기 시작한다. 당신이 비싼 돈을 주고 산 고어텍스 옷들은 빗속에서 30분 정도 당신을 보호해준다. 그 다음부터는 물이 새기 시작하고 한 시간도 안 돼 흠뻑 젖어버린다. 부츠 안의 발이 퉁퉁 붓고, 손가락은 주름지고 하얗게 되어버린다. 혹시 여든다섯 살쯤 되면 피부가 어떻게 변할지 궁금하다면, 허리케인 속에서 몇 시간만 지내보면 된다.

카트리나는 월요일 새벽 6시 10분, 루이지애나주 뷰라스Buras 가까이로 상륙했다. 풍속은 시속 125마일, 3등급 허리케인으로 변해 있었다. 배튼루지에서는 상황이 더 나빠지고 있었다. 몇 시간 전까지 불던 세찬 바람은 이제 어느 정도 조용해진 것 같았다. 전기는 나갔고, 변전소가 폭발해 어두운 하늘에 청록색 불꽃이 튀고 있었다. 하늘을 날아다니는 잔해를 직접 볼 수는 없었고 오직 소리만 들을 수 있었다. 나뭇가지가 부러지는 소리, 입간판이 뒤틀리는 소리, 알루미늄 지붕이 뜯겨나가는 소리 등등. 그런 소음들이 어디서 들려오는지, 잔해들이 어디로 날아가는지 판단하는 것은 불가능했다.

생방송 도중, 나는 SUV 안에 앉아 뿌연 어둠 속에 젖어가고 있었다. 폭풍이 강해져 다른 지역에 있던 리포터들의 방송이 불가능해지자 지역 방송국에서는 내가 더 자주, 더 많은 방송을 맡아주기를 원했다. 생방송에 생방송이 꼬리를 물었다. 카메라맨 크리스 데이비스는 뷰파인더로 거의 아무것도 볼 수 없는데도 부두의 가드레일에 간신히 몸을 지탱한 채로 계속 일했다. 얼마 지나자 나는 똑같은 말을 되풀이하고 있었다.

"지금 바람이 엄청나게 불어오고 있습니다. 비는 폭포수처럼 쏟아집니다." 사실 그외에는 별로 할 수 있는 말이 없었다. 세상천지에 물과 바람뿐이었다. 그걸 묘사하는 데 달리 뾰족한 말이 무엇이 더 있겠는가?

폭풍 속에서는 희한한 풍경들을 보게 된다. 콜라 자판기가 떠내려가는 모습, 길 위로 떠밀려온 보트. 허리케인 프랜시스Frances가 왔을 때였다. 두 남자가 '허리케인 조사팀'이라는 문구를 옆에 붙인 금방 뽑은 민간용 험비 차량을 타고서 우리가 일하던 해변에 온 적이 있었다. 그들이 깔끔한 노란색 우의까지 갖춰 입고 있었기에 당연히 무슨 과학자들일 거라 생각했다.

그러나 알고 보니 그들은 폭풍 마니아들이었다. 새벽 1시까지 그들의 모습을 볼 수 있었다. 고함을 지르고, 불평을 하고, 시속 110마일이 넘는 바람에 흔들리는 옆 사람의 모습을 비디오로 찍으며 놀고 있었던 것이다.

이런 흥분에 휩싸이다 보면 쉽게 잊어버리는 것이 있다. 당신이 TV를 보며 이러쿵저러쿵하는 동안 어떤 사람은 자식들과 함께 옷장에 갇혀 있을지도 모르고, 자기 거실에서 물에 빠져 죽을 수도 있다.

허리케인 찰리가 지나간 뒤, 플로리다주 푼타 고르다Punta Gorda로 피해상황을 확인하러 간 적이 있었다. 알루미늄 판자들이 날아와 나무에 박힌 것을 보았는데, 그것들은 아침햇살을 받아 눈부신 은색으로 빛나고 있었다. 거리에는 가족사진 앨범 같은 것이 널려 있었고, 자동차 지붕에 소파가 날아와 있기도 했다. 그때 구조본부 직원이 착오로 캠핑장에 10여 명의 시신이 있다고 발표한 적이 있었다. 발표가 있자마자 뉴스 중계차에 있던 모든 TV 아침뉴스 진행자들이 쏟아져 나와 희생자를 찾기 위해 작은 마을을 이리저리 뛰어다녔다. 잠시 후 정신을 차린 그들은 '무슨 일'인가 생겼다는 트레일러 파크가 어디에 있는지 지역 주민들에게 수소문했다.(아무도 직설적으로 "이 근처에서 시체 못 봤어요?"라고 묻지는 못했다.)

허리케인의 진정한 힘은 바람의 속도에 의해 결정되는 게 아니다. 폭풍이 뒤에 남긴 것들이다. 사람들이 사라지고, 사람들이 변화하고, 폭풍 속에서 추억들이 제거돼버리는 것이다. 허리케인 재난 보도를 좀 해본 사람이라면 누구나 아는 사실이지만, 거센 폭풍 속에서 리포트를 하는 것보다 폭풍이 남기고 간 현장에서 리포트하는 것이 훨씬 어렵다.

카트리나가 한참 맹위를 떨칠 때 나는 부두 난간을 꽉 부여잡고 있었다. 주변은 바람과 물이 만든 흰색 소용돌이가 감싸고 있었다. 나는 생방송 사이사이 팔을 뻗어 난간을 잡고 눈을 감고 있었다. 누가 보든지 상관없었다. 폭풍은 유령과 같았다. 나를 휘청거리게 하고 찰싹 때리는가 하면 빙빙 돌리며 골탕을 먹였다. 이미 물에 몸이 반쯤 잠겼고 바람 때문에 숨도 제대로 쉬지 못했다. 나는 어깨를 바람 부는 방향으로 한껏 기울이고, 갑자기 돌풍이 약해질 때 넘어지지 않도록 다리를 넓게 벌렸다. 한 발짝 잘못 디디면 바람이 나를 삼켜버릴지도 모른다. 갑자기 세찬 바람이 끌어당기는 느낌이 들었다. 몇 발짝만 더 끌려가면 거대한 물과 바람의 벽에 부딪쳐서 끝장이다. 그렇게 폭풍의 현장 한가운데에 서서, 나는 느낄 수 있었다.

조금 정신 나간 소리로 들릴진 모르겠지만, 현장에서 그런 곤경에 처하면 이상하게도 바람에 버티며 좀 더 폭풍에 가까이 다가가고 싶은 오기가 생긴다.

2004년 허리케인 이반Ivan이 왔을 때도 최대한 현장에서 오래 버티겠다고 고집했다. 우리는 앨라바마주 모빌Mobile 카운티의 건물 발코니에 있었는데, 폭풍 현장을 전하기에는 최고의 위치였다. 폭풍이 너무 심해지자 담당 프로듀서는 내 다리에 로프를 묶어 만약 내가 탈진하거나 넘어지면 끌어올릴 수 있도록 준비하기도 했다. 결국 도무지 견딜 수 없는 상황이 되어서야 생중계를 포기했다.

배튼루지에서는 폭우 때문에 잠시 카메라 렌즈가 보이지 않기도 했다. 사실 그것이 큰 문제는 아니었다. 이럴 때 내가 해야 할 말을 알고 있기 때문이다. "폭풍 앞에서 한없는 무력감을 느낍니다." 리포터들이 늘 하는 말이다. "폭풍은 우리 인간이 실은 얼마나 약한 존재인가를 알려줍니다."

하지만 지금 이 순간에는 그런 느낌이 들지 않았다. 마치 무적인 것처럼 느껴졌다. 폭풍은 나를 휘감고 세찬 비가 쏟아지고 있었지만, 폭풍이 가장 강력한 그 순간에도 나는 일할 수 있고 견딜 수 있었다. 위성 안테나가 세워져 있고 우리는 방송중이다. 우리는 마지막 남은 한 사람이다. 우리는 악천후를 이겨냈다. 우리가 이겼다.

●◦●◦●◦●◦●◦●◦●◦●◦●

정오가 되자 최악의 상황은 끝났다. 카트리나는 미시시피를 향해 계속 움직이고 있었다. 나는 더 이상 아무것도 하고 싶지 않았다. 상황은 항상 그러했다. 바람이 약해지고, 아드레날린이 줄어들고, 내 몸은 무너져 내렸다. 얼굴은 무언가에 채찍질 당해 생채기가 났으며 눈은 가려웠다. 잠이 밀려왔지만 생존자를 찾고 죽은 이들을 발견하기 위해 깨어 있어야 했다. 우리는 배튼루지 인근에 대한 신속한 조사를 통해 피해가 크지 않다는 것을 알았다. 뉴올리언스로 통하는 길이 언제 다시 열릴지에 대해선 한 마디도 없었다. 7시간 후엔 다시 방송이 예정되어 있기에, 나는 PD인 존 머가트로이드John Murgatroyd와 함께 동쪽으로 향하는 폭풍을 쫓아가기로 했다. 폭풍의 꼬리를 잡고 싶었던 것이다.

우리는 위성방송용 트럭을 떠나 폭풍이 지나고 있을 것으로 추측되는 미시시피의 메리디안Meridian으로 향했다. 다른 위성방송용 트럭이 그곳에서 우리를 맞을 것이란 얘길 들었다. 온통 비에 젖고 피로에 절은 우리는 SUV를 타고 위험할 정도로 세찬 바람에 끊임없이 시달리며 동쪽으로, 그리고 다시 북쪽으로 달렸다. 속도계는 시속 160km를 가리키고 있었다. 나는 가능하면 속도계를 보지 않으려 했다. 어떻게든 폭풍과 맞서야 했기 때문이다.

잭슨Jackson 근처에 다다르니 나무들이 낮아지고, 길들은 물에 잠겨 있었다. 비가 너무도 세게 내려 지금 어디에 있는지조차 분간하기 힘들었다. 우리는 메리디안 외곽 주유소 근처에서 드디어 위성방송 트럭을 발견했다. 방송을 위해 적합한 장소는 아니었지만 다른 선택이 없었다. 엔지니어들이 방송 준비를 하는 데 20분쯤 걸렸다. 마침내 위성을 통해 뉴욕과 연결됐을 때, 우리의 오디오 수준을 체크하고 우리가 보낼 화면의 문제점들을 수정하느라 조종실에서 신경질적으로 질러대는 소리를 들을 수 있었다. 시간이 재깍재깍 흐르고 있었다. 방송 10초 전, 나는 '준비 완료'란 사인을 받았다.

몇 시간 방송을 하는 중에 카트리나는 열대 폭풍 수준으로 세력이 약해졌다. 밤 10시쯤 방송을 마쳤다. 전원이 거의 떨어졌지만, 다행히 필라델피아 근처에 있던 CNN이 비상 전원을 공급해주었다. 그리고 놀랐던 사실 하나는 촉토족 인디언들이 운영하던 카지노가 여전히 영업 중이었다는 것이다.

폭풍의 와중에 거의 모든 호텔이 문을 닫았다. 그러나 카지노는 영업을 하기 위해 애쓰고 있었다. 슬롯머신이 돌아가고 현금이 쏟아져 들어오도록 하기 위해 무슨 일이든 할 태세였다. 우리가 도착했을 때, 머리칼을 밝게 염색한 중년의 여인들이 슬롯머신에 앉아 레버를 당기고 있었다. 그들의 눈은 터지는 불빛에 고정돼 있었다. 호텔 방으로 들어가니 곰팡이 냄새가 진동했다. 창문은 폭풍 때문인 듯 모두 깨져 있었다. 물이 벽면을 따라 흘러내려 바닥의 카펫 위로 핏물처럼 번져가고 있었다. 눈이 아프고 발이 쑤셔왔으며, 부족했던 잠이 밀려와 눈꺼풀을 내리눌렀다. 내가 할 수 있는 일이라곤 주저앉아 눈을 감고 숨을 쉬는 것밖에 없었다.

●─○─●─○─●─○─●─○─●─○─●─○─●─○

아버지는 도박을 좋아하지 않으셨다. 적어도 십대 때는 그랬다. 아버지가 열여섯 살일 때 「메리디안 스타Meridian star」 지에 도박의 부정적 영향에 대한 편지를 썼다는 걸 보면 확실하다. 최근 아버지가 어린 시절에 만들었던 신문 스크랩에서 이 기사 사본을 발견했다. 그것은 창고 안에, 내가 한 번도 보지 못한 종이 박스에 처박혀 있었다.

"올바른 길에서 벗어난 많은 사람들이 슬롯머신에 빠져 자신의 잘못을 시작한다"라는 글이었다. 그 편지를 읽었을 때 웃음이 났다. 너무 젠체하는 내용 때문이었다. 십대의 그는, 내가 기억하는 열린 마음을 가진 아버지의 모습과는 전혀 달랐다.

그가 태어난 미시시피의 퀴트먼Quitman은 메리디안에서 몇 마일밖에 떨어져 있지 않았다. 2차 대전 때 아버지의 가족은 뉴올리언스로 이주했지만 오래 머물진 않았다. 미시시피로 돌아왔을 때 그들은 메리디안에 정착했다. 할머니는 잡화점을 여셨고 아버지는 지역 라디오 방송국에서 아나운서로 일하며 전문대학에서 강의를 들었다.

내가 여덟 살 때 아버지는 자신이 태어난 곳을 보여준다며, 나와 형을 미시시피로 데려갔다. 우리는 아버지가 살았던 집이 있던 퀴트먼으로 차를 몰고 갔다. 그러나 그곳엔 아무것도 남아 있지 않았다. 예전에 굴뚝이 서 있었던 곳에 빛바랜 벽돌 몇 개만이 뒹굴고 있었다. 아버지는 100만 평방미터에 달하는 농장 한가운데에 지어진 목재 가옥에서 살았다. 헛간은 이미 사라졌고, 목재는 오래전부터 썩어가고 있었다. 목장과 복숭아 과수원, 목화밭 등은 나무와 덤불과 칡넝쿨로 뒤덮여 있었다.

우리는 퀴트먼 주위를 걸으며 상점에도 들르고, 아버지의 학창시절 친구의 집도 방문했다. 아버지의 이름은 와이어트Wyatt였지만 어린 시절 미시시피에서는 그를 '버디Buddy'라 불렀다.

아버지의 친구들은 나를 보며 말했다. "버디, 이 아이는 너를 쏙 빼닮았군." 당시 나는 아버지와 닮은 점이 있다고 느끼지는 못했지만, 그 얘기를 들으니 어쩐지 행복해졌다. 지금은 거울 속의 나를 보면 아버지의 얼굴을 마주하는 듯하다.

●○●○●○●○●○●○●○●○

화요일, 숙취에서 덜 깬 상태로 눈을 떴다. 내가 어디에 있고 무슨 일이 일어났는지 도통 기억나지 않았다. 핸드폰, TV, 블랙베리, 모든 것을 확인해보았지만 아무것도 작동하지 않았다. 폭풍이 무슨 짓을 했는지 도무지 생각이 나지 않는다. 밖에선 아직도 바람이 매섭게 불고 있다. 가벼운 빗줄기도 뿌린다. 마치 뱀처럼 경찰차들이 줄지어 호텔 주차장 안으로 들어온다. 이 광경에 진절머리가 났다. 어제 내 자신에게 한동안 허리케인을 취재하지 않겠다고 다짐했었다. 더 이상은 말이다. 그러나 다시 바람이 거세졌고 내 가슴은 뛰기 시작했다.

나는 비틀거리며 침대에서 일어나 주차장이 있는 아래층으로 걸어 내려갔다. 그곳에는 위성 엔지니어들이 트럭의 장비를 점검하고 있었다. 트럭에는 시동이 걸려 있는 동안 작동하는 전화가 붙어 있었다. 앞으로 며칠 동안 우리가 외부세계와 통할 수 있는 유일한 통로였다. 애틀랜타에 있는 CNN의 당직 데스크로 전화를 걸었더니, 그들은 구체적 정보가 없다고 했다. "상황이 좋지 않다는 것은 알고 있습니다." 직급이 높은 PD가 말했다. "그러나 얼마나 나쁜지는 모르겠어요. 걸프포트Gulfport의 사진을 보았는데 아주 피해가 심하더군요."

뉴올리언스에서는 제방이 심하게 무너졌다. 물이 도시로 넘쳐 들어오고 있었다. 도시의 80%가 물에 잠길 것으로 예상됐다. 슈퍼돔(이재민들이 피난해 있던 돔형 경기장)은 벌써 피난민들로 넘쳐났다. 냉방 시설은 고장 났다. 물이 계속 불어난다면 추가로 수천 명이 컨벤션센터로 대피할 것이다. 그러나 거기엔 의료품도 없고 먹을 것도 없고, 정말 아무것도 없다.

우리는 일단 걸프포트로 가기로 했다. 어쨌든 물 가까이로 다가가는 것이고, 그때그때 상황에 따라 어디로 갈지 결정할 수 있을 것 같아서였다. 문제는 부족한 기름이었다. 필라델피아 대부분의 지역은 단전 상태였다. 근처 월마트가 열려 있다는 얘기를 듣고 그곳으로 달려갔을 때, 주유소가 여전히 성업중이라는 사실에 놀라지 않을 수 없었다. 우리는 차에 기름을 채우고 최대한 많은 식료품과 물을 샀다. 계산을 하려고 줄을 서 있는데, 한 여자가 나를 알아보고 걸프포트 서부의 작은 해안 도시인 베이 세인트루이스Bay St. Louis로 가는 게 어떻겠느냐고 말했다. 그녀는 교사였고 자기 학교가 파괴됐을 것이라고 짐작하고 있었다.

"우리는 그곳 소식을 전혀 듣지 못하고 있어요." 그녀가 말했다. "라디오 뉴스에도 안 나오고, 작은 도시들에 대해 얘기하는 사람들이 하나도 없어요.".

뒤편 주차장에서 회의를 했다. 우리는 두 대의 카메라와 세 대의 SUB, 그리고 한 대의 위성방송용 트럭을 갖고 있었다. 라디오 방송에서 남쪽으로 가는 대로는 막혀 있지만 고속도로 하나는 비상용 차량을 위해 개통돼 있다는 소식을 들었다. 우리가 이 지역으로 들어갈 적임자라는 데 의견을 같이하고 이동을 시작했다.

우리는 넘어진 나무와 전신주를 지나 차를 몰았다. 파편들이 고속도로에 어지럽게 널려 있고 흩어진 쇳조각과 부서진 집들이 몇 마일에 걸쳐 어지럽게 펼쳐진다. 처참한 광경을 목격하면서 계속 달리고 있다. 어느 순간, 시야가 흐릿해진다. 감각이 이상해지고 정신분열적인 느낌이 엄습한다. 많은 사람이 죽었지만 우리는 살아 있다. 많은 사람들이 꼼짝 못하고 있지만 우리는 전진하고 있다. 우리에겐 아직 기름과 음식이 남아 있고 휴대전화도 있다. 언제든 위성안테나를 세워 세계를 상대로 생방송을 할 수 있다. 방송 시설을 갖추는 데 몇 분이면 충분하다.

나는 정확히 어디쯤 가고 있는지 모르지만 목적지에 도착해서 무엇을 해야 할지는 안다. 현장을 찍어야 하고 기사도 만들어야 한다. 모든 휴식은 사라져버릴 것이다. 지금 내겐 어음도, 저당증서도, 걱정해야 할 현실의 사소한 문제들도 없다. 오로지 지금 이 순간, 해야 할 일만이 있을 뿐이다. 나는 이전에도 이 자리에 앉아 스리랑카, 니제르, 소말리아, 보스니아 등지를 지나며 창문을 통해 수많은 풍경들을 구경했었다. 그러나 지금 이 느낌은 세상의 끝에서만 존재하는 것이다. 그것은 오지에서만 자라는 난초처럼 결코 오래 가지 않는다.

우리가 걸프포트에 도착했을 때, 이동은 끝나고 현실이 다가왔다. 내가 상상했던 것보다 훨씬 나쁜 현실이. 미국에서 목격한 것 중 최악의 현실이. 굳이 비교를 하자면 쓰나미 이후의 스리랑카와 비슷하다고 할까. 잠깐 동안 캄부루가무와에 있는 것 같은 착각에 빠졌다.

걸프포트 시내는 휘청거리고 있었다. 사람들은 맨발로 비틀비틀 걸으며 자신의 눈물을 핥고 있다. 고물 장난감처럼 쌓여 있는 트럭들을 트랙터가 끌어 모으고 있고, 근처 주차장에선 물개 한 마리가 얼어붙은 듯 누워 신음소리를 내고 있다. 한 여자가 물개를 살려보겠다고 물을 뿌리고 있다. 그녀가 떠나자, 경찰이 물개 머리에 총을 두 발 쏘아 사살했다. 조준 사살이었다. 진홍색 피가 퍼져가는 것을 보고 놀랐던 기억이 생생하다.

부두 바로 옆에는 카지노 벌크선들이 마른 땅 위에 한 블록 정도나 길게 늘어서 있었다. 옆의 폐기물 속에서는 은빛의 슬롯머신이 반짝인다. 램프가 달린 헬멧을 쓴 구조대원들이 혹시라도 살아 있을 사람들을 찾아다니며 소리를 지른다. "여보세요. 누구 있어요?" 그러나 주위엔 정적뿐이다.

●○●○●○●○●○●○●○●

수요일 아침, 우리는 미시시피주의 웨이브랜드Waveland에 도착했다. 날이 밝기가 무섭게 걸프포트에서 차를 몰아 온 것이다. 지붕 위에 고립돼 있는 사람들을 구조하고 필요한 물품을 공급하기 위해 뉴올리언스로 가고 있는 해안경비용 헬기들이 우리 머리 위를 지나갔

188

다. 이 지역의 모든 헬기들이 그쪽으로 가는 것 같았다. 그러나 어떤 헬기도 이곳에 내릴 생각은 없는 듯했다. 나는 고작 루이지애에서 나온 뉴스 몇 개를 들었다. 우리는 여전히 핸드폰이 없었고 이메일도 안 됐다. 제방이 무너지면서 희망마저도 무너졌다. 도시는 물에 잠겼다. 이미 예고된 일이었지만 아무도 준비가 안 됐다. 이재민들의 대피 장소인 슈퍼돔과 컨벤션센터는 사람들로 넘쳐났다.

미시시피에는 제방이 남아 있지 않았고 대규모 약탈이 자행되고 있었다. 이곳의 드라마는 완전히 다른 모습으로 진행됐다. 물이 멕시코 만으로 밀려간 뒤, 육지는 메마르고 황폐한 그대로이다. 도시 구석구석이 피해를 입었다. 세인트루이스 만과 웨이브랜드에서는 수 마일에 걸친 해안가 주택들이 쓸려갔다. 온 도시에 파편뿐이었다. 내게 충격을 준 것은 사방에 널려 있는 피해상황이 아니라 도시 전체를 뒤덮고 있는 정적이었다. 흙을 치우는 장비도, 응급차의 사이렌 소리도 들리지 않았다. 나는 한때 거리였던 이곳에 쌓여 있는 통나무 더미 속에 멍하니 서서 불어오는 바람소리를 듣고 있었다. 나뭇가지에 걸린 비닐봉지가 불어오는 바람에 펄럭이는 소리를 내고 있다. 죽은 개의 몸뚱이 주위엔 파리들이 윙윙댄다. 헬기 한 대가 수평선 위를 날아간다.

나는 잔해더미 속을 뒤지고 다니는 한 무리의 사람들을 만났다. 버지니아에서 온 도시구조수색대 중 한 팀이었다. 한 수색대원은 쇠막대기에 매단 조그만 비디오 카메라를 들고 있었다. 그는 이 비디오를 잔해더미 속에 집어넣어 혹시 생존자가 갇혀 있는지 확인하고 있었다. 그들은 이미 이 거리를 살펴봤지만 누군가가 현지 여성 한 명이 실종된 상태라고 신고하면서 수색을 재개한 것이다.

도로는 부서진 집의 지붕들로 완전히 덮여 있었다. 수색대원 스콧 프랜티스Scott Prentice가 잔해 속을 조심스럽게 파헤치고 있다. 느리지만 신중한 태도다.

"어차피 다 수색하는 것은 불가능합니다." 파편더미 속에 널려 있는 해군복을 밟고 지나가며 그가 말했다. 어린 아이의 것으로 보이는 인형이 발가벗겨진 채 나무에 매달려 있다. 인형 눈이 감겼다 떠졌다 한다. "여기서 몇 주를 보내야 할지도 모릅니다. 하지만 계속해 봐야지 어쩌겠습니까." 프랜티스가 머리를 흔들며 말한다. 시신 냄새를 찾아내려는 듯 그는 숨을 깊게 쉬었다.

버지니아 수색대는 근처 라이트에이드 약국 주차장에 베이스캠프를 설치했다. 우리가 그곳에 갔을 때 샐리 슬러터Sally Slaughter라는 이름의 여자가 실종자 신고를 하러 왔다. 그녀는 작고 여윈 모습이었으며, 야구모자 아래로 상한 얼굴을 감추고 있었다. 그녀는 근처 모텔에서 일하고 있으며 동료인 크리스티나 베인Christina Bane이 죽은 것 같다고 말했다.

"오늘 아침 다른 이웃들과 함께 그녀의 집으로 갔어요. 뒷 창문을 깨고 들어갔는데 부엌에 시체가 있었다구요." 슬러터가 수색대원에게 말했다.

그녀는 크리스티나 베인과 그녀의 가족이 대피하지 않았다는 사실을 알고 있었다. "약탈자들 때문에 집 떠나는 것을 무서워했어요."

그러나 나중에 나는 그들이 떠나지 않은 진짜 이유를 알게 되었다. 베인의 두 아들은 장애아였다. 그녀는 아들들이 사람들의 놀림을 받을까 걱정되어 피난처로 가지 않았던 것이다.

"그들이 지진아였다고 정확히 말할 순 없어요." 슬러터가 말했다. "그러나 발달이 다소 느린 것은 사실입니다."

시체가 발견될 때마다 버지니아 수색대의 '시신확인반'은 사체 사진을 찍고 영안실로 이송한다. 지금은 지역 영안실과 사설 장례식장들이 모두 물에 잠겨 시신을 받아들일 시설이 없다. 연방비상관리청 FEMA은 시체를 저장하기 위해 냉동 트럭을 보낼 계획이지만, 며칠을 더 기다려야 도착할 것이다.

슬러터는 오늘 아침에 자신이 깬 베인의 집 창문을 가리켰다. 집은 조용하다. 시체 냄새도 나는 것 같다. 숨을 참고, 진흙으로 엉망진창이 된 창문 안으로 얼굴을 밀어넣었다. 몇 초가 지나자 내가 무엇을 보고 있는지 금방 깨닫게 되었다. 바로 앞에 한 남자가 누워 있다. 진흙과 토사로 뒤덮인 잡동사니 더미 속에 갇혀 있는 그 남자는 크리스티나의 남편인 에드가 베인Edgar Bane일 것이다. 그의 몸은 생일축하 풍선처럼 엄청나게 부풀어 있었고 또 뒤틀려 있었다. 한쪽 팔은 직각으로 꺾여 펴지지 않았다. 사후경직이 시작된 것이다.

그는 내가 목격한 최초의 폭풍 피해자였다. 스리랑카와 다른 곳에서 익사한 사람들을 많이 봤지만, 이곳 미국에서 보게 될 줄은 몰랐다. 미국에서 일어난 일이라고 다르게 느껴질 것은 없다고 생각했지만 그게 아니었다.

현관문은 물이 빠져나간 뒤 남은 잔해들로 막혀 있었다. 수색대는 지렛대로 들어올려 창문을 열려고 했다. 작업은 오래 걸리지 않았다. 창문이 열리자마자 그 사이로 악취가 쏟아져나왔다. 모두가 뒷걸음질을 쳐야 할 정도였다.

크리스티나 베인이 안에 있었다. 남편 에드가와 두 아들 칼과 에드가 주니어도 있었다. 네 명 모두 숨졌다. 익사한 것이다. 샐리 슬러터는 울음을 터트렸다. 하지만 우는 건 그녀뿐이었다. 수색대원이 디지털 카메라를 꺼내 베인 가족의 사체를 찍는다. 찰칵, 찰칵, 찰칵……. 다른 수색대원은 매직펜으로 베인 씨 집의 현관문에 V자를 적는다. 희생자가 있다는 의미이다. '4명 사망.'

●◦●◦●◦●◦●◦●◦●◦●●

베인의 집에서 몇 블록 떨어진 곳에서 수색대는 텅 빈 골목 한편에 누워 있는 시신 한 구를 발견한다. 여자 같았지만 첫눈에 분간하긴 어려웠다. 물은 사람의 신원과 인종, 심지어 성별까지도 지워버린다. 내가 보기엔 흑인 같았지만, 그녀의 피부는 거의 반투명할 정도로 하얗다.

누군가가 그녀의 얼굴과 몸을 더러워진 침대 시트로 덮어놓았다. 그 사이로 손과 발이 삐죽이 나와 있다.

"여기서 익사한 건가요?" 근처의 수색대원에게 물었다.

"아뇨. 이 근처 어느 집에서 죽은 걸 주민들이 여기다 갖다놓았을 겁니다. 여기가 사체 집적장이 된 거죠."

수색대는 또 사진을 찍고 사체가 발견된 장소의 GPS 위치를 기록해둔다. 나중에 지도상에 표시하려는 것일 게다. 그들은 사체가 발견된 지점을 작은 동그라미로 표시했다.

"이전에도 이런 광경을 목격한 적이 있나요?" 수색대 의사인 데이비드 캐시David Cash에게 물었다.

"허리케인 이반Ivan, 오팔Opal, 펜타곤Pentagon, 오클라호마시티 Oklahoma Ctiy……." 그는 지금까지 11년 동안 일해오면서 목격했던 재앙의 장소들을 열거했다. "절대로 익숙해지지 않아요. 단지 그때그때 감당해낼 뿐이죠."

나는 카메라맨인 크리스 데이비스에게 죽은 여자의 손과 발을 클로즈업해 촬영하라고 말했다. 시트에 덮인 몸은 방송으로 내보내기엔 너무나 끔찍했기 때문이다. 그렇다고 이곳에서 어떤 일이 벌어지고 있는지를 외면할 수도 없는 노릇이다. 닥터 캐시와 수색대는 다시 트럭에 올라탄다. 우리도 차로 돌아와 그들을 뒤따른다.

미국에서 이렇게 끔찍한 광경을 보리라고 한 번도 생각해본 적이 없었다. 쓰레기처럼 널브러진 시체들 앞에서 사람들은 말이 없다. 도대체 무슨 말을 할 수 있을까?

크리스는 시체들을 보는 것을 힘들어했다. 얼굴 표정만 봐도 알 수 있었다. 처음엔 무슨 영문인지 몰랐지만 나중에 알게 되었다. 그에겐 이것이 첫경험이란 것을.

내가 처음 본 시신은 아버지였다. 아버지의 장례식은 뉴욕의 프랭크 캠벨Frank E. Campbell 교회에서 거행됐다. 몇 년 동안 학교 가는 길에 그 건물을 지나쳤지만 안에서 무슨 일이 일어나고 있는지는 알지 못했다.

나는 처음엔 돌아가신 아버지를 알아보지도 못했다. 사람이 죽으면 얼마나 달라지는지, 시신 메이크업을 한 얼굴이 얼마나 평평하고 창백해 보이는지 몰랐다. 아버지의 얼굴은 돌로 만든 조각 같았다.

관 속에 누운 아버지가 입고 있던 옷을 기억한다. 장례식장에서 이미 아버지의 부재를 느꼈고, 함께 있을 때의 편안함과 따뜻한 포옹을 그리워하고 있었다. 밤이면 우리는 TV를 봤다. 아버지는 등을 바닥에 대고 길게 누워 TV를 봤다. 나는 그의 부드러운 배에 머리를 올리고 직각이 되도록 누워 있었다. 그가 숨을 쉴 때마다 내 머리가 오르락내리락했다.

아버지는 침례교도로 태어났지만 지옥 같은 설교로부터 자유로웠다. 생전에 한 번도 예배에 참석하지 않았기에, 그의 장례식은 삼위일체설을 부인하는 유니테리언파Unitarian 교회에서 치러졌다.

나는 아버지가 했던 말을 기억한다. "병원에는 내가 유니테리언이라고 얘기하렴. 모두들 진짜 줄 알 테니까, 성가신 성직자들을 보내지 않을 게다."

장례식이 끝난 후, 나는 어머니와 형과 함께 손님들을 맞고 있었다. 모르는 사람들이 악수를 하며 지나갔다. 얼마 뒤엔 우리 아파트에 사람들이 모였다. 학교에서 몇몇 친구들이 왔고, 내가 특히 좋아했던 선생님도 참석했다.

태어났을 때부터 나를 키워줬던 유모 메이도 고향인 스코틀랜드로 여행을 갔다 서둘러 돌아왔다. 아버지의 부음을 듣자마자 놀라서 달려온 것이다.

"걱정 말아요, 메이. 다 괜찮아질 거예요." 나는 그녀를 위로했다. 몇 년이 흐른 뒤에도 메이는 그 순간을 회상하며 울었다. 눈물을 흘리며 그녀가 말했다. "괜찮을 리가 있겠어. 그 후론 아무것도 나아진 게 없어."

●○●○●○●○●○●○●○●

2005년 8월 31일 수요일. 나는 여전히 미시시피주 웨이브랜드에서 카트리나의 여파를 보도하고 있다. 여자들은 가족 사진을 찾으며 흐느낀다. 중년의 남성은 내 위성전화를 쓸 수 없겠느냐고 애걸한다. 모든 대화의 시작은 한결같다. "어머니! 저예요. 저 살아 있어요."

대통령 전용기가 미시시피 상공을 나는 것이 보인다.

"저 높은 곳에서 시체들이 보이겠어요?" 비행기를 쳐다보고 있는 우리를 향해 누군가 불평을 늘어놓는다.

폭풍이 지나간 지 48시간 이상이 지났는데도 아직 시신을 수거할 사람들조차 없다. 부끄러운 일이다. 군인들에겐 다음과 같은 신조가 있다. "아무도 뒤에 남겨두지 말라." 바그다드 외곽 군기지의 게시판에 이런 표어가 붙어 있는 걸 본 적이 있다. 그들은 동료 군인들의 시신을 수습하기 위해 자신의 몸과 목숨을 위험에 내던진다. 사실 이 일을 하며 많은 사람들이 목숨을 잃었다. 물론 미국에서도 전선이 있고, 지금 여기 웨이브랜드에서도 마찬가지다. 누군가가 이곳에 남아 홀로 썩어가서는 안 된다.

땅거미가 내릴 때 나는 죽은 여자가 누워 있던 곳으로 돌아갔다. 그녀는 여전히 거기에 있다. 어떻게 움직여볼까 생각도 해보지만 아무런 장비가 없다. 게다가 그녀를 옮겨놓을 만한 장소도 없다. 내가 너무도 나약하고 쓸모없다는 자괴감이 든다.

지난 이틀 밤, 나는 CNN의 토크쇼 '래리 킹 라이브Larry King Live'의 게스트로 참석했다. 정치인들은 이 유례 없고 예측할 수 없는 재앙 앞에서의 고군분투孤軍奮鬪를 서로 치하하며 감사의 말을 건네고 있었다. 그들이 무슨 말을 하는지 도무지 이해할 수 없었다. 분명 그들의 입을 보고 목소리를 들었지만 도대체 말이 되지 않았다.

"서로서로 칭찬하는 일은 때려치워라!" 나는 고함치고 싶었다. "군인들과 함께 '시체수거 백'을 들고 이곳으로 오라!" 그런데 이상한 일이다. 목소리가 나오는 대신, 고개를 끄덕이며 스크린만 쳐다보고 앉았으니. 그것도 밤마다.

수요일, 연방비상관리청FEMA 청장 마이클 브라운Michael Brown을 인터뷰했다. 그에게 인력이 크게 부족하고 길거리에 시체들이 널려 있다고 말하자, 그가 말했다. "그래서는 안 된다. 대책을 세우겠다." 이 프로그램이 나간 후, FEMA 관리 하나가 내 프로듀서에게 우리가 다음날 브라운 청장을 수행하며 취재하도록 해주겠다고 말했다. 그러나 얼마 안 있어 그 제안을 취소했다.

정치인들은 주민들이 '짜증나 있다frustrated'는 것을 안다고 계속 떠벌린다. 그러나 그들이 진정으로 이해하고 있다면 그런 단어를 쓰지 않았을 것이다. 그 단어는 영화관 앞에서 오래 줄을 서 있거나 기차가 아주 느리게 가거나 할 때 쓰는 말이다. 사람들이 느끼고 있는 감정은 그보다 훨씬 더 깊은 것이다. 사람들은 짜증난 것이 아니다. 그들은 죽었다. 그리고 죽어가고 있다. 텍토니디스 박사가 나이지리아의 집중보호시설에 수용된 여성들에 대해 한 말을 기억하고 있다. "그들은 당신들의 동정이 필요한 게 아닙니다. 당신들이 자기 일을 제대로 하기를 바랄 뿐입니다."

보통 상황에서라면 무엇이 옳고 무엇이 그른지 항상 정확하게 말하기가 어렵다. 진실은 언제나 명확하지 않은 법이니까. 그러나 여기서는 의심의 여지가 없다. 이것은 공화당과 민주당, 이론과 정치에 대한 얘기가 아니다. 구조 활동이 있느냐 없느냐의 문제일 뿐이다. 시체들은 거짓말을 하지 않는다.

사진을 찍고 기사를 쓸 때는 정신이 없다. 내가 얼마나 정신이 없는 줄도 모를 정도로. 웨이브랜드에서도 그랬다. 하지만, 수요일 밤에 사무실에 있는 누군가와 통화하며 길거리에 두고 온 여자 얘기를 했을 때 나는 울음을 터트리고 말았다. 말을 잇지 못해 전화를 끊었다가 다시 통화해야 했다. 처음엔 내가 왜 그랬는지 깨닫지 못했다. 오랫동안 슬픈 얘기 때문에 울어본 적이 없었다. 사라예보가 마지막이었을 것이다. 그렇지만 우리나라에서 이런 일이 벌어지리라곤 상상도 못했었다.

나는 소말리아와 사라예보에서 돌아온 뒤, 만약 뉴욕에서 전쟁이 일어나면 어떨까 상상해보곤 했다. 어떤 빌딩들이 부서질까? 내 친구들 중 누가 살아남을까? 나는 스스로에게 대답하곤 했다. 이곳에서 그런 일이 벌어진다면 우리는 훨씬 더 잘 대처할 것이라고. 최소한 우리 정부는 무슨 일을 해야 할지 알고 있을 거라고.

스리랑카나 나이지리아에서는 누군가가 나를 도와줄 거라는 기대를 할 수 없다. 정부는 일을 하지 않고 사람들도 '제멋대로'라는 것을 당연하게 받아들인다. 기대 수준이 다른 것이다. 하지만 미국은 안전망이 잘 갖춰져 있고 모든 상황이 잘 통제될 것이라는 믿음 속에 살아왔다. 그러나 카트리나는 이 모두가 환상이라는 것을 일깨워줬다. 안전을 위해 쓰인 그 많은 '돈'과 모두가 확신했던 '시스템'에도 불구하고, 우리는 준비가 돼 있지 않았던 것이다. 미리 알고 있던 재앙에 대해서도 말이다. 우리에겐 스스로를 돌볼 능력이 없다. 세상은 우리 뒷마당에서도 무너질 수 있고, 세상이 무너질 때 우리 중 많은 사람들은 속절없이 당할 것이다.

●◦●◦●◦●◦●◦●◦●◦●◦●

목요일. 나는 상원의원 메리 랜드류Mary Landrieu를 인터뷰하려고 한다. 그녀는 루이지애나 출신의 민주당 의원이다. 그녀가 프로그램 시작 몇 분 전까지 나타날 수 있을지 모르겠다. 매일 밤 진행하고 있는 방송은 언제나 즉흥적이다. 나는 그런 식으로 일하는 걸 좋아한다. 대본도 프롬프터도 없이 시청자들과 직접 대화하는 것. 방송에 들어가기 전에는 프로그램에 무슨 내용이 담길지, 리포터들이 어디에 나가 있는지, 그들이 무슨 일을 하고 있는지 정도만 대충 알고 있다. 방송 중에 상황이 많이 바뀌고, 그에 맞춰 민첩하게 대응해야 한다.

어릴 적 나는 해변에서 여름을 보냈다. 오랜 세월 파도가 밀려가며 만들어낸 모래언덕의 가장자리를 따라 뛰는 걸 좋아했다. 발 밑에서 모래가 무너져 내리는 것이 느껴졌지만 쉬지 않고 빨리 달리다 보면, 항상 내려앉는 것보다 한 발짝씩 앞서 갈 수 있었다. 뉴스 앵커의 일이 그것과 비슷하다. 말을 더듬을 수도 있고, 한두 문장 때문에 경력을 망칠 수도 있다. 가장 중요한 것은 계속해서 달려가며, 자신이 모래 위를 달리고 있음을 잊지 않는 것이다.

나는 지금 부서진 집의 조그만 공터에 서 있다. 이곳은 누군가의 정원이었을 것이다. 랜드류 상원의원은 루이지애나주의 주도인 배튼루지에 있다. 나는 그녀를 볼 수 없다. 플라스틱 이어폰을 통해 그녀의 목소리를 들을 수 있을 뿐이다.

나는 연방정부가 지금의 사태에 대해 책임을 져야 하는지부터 물었다. "이번 사태에 대해 정부가 사과를 해야 합니까?"

"앤더슨, 모든 문제들, '왜'와 '어떻게'란 질문에 대해 얘기할 수 있는 시간은 충분할 겁니다. 그렇지만 알다시피 이번 사태는 매우 심각합니다. 밤낮을 가리지 않고 우리의 모든 힘을 쏟아부어야 합니다.

몇 가지만 얘기하겠습니다. 강력한 지원과 위로 성명을 내준 클린턴 대통령과 부시 전 대통령에게 감사의 말씀을 드리고 싶습니다. 우리를 돕기 위해 루이지애나와 미시시피, 앨라배마를 방문해준 모든 지도자들에게 감사의 뜻을 전합니다.

군인 여러분께 감사드리고, 상원의원 프리스트Frist와 레이드Reid의 각별한 노력에 사의를 표하고 싶습니다.

혹시 들으셨는지 모르겠지만 상원은 FEMA와 적십자 활동 지원에 100억 달러의 추가예산을 책정하기 위해 특별회의를 소집하려 합니다."

나는 그녀가 왜 그렇게 감사하는지 이해할 수 없었다. 웨이브랜드에서는 아직 시체도 수습되지 않고 있다. 주 방위군은 이제 막 도착했다. 뉴올리언스의 대피 장소인 컨벤션센터로 아무런 지원이 제공되지 않았으며, 슈퍼돔은 이재민들로 넘쳐나고 있다. 랜드류 의원이 무슨 말을 하는지 진짜 모르겠다.

"죄송합니다, 의원님. 말을 끊어서." 내가 끼어들었다. "그 소식은 못 들었습니다. 왜냐하면 지난 4일 동안 여기 미시시피의 거리에 널려 있는 시체들만 봤기 때문입니다. 정치인들이 서로 칭찬하고 감사의 말을 주고받는 것을 편안히 듣고 있을 순 없습니다. 아실지 모르지만 이곳 주민 들은 몹시 분노하고 절망스러워 합니다.

정치인들이 서로에게 감사의 말을 건네며 노닥거리는 것에 화가 나 있는 겁니다. 이 도시의 길거리에 방치돼 있던 한 여자의 시신을 쥐새끼가 파먹고 있는 것이 목격됐습니다. 그 시신은 48시간 동안이나 방치돼 있었습니다. 시신을 안치할 곳도 없습니다. 여기서 터져나오고 있는 분노의 목소리를 듣고는 계신 겁니까?"

"앤더슨! 제 속에서도 분노가 치밀어오르고 있습니다." 그녀가 답했다. "제 가족들의 집은 모두 파괴됐습니다. 우리 집도 부서졌습니다. 나는 당신이 무슨 말을 하는지 잘 압니다. 자세한 피해 상황도 잘 알고 있습니다. 대통령도 모든 것을 잘 알고 계십니다."

"글쎄요, 당신은 누구에게 화를 내는 겁니까?" 내가 물었다.

"누군가에게 화를 내는 건 아닙니다. 단지 이 사태에 대처하기 위해 모두가 힘을 합치는 것이 중요하다는 얘길 하는 겁니다. 전 우리나라가 이 사태를 극복해낼 정도로 강하고 위대하다는 걸 확신합니다. 그리고 현재 모든 노력이 취해지고 있습니다."

"글쎄요. 저는 많은 사람들이 현재 우리나라에서 벌어지고 있는 상황을 수치스럽게 여기고 있다는 말씀을 드리고 싶었습니다." 계속해서 내가 말했다. "확실히 수치스럽게 생각하고 있습니다. 그리고 지금 그곳에 있는 사람들을 비난하자는 것이 아닙니다. 절망적인 상황이니까요. 하지만 아무도 책임지지 않고 있습니다. 당신은 잘잘못을 따질 시간이 충분하다고 말하지만 저는 바로 지금 여기에서 그걸 해야 한다는 겁니다. 많은 사람들이 대답을 원하고 있습니다. 누군가가 일어나서 '우리는 더 잘할 수도 있었다'고 말해주길 바라는 거죠. 가능한 모든 재원들이 동원됐다고요? 오늘 처음으로 주 방위군이 시내로 들어오는 걸 봤습니다."

"앤더슨! 알고 있습니다." 그녀가 말했다. "당신이 어디에 있는지 압니다. 그리고 무엇을 보고 있는지도 압니다. 우리는 정말 잘 알고 있습니다. 그것에 대해 얘기할 시간은 앞으로도 있을 것입니다. 저를 믿으십시오. 사람들이 어떤 고통을 겪고 있는지 잘 압니다. 주지사도 알고 있습니다. 대통령도 알고 있습니다. 군 당국도 알고 있습니다. 그들은 사태를 해결하기 위해 최선을 다하고 있습니다. 상원의원 비터Vitter와 우리 모두는 무슨 일이 일어나고 있는지 이해하고 있습니다. 우리는 상황을 통제하기 위해 모든 일을 다 하고 있습니다. 대통령에게 감사드리고 싶습니다. 그가 내일 이곳에 올 것으로 생각합니다. 군은 모든 수단을 동원하고 있습니다.

제가 하고 싶은 말은 사태를 잘 이해하고 있다는 겁니다. 당신은 제가 정치인일 뿐이라고 말하겠지만 저는 뉴올리언스에서 자랐습니다. 아버지는 이 도시의 시장이었습니다. 저는 평생 이 도시를 대표하는 정치인으로 일하고 있습니다. 뉴올리언스만이 아닙니다. 물에 완전히 잠긴 세인트 버나드, 세인트 태머니, 플레이크마인스 패리시 등도 마찬가지입니다. 우리의 제방 시스템은 완전히 실패했습니다. 우리는 많은 도움이 필요합니다. 상원이 많은 도움을 주었지만 우리는 더 많은 지원이 필요합니다. 완벽한 사람은 아무도 없습니다. 앤더슨.

우리 모두가 일어서야 합니다. 당신도 이 점을 이해할 것이라 믿습니다. 당신이 하고 있는 모든 일에 감사드립니다.”

그녀가 말을 마치자 침묵이 흘렀다. 광고가 나왔고 PD는 아무 말이 없다. 내가 지나쳤나 하는 생각이 들었다. 나는 무례한 앵커를 싫어한다. 내 프로그램에 출연하는 어떤 사람에게도 불손하게 대하고 싶지 않다. 내 의견을 고집하지 않고, 주어진 상황에 맞춰 누구와도 토론할 수 있다는 데 자부심을 느껴왔다.

그러나 지금은 상황이 다르다. 아무도 제대로 된 정보를 갖고 있지 않고 사람들은 절망에 허덕이고 있다. 정치인들이 할 수 있는 일이라곤 질문에 답하는 것이다. 성명이나 내고 대통령을 칭찬하는 정치인들을 전혀 이해할 수 없었다.

사흘 뒤 상원의원 랜드류는 ABC 뉴스에서 조지 스테파노풀로스 George Stephanopoulos와 인터뷰를 했는데 그녀의 논조가 변해 있었다. 그녀는 “구조 속도에 대해 불만이며, 뉴올리언스 경찰이 연방정부를 비판하는 것에 화가 난다”고 말했다. 또 “누구라도 대통령을 포함한 지도자들에 대해 무슨 얘길 한다면 내게서 ‘한 마디만 더 해봐. 한방 날려줄게’란 말을 듣게 될 것”이라고도 했다.

광고 시간이 끝나고 프로그램이 다시 시작됐을 때 픽업 트럭이 지나갔다. 운전기사 뒤에 앉은 한 젊은이가 찢어진 미국 국기를 들고 있었다. 잔해물 속에서 찾아낸 듯했다. 그는 피곤하고 지쳐보였지만 국기를 자랑스럽게 여기고 있었으며, 자기와 가족이 꿋꿋이 잘 버텨내고 있다는 것에 자부심을 느끼는 듯했다. 비록 멀리 떨어져 있어

애길 나눌 순 없었지만 우리는 서로의 눈을 보며 고개를 끄덕였다. 그의 얼굴에서 배신감과 분노와 함께 힘과 희망이 느껴졌다. 방송중이었지만 몸이 찢어지는 아픔이 느껴졌다. 목이 막혀온다. 거의 말을 할 수 없을 지경이다. 재빨리 화제를 바꾼다. 아무도 눈치 채지 못했길 바란다.

●○●○●○●○●○●○●○●

아버지는 자주 우셨다. 영화를 보거나 교회에서 기도를 하며, 한 번은 모빌Mobile에 있는 식당에서까지 눈물을 보이셨다. 한 여자가 테이블 사이를 다니며 '어메이징 그레이스Amazing Grace'를 부르자 그의 뺨에 눈물이 흘러내렸다. 나는 당황했다. 아버지가 어렸을 때, 그의 친척인 라즈베리Raspberry는 울보로 유명했다. 라즈베리는 독실한 복음주의 교회 신자였는데, 가족들과 1년을 보낸 뒤엔 감정을 조절할 수 있게 됐다. 눈물을 흘리며 그가 외쳤다. "하느님 감사합니다! 또 한 해 목숨을 연장해주셔서 감사합니다!"

"왜 라즈베리 씨는 저렇게 자주 우나요?" 아버지가 할머니에게 여쭤보면 "그거? 그야 오줌보가 눈에 너무 가까이 있어서 그렇지 뭐"라고 황당한 대답을 하셨다고 한다.

아버지에 대한 추억은 너무도 많다. 내가 태어났을 무렵, 아버지가 지금 내 나이쯤 됐을 것이다. 아버지는 미시시피에서 자랐을 때의 애기를 모아 『가족들Families』이란 책을 쓰셨다. 책은 가족과 그 뿌리에 대한 찬양이었다. 아버지는 돌아가시기 2년 전에 나와 형에게 보내는 편지 형식으로 이 책을 집필했다. 아버지는 우리가 성인이 될 때까지 살지 못할 것이라는 걸 알고 계셨던 것 같다. 할아버지도 젊어서 돌아가셨고 고모인 엘시Elsie도 서른여덟에 심장마비로 세상을 뜨셨다. 아버지는 자신이 죽고 나면 우리 형제가 미시시피와 남부에 뿌리내린 우리의 혈연관계를 모두 잊어버리지 않을까 걱정되었던 모양이다.

책이 출간된 뒤 아버지는 미시시피를 따라 강연을 하러 다녔는데, 몇 번은 형과 나를 데리고 갔다. 그는 우리 형제에게 주 정부가 잘못하는 일을 숨기려 하지 않았다. 시민운동의 선구자에 대해서, 또 미시시피 지역의 인종차별 역사에 대해서 잘 알아야 한다고 강조했다. 메리디안은 필라델피아에서 클란스멘Klansmen이란 현지인에게 살해당한 시민운동가 제임스 체니James Cheney의 고향이다. 아버지는 우리에게 체니와 남부지역의 인권운동에 관한 모든 얘기를 해주었다. 그는 미시시피주의 단점까지 알고 있었음에도 고향에 대한 애정을 버리지 않았다.

뉴욕에서 성장하면서 우리는 항상 어머니 집안의 역사에 대해 배웠다. 그렇게 하지 않을 수가 없었다. 우리는 한때 뉴욕중앙철도 건설자인 위대한 외증조 할아버지 '코넬리우스 밴더빌트Cornelius Vanderbilt'의 멋진 동상이 서 있는 밴더빌트 거리와 중앙역에서 멀지 않은 곳에 살았다. 여섯 살 때 동상을 처음 보았는데, 나는 할머니와 할아버지가 돌아가시면 누구나 다 동상을 세우는 걸로 알았다.

아버지의 가족은 가난했지만 귀족의 기질이 있었다. 비록 부유하진 않았지만 왕족 같은 품위를 지키고 있었다. 고조부 짐 불Jim Bull은 남북전쟁의 가장 치열했던 전장인 치카마우가Chickamauga에서 싸웠다. 이후에도 그는 사람을 죽이던 습관을 버리지 못하고, 여자들 앞에서 욕을 했다는 이유로 한 남자에게 총을 쐈다. 할아버지께서는 "너희 고조부는 이유 없이 사람에게 총을 겨눈 적이 없다"고 역설하셨다. 고조부는 전복된 기차에 끼어 돌아가셨다. 우리 집안에 전해 내려오는 전설에 따르면, 고조부는 몸에 기차의 증기가 뿜어지자 주머니칼로 자신의 다리를 자르려 했다고 한다.

증조부 '윌리엄 프레스톤 쿠퍼William Preston Cooper'도 자신의 철학을 갖고 살았다. 그는 집 밖에서 자식들을 낳아 데려왔다. 여든넷에 임종을 맞았을 때도 침대 주위에 모여 슬퍼하는 가족들에게 "여자 하나만 데려오면 벌떡 일어날 텐데……"라며 농담을 하는 여유를 보였다.

아버지가 돌아가신 후, 우리의 미시시피 여행은 중단되었다. 몇 해 전 여름, 나와 형은 주말에 가족과 친구들을 만나러 갔다. 우리는 몇 시간 만에 서둘러 친척들을 만나고 오곤 했다. 이처럼 짧은 만남은 나를 항상 슬프게 했다.

아버지가 돌아가시고 몇 년이 지난 후에도 나는 여전히 아버지가 내게 조언해주길 바라고 있었다. 아버지의 친구 분은 내게 "아버지는 너를 자랑스러워하실 거다. 하지만 네 아버지가 살아 있어서 너와 상의할 수 있다면 얼마나 좋겠니"라고 말했다. 그러나 매일 방송을 하면서 아버지가 나를 지켜보고 있다고 생각했다. 아버지가 나의 모든 것을 보고 있다는 생각을 하면 기분이 좋았다.

●◦●◦●◦●◦●◦●◦●◦●◦●

"이런! 당신을 여기서 만나게 되다니 얼마나 기쁜지 모르겠군요." 금요일 아침, 온갖 잡동사니가 널려 있는 웨이브랜드의 주차장에서 한 남자가 내 손을 잡으며 이렇게 소리쳤다. 찰스 커니Charles Kearney라는 이름의 이 남자는 아내 저메인Germaine과 함께 자기들이 살던 집이 어떻게 됐는지 보러 왔다고 했다.

"그런데 사람들은 어디 있나요?" 찰스가 목소리를 높였다. "사람들이 왜 죽어가는지 아세요? 제가 말씀드리죠. 주 방위군이 필요한 만큼 출동하지 않았기 때문이에요. 그들은 모두 흩어져 있죠. 이라크를 비롯해 여러 곳에 파병돼 있지 않습니까."

"이런 상황이라면 다른 나라들은 더 많은 관심을 기울일 테죠." 저메인이 거든다.

찰스와 저메인은 하니리지Honey Ridge 가에 있는 집을 잃었다. 여기서 몇 블록 떨어진 곳에 살던 그들의 부모도 집을 잃었다.

이들은 일요일에 모바일 호텔로 피신했고, 남아 있는 친구들을 위해 자신들이 묵고 있는 호텔에서 매일 음식과 식수를 운송해오고 있다.

"말도 나오지 않는군요. 대체 무슨 일이 일어나고 있는 거죠? 왜 뉴올리언스의 고속도로에 사람들이 몰려 있는 거냐구요?" 찰스는 화가 나서 벌겋게 달아오른 얼굴로 말을 이어갔다. "누구의 잘못인지 따지고 싶지는 않아요. 제 말은, 당장 문제를 해결하라는 겁니다. 그리고 '글쎄요, 우리는 최선을 다했습니다, 주민들에게 경고도 했습니다, 그들은 대피할 수 있었습니다'라고 말하는 공직자들에게 말해주고 싶어요. 사람들에겐 대피할 차량도 없고, 대피할 장소도 없다구요."

찰스와 저메인은 자기 부모님들이 살던 집으로 나를 안내했다. 그의 어머니 머틀Myrtle과 아버지 빌 커니Bill Kearney는 마당에서 접시를 주워 담고 있었다.

"이런! 앤더슨 씨. 당신에게 이런 쓰레기 같은 모습을 보여주고 싶진 않았는데." 머틀이 미소 지으며 말했다. "이 집은 정말 멋졌어요. 시아버지가 공들여 지으셨죠. 집의 창문을 어느 방향으로 내야 좋을지 연구할 정도셨어요."

"보세요. 조리대가 모두 저기에 있잖아요." 저메인이 손가락으로 가리키며 말했다.

머틀은 부서진 접시를 들고 있었다.

"그걸로 뭘 하시게요?" 내가 물었다.

"액자에 넣으려구요. 저는 화가거든요. 접시에 색을 칠해볼까 해요." 그녀가 답했다.

머틀은 빨리 대피할 생각이 없었지만, 일요일에 찰스가 와서는 서둘러야 한다고 설득했다.

"대피하기 전에 집을 깨끗이 청소해뒀습니다. 나중에 돌아왔을 때 기분이 좋도록 말이죠." 그녀가 말했다.

"우리가 떠나기 전, 바로 여기에 차를 세워놓고 어머니를 바라보았죠." 찰스가 말했다.

"잠깐." 머틀이 끼어들었다. "더 재미있는 얘기를 해줄까요? 아마 우스워서 배꼽을 잡을 겁니다. 우리는 돌을 모았어요. 밖에서 돌을 모아 집 안에 갖다뒀죠. 그런데 돌이 모두 사라진 거예요. 카펫도 없어졌어요. 이사하기가 한층 수월해진 거죠!"

나는 머틀과 함께 웃었다. 며칠 사이 처음으로 웃은 것 같다. 그러나 가족들이 멀어지자 머틀의 얼굴에선 웃음이 사라졌다.

"우리가 이런 일에 잘 대처하도록 도와줄 수 있는 건 아무것도 없을 거예요." 그녀가 나지막한 소리로 말했다. "저는 아직 울지 않았어요. 어쩌면 울음을 완전히 잃어버린 건지도 몰라요. 농담도 자신감도 울음과 함께 완전히 잃어버릴 것 같네요. 하지만 다행스럽게도 우리는 지금 함께 있어요. 다른 사람들은 그렇지 못하잖아요. 게다가 마실 것도 없는 사람들, 아파도 약이 없는 사람들도 있어요. 우리가 스스로의 처지를 한탄할 때가 아니죠. 다른 사람들에게도 같은 일이 벌어졌고, 그들은 곧 정신을 차렸으니까요. 우리도 그렇게 되겠죠."

다음날인 토요일. 나는 뉴올리언스로 출발했다. 웨이브랜드에서 불과 50마일(80km) 정도 떨어진 곳이지만 도로봉쇄와 교통혼잡 등으로 몇 시간이나 차를 몰아야 했다. 지난 며칠간 우리 팀의 차량은 크게 늘어나 15대나 됐다. CNN은 몇 주 동안 외부의 지원 없이 버틸 수 있도록, 애틀랜타에서 식량과 기름을 실은 트럭을 보내왔다. 우리가 잘 수 있도록 두 대의 레저 차량RV도 지원했다.

뉴올리언스의 대부분이 물에 잠겼다. 슈퍼돔의 대피 작전은 이제야 완료됐다. 며칠간 대기하고, 몇 차례 지연된 끝에 난민들을 휴스턴 애스트로돔Astrodome으로 이동시킬 버스가 도착한 것이다. 컨벤션 센터는 막 대피가 시작되었다. 도로 건너편에 의료 막사가 세워지고, 가장 허약한 난민들을 공항과 배튼루지의 피난처로 옮겨갈 헬기가 착륙했다. 해안경비대 헬기들이 도시 위를 날며 아직도 집에 고립돼 있는 난민들을 구조하고 있다.

CNN이 뉴올리언스 공항에 임시방송 기지를 세웠다. 우리는 방수바지와 휴대용 위성전화 등의 장비를 얻기 위해 그곳에 잠깐 들렀다. 도시로 들어가자 마치 미개척지를 걷는 느낌이 들었다. 도심으로 들어갈수록 점점 더 고립감이 느껴졌다. 지도도 소용이 없다. 우리는 막다른 골목에서 급히 되돌아 나와 물의 가장자리를 따라 천천히 길을 찾아갔다. 로우어 나인스 워드Lower Ninth Ward를 향해서.

●◦●◦●◦●◦●◦●◦●◦●◦●

우리는 배를 빌리기 위해 버본Bourbon 가로부터 몇 블록 떨어진 곳의 경찰서에 들렀다. 경찰들도 그곳에 며칠 동안 갇혀 있었다고 한다. 입구에 손으로 마분지에 쓴 '아파치 요새FORT APACHE'라는 표시가 붙어 있다. 경찰서 이름 대신 달아놓은 것이다.

"물과 인디언들로 둘러싸여 있으니 아파치 요새라고 이름붙였죠." 카우보이 모자를 쓰고 목에 수경을 걸친 한 경찰관이 말했다.

"왜 수경을 쓰고 계시죠?" 내가 물었다.

"최악의 상황이 닥치면 이곳에서 헤엄쳐 나가려고요." 농담인지 진담인지 모르겠다. 그 역시 제대로 모르고 하는 말인 것 같다.

나는 죠셉 콘래드Joseph Conrad의 소설에 나오는 캐릭터가 된 느낌이다. 강줄기를 돌아가면 중무장한 원주민들과 마주칠 것만 같다.

"우리는 생존자들이에요, 생존자요." 흑인 경찰관이 권총을 꽉 쥐며 말한다. 내게 말을 하면서도 그의 시선은 먼 곳을 향해 있다. "여긴 전장입니다. 하지만 우리는 살아 있죠. 범죄 조직이 우리를 쓰러뜨리긴 했지만 성공하진 못했어요. 우리를 잡아먹을 수 있을 거라 생각했겠지만 우리는 꿋꿋이 버텼죠. 지금 상황이 그렇다는 말이에요."

그는 불과 한 달 전에 경찰학교를 졸업했다. "학교에서 배운 어떤 과목에도 이런 상황에 대처하는 법은 없었어요. 하지만 임무가 떨어지면 수행하는 게 경찰 아니겠습니까?" 그가 머리를 흔들며 말했다.

다른 경찰관 한 명은 벨트에 쿠크리Kukri 칼을 차고 있다. 굽은 날을 가진 칼로, 네팔의 구르카Gurkha 족이 사용하던 것이다. 나도 어릴 적에 이 칼을 갖고 있었다. 구르카 족의 용사들은 이 칼을 한 번 휘둘러, 사람의 몸을 목에서 허리까지 갈라놓았다고 전해진다. 과연 그 칼을 사용한 적이 있었는지 궁금했지만 묻지는 않았다.

지난 며칠, 밤이 되면 총탄이 날아들었다고 경찰들이 했다. 지금은 주변 건물 옥상에 저격수들이 배치돼 있다. "쏘아 죽여버려. 쏘아 죽여버려." 한 경찰관이 웃으며 말한다.

경찰은 우리가 로우어 나인스 워드로 갈 수 있도록 배를 빌려주었다. 그런데 사실 이 배는 CNN의 것이다. 카트리나가 불어닥친 다음 날, CNN 기자인 크리스 로렌스Chris Lawrence가 뉴올리언스로 배를 가져왔다. 그들의 가족과 주민들을 구출하는 데 쓰라고 경찰에게 빌려준 것이다.

"시 당국이 경찰들이 사용할 수 있는 배를 준비해뒀어야 하는 것 아닌가요?" 내가 한 경찰관에게 물었다.

그는 나를 빤히 처다볼 뿐 말이 없다.

"시 당국이 했어야 할 것들의 목록을 나열해볼까요?" 다른 경찰관이 욕을 하며 내뱉는다. "그자들이 차량이나 비상용 총, 탄약 등을 준비해놓았을 것 같아요? 천만에요. 재난이 발생했을 때를 대비한 대피처도 없습니다. 재난 시 행동 요령에 대해서도 한 마디 없었습니다. 제자리에 있는 게 아무것도 없어요. 아무것도."

프렌치쿼터French Quarter는 물에 잠기지 않았지만, 차를 타고 조금 더 나아가자 곧 물이 나타났다. 우리는 경찰관이 빽빽이 타고 있는 픽업트럭에 올라탔다. 총이 사방을 향하고 있었다. 경찰관들은 처음으로 도시 순찰에 나섰다고 했다. 세인트 클로드 가를 따라 내려가

자, 주민들 몇몇이 우리를 쳐다본다. 그들은 폭풍의 충격에서 헤어나지 못한 듯 천천히 걷고 있다. 그들 중엔 물통을 들고 있는 사람도 있다. 아마 음식을 찾아다니고 있는 것 같다. 그리고 그때 갑자기 소말리아가 떠오른다. 네다섯 명의 무장세력과 함께 픽업트럭을 타고 가던 기억. 미래도 과거도 없다. 지금 이 순간이 존재할 뿐이다. 내가 생각하는 그 순간은 순식간에 과거가 된다.

"저기 학교의 창문 좀 봐." 한 경찰관이 이렇게 말하자 모두가 오른쪽에 있는 3층짜리 큰 건물로 총구를 겨눈다.

"저건 '프레데릭 더글러스Frederick Douglass'야. 이미 탈취당했어." 한 경찰관이 설명했다. 누구에게 당했는지 말하진 않았지만 모두들 신경이 곤두서 있는 것이 분명했다.

학교 건물의 창문은 대부분 부서져 있고, 정문은 활짝 열려 있었다. 건물 꼭대기에 '프란시스 T. 니콜스공립고등학교FRANCIS T. NICHOLLS PUBLIC HIGH SCHOOL'라는 간판이 붙어 있다. 익숙한 이름이다. 내 기억 속의 아버지는 이 학교에서 한 블록 떨어진 곳에서 살았다. 아버지는 뉴올리언스에서 고등학교를 다녔고, 이곳은 그의 모교이다.

●○●○●○●○●○●○●○●○●

아버지 가족은 1943년 뉴올리언스로 이사했다. 아버지는 당시 열여섯이었다. 도시에 일거리가 많았고 두 명의 고모가 먼저 이곳으로 옮겨왔기에 할머니도 뒤따라오신 것이다. 할머니와 아버지, 그리고 일곱 형제는 프란시스 T. 니콜라스 고등학교에서 몇 블록 떨어진 나인스 워드Ninth Ward 1층에서 살았다.

할머니는 전투함을 만드는 공장 히긴즈−휴지스Higgens-Hughes에서 일하셨다. 할아버지는 뉴올리언스를 좋아하지 않으셔서 미시시피에 남아 농장을 돌보셨다. 그러나 대부분의 남자들이 전쟁에 나가거나 공장에서 일했기 때문에 농장에서 일할 사람들을 찾을 수가 없었다. 할아버지는 더 이상 농장을 운영하는 것이 불가능하다는 판단 하에, 농장을 임대하고 미시시피 철도회사에서 소방관으로 일하기 시작했다.

아버지는 처음부터 뉴올리언스에 애정을 느꼈다. 이 도시가 신비롭고 이국적으로 보였을 것이다. 그가 처음으로 발레와 오페라를 본 것도 여기에서였다. 퀴트먼과 비교할 때 뉴올리언스의 생활은 다른 행성에서의 삶과 비슷했다.

아버지는 1944년 프란시스 T. 니콜스 고등학교를 졸업했다. 그의 신문스크랩 철에서 졸업식에 관한 신문기사를 찾아낼 수 있었다.

그 기사 아래에, 아버지는 졸업반 친구들의 사진을 붙여놓았다. 당시 학교는 남녀반이 나뉘어져 있었다. 사진 속의 남학생들은 모두 넥타이와 조끼를, 여학생들은 무릎까지 오는 치마를 입고 있었다. 아버지는 한쪽 구석에 서서 환하게 웃고 있었다. 자신의 사진 위에 화살표를 하고 '나'라고 써둔 것도 눈에 띄었다.

이 사진을 보니 웃음이 나왔다. 내가 다섯 살 때 했던 것과 똑같았으니까. 찰리 채플린Charlie Chaplin이 약 20년에 걸친 스위스 생활을 끝내고 미국으로 돌아왔을 때, 부모님은 그를 기념하는 파티를 열었다. 채플린과 내가 악수하는 모습이 사진으로 찍혀 몇몇 뉴욕 신문에 실렸고, 나는 그 사진을 오려서 앨범에 붙였다. 나는 사진 위에 큰 화살표를 그리고 크고 굵은 글씨로 '나'라고 써넣었던 것이다.

●○●○●○●○●○●○●○●○●

아홉 살 때 아버지는 처음으로 나를 뉴올리언스로 데려갔다. 우리가 어디에 묵었는지 정확히는 모르겠지만 아마 프렌치쿼터French Quarter의 어디쯤이었다고 기억한다. 나는 버본 가를 좋아했다. 음악과 불빛, 길거리 악사들. 그것은 너무나 어른스럽고 위험해보였지만 더러운 디즈니랜드만큼은 아니었다.

우리는 아버지가 어렸을 때 살았던 지역을 찾아갔다. 많은 곳이 이미 사라지고 없었다. 그가 퍼스트 침례교회로 가기 위해 타고 다녔던 시내 전차도 없어졌다. 한때 아버지가 살았던 2층짜리 아파트도 사라졌다.

그는 자신의 모교 건물에 새겨진 프란시스 T. 니콜스라는 이름을 보고 놀라워했다. 니콜스는 1800년대 후반 루이지애나 주지사를 지낸 유명한 인종주의자였다. 뉴올리언스에서는 역사를 지우는 법이 없었다.

아버지와 함께 프렌치쿼터 거리를 산책하고, 계단에 앉아 체리 빛깔 아이스크림을 물고 있는 모습이 담긴 사진을 갖고 있다. 우리는 유명한 마법사의 무덤을 보기 위해 공동묘지에도 갔었다. 묘비에는 그녀의 마법을 믿는 사람들이 흰색 분필로 그려놓은 십자가가 선명히 빛나고 있었다.

우리는 버본 가의 어딘가에서 옛날 옷을 입고 사진을 찍었다. 나는 지금까지도 이 사진을 간직하고 있다. 사진 속의 나는 권총을 움켜쥐고 있다. 아버지는 남부동맹 군복을 입고 손에는 칼을 들고 있다. (남북전쟁 때, 아버지의 선조들은 남부동맹 편에 서서 싸웠다. 반면 어머니 쪽은 북부동맹을 위해 싸웠다. 그래서 내게 남북전쟁은 언제나 어머니와 아버지 사이의 전쟁으로 남아 있다.) 당시엔 몰랐지만 지금 이 사진을 보노라면 아버지의 눈빛에서 두려움이 느껴진다. 아버지는 이 사진을 찍기 1년쯤 전에 심장마비를 겪으셨고, 스스로 심장이 약하다는 것을 염두에 두고 계셨음이 분명하다. 아마 심장이 뛸 때마다 느꼈을 것이다. 1년 뒤 아버지는 돌아가셨다.

●◦●◦●◦●◦●◦●◦●◦●◦●

우리가 로우어 나인스 워드에 배를 띄운 뒤 얼마 되지 않아 얼굴을 아래로 묻은 채 물위에 떠 있는 여성의 시신을 발견했다. 거기서 멀지 않은 차고 지붕 위에는 헬기에서 뿌린 듯 개봉하지 않은 군용비상식량MRE 한 박스가 놓여 있었다. 여성의 시신 발견 장소에서 몇 블록 떨어진 곳에선 차 위에서 사지를 쫙 펴고 누워 있는 남자의 시신이 보였다. 그의 몸은 부풀고 변색돼 있었다.

그 근처에서 밑둥이 물에 잠긴 나무 위에 앉아 있는 하얀 개 한 마리를 보았다. 개들은 사방에서 발견할 수 있었다. 길을 잃고 계단 위에 서 있거나, 배 위에서 짖고 있거나, 혹은 트렁크 위에 앉아 물에 쓸려 내려가는 개도 있었다. 그리고 죽은 듯 누워 있는 개도 있었다. 나는 카메라맨에게 그 개의 얼굴을 클로즈업해 촬영하라고 했다. 그때 개가 갑자기 눈을 떴고, 우리 모두는 화들짝 놀랐다. 나는 그에게로 다가가 깨끗한 물을 주려고 했다. 그러나 배에서 내려서자마자 가슴까지가 물에 잠겼다. 나는 방수 바지를 입고 있었지만 물이 그 속까지 들어와 허리에 차고 있던 전자 송신기를 망가뜨렸다. 개는 나의 갑작스런 행동에 놀라 어딘가로 헤엄쳐 가버리고 말았다.

●○●○●○●○●○●○●○●

다음날 우리는 해안경비대 헬기가 현관에 대피해 있던 주민 두 명을 구조하는 것을 배 위에서 지켜보았다. 우리는 서로에게 배를 흔들지 말라고 소리친다. 헬기의 무거운 날개가 우리의 입과 눈으로 더러운 물을 날려 보낸다. 물은 기름과 오물, 사람과 동물의 시체 잔해 등이 뒤섞여 검은 빛이다.

배에 탄 구조대는 헬기를 향해 현관에 있는 사람들을 구조해달라는 신호를 하고 있다. 그러나 구조대는 무전기가 없고, 헬기에 있는 사람들은 이들을 보지 못한다. 헬기에서 해안경비대 다이버들이 아래로 내려와 머리를 흔들며 헤엄치기 시작했다. 구조대 간에 아무런 조율도 없다.

헬기가 떠나고 난 뒤 집 안에 다른 희생자가 없는지 살펴보았다. 더러운 물에 흠뻑 젖은 우리는 눈을 씻고 피부를 소독하기 위해 육지 쪽으로 배를 몰았다.

우리가 본 것에 대해 아무도 얘기를 꺼내지 않는다. 대신 어떻게 얘기를 엮을지 어떤 사진을 쓸지만을 얘기한다. 그렇게 하는 편이 오히려 낫다. 우리들 모두는 각기 다른 방식으로 죽음을 받아들인다. 어떤 이들은 시신을 쳐다보지 않기 위해 고개를 돌리고, 어떤 이들은 기분이 나빠지고 분노를 느낀다.

◆◇◆◇◆◇◆◇◆◇◆◇◆

어느 날은 구조대원의 강의가 있었다. 그는 시체들이 왜 물에 떠 있는지(몸속에서 발생한 가스가 갇혀 있기 때문이다), 왜 시신이 머리 외상을 입는지(물이나 파편 등에 부딪히기 때문이다) 설명하고 있었다. 나는 아주 흥미로운 것처럼 보이려 애썼다. 그는 익사하는 사람이 몸부림을 칠 때 그의 어깨근육이 어떻게 파열될 수 있는지를 상세히 설명했다. 그리고 익사하는 사람은 죽어가며 뭔가를 붙잡으려 애쓰기 때문에 검시관이 희생자의 손과 손톱에서 상처를 발견하는 것은 흔하다는 사실도 소개했다.

"거기에 시신 한 구가 있었어요. 우리는 그를 '수영하는 해리'라고 이름 붙였죠." 제82공수사단 출신의 군인은 머리를 흔들며 말했다. "해리는 여기저기 둥둥 떠다니고 있었어요. 우리는 해리가 어디로 떠밀려 갔는지 매일 확인해야 했어요. 결국 그의 구두끈을 교통 신호판에 묶어두었죠. 더 이상 움직이지 못하도록 말이에요."

취재 수첩에 이 얘길 적었다. 너무도 매정하고 잔인한 이 얘기를. 그러나 매일같이 이 냄새 나고 무더운 지역에 나가 있다면, 그런 감정을 느끼지 못할 것이다.

"제정신으로 남아 있으려고 이상한 농담을 많이 합니다." 그 군인은 너무 많이 지껄인 것이 당황스러운 듯 그렇게 덧붙였다.

●○●○●○●○●○●○●○●○

일요일 저녁 무렵, 툴레인Tulane 대학 출신의 젊은 정신병리학과 레지던트, 제퍼리 루스Jeffery Rouse를 만났다. 그는 그레그 핸더슨이란 의사가 쉐라톤 호텔에 만들어놓은 임시병원에서 경찰과 응급구조대원들을 치료하고 있었다.

루스는 폭풍이 왔을 때, 자기 가족들을 먼저 피신시킨 뒤 의약품을 챙겨 도시로 돌아왔다. 그는 9밀리 글록 권총을 항상 허리에 차고 있었다. "이것이 없었다면 이 도시로 돌아오지 않았을 겁니다." 그가 권총 위에 손을 얹으며 말했다. "그렇지만 나는 사람들을 돕겠다고 맹세했어요. 웬만하면 사람을 해치는 일은 하지 않을 겁니다. 여기에도 사람들을 돕기 위해 왔으니까요."

루스는 자신이 겪은 일로 인해 많이 지쳐 있었다. "구조대를 위한 지원이 어디에 있습니까?" 그가 물었다. "사람들이 무의미하게 죽어갔습니다. 정신과 의사가 총과 짐보따리를 들고 구조대원들을 도와주러 오는 상황은 한 개인의 문제가 아니라 모든 시스템의 실패라고 봐야 합니다. 이번 재난은 미국의 핵시설에서 이와 비슷하거나 훨씬 더 무서운 사건이 일어날 경우를 대비할 수 있는 기회입니다. 그런데 우린 그 기회를 망쳐버렸죠. 다음번엔 아마 기회가 없을 거예요."

❖◦❖◦❖◦❖◦❖◦❖◦❖

사방에서 비난이 쏟아진다. 자연재해로 시작된 재난이 인재가 되어버렸다. 이걸 절실하게 느낄 수 있는 곳이 뉴올리언스 컨벤션센터다.

"여긴 지옥이나 다름없어요." 그레그 핸더슨Greg Henderson이 말했다. 그는 폭풍이 지나가고 일주일이 지난 후, 쓰레기가 여기저기 흩어진 컨벤션센터 밖 거리에 서 있었다. "바람과 함께 사라지다Gone with the wind에서 애틀랜타 전투가 끝난 뒤 시체가 길거리에 널려 있는 장면, 아시죠? 컨벤션센터 밖이 바로 그렇답니다.”

닥터 핸더슨은 병리학자였다. 폭풍이 닥쳤을 때, 뉴올리언스의 리츠칼튼 호텔에서 열리는 학회에 참석하기 위해 이곳에 와 있었다. 그는 도망가는 대신 이 도시에 남아 도움을 줄 방법을 찾고 있었다. 그는 뉴올리언스의 몇몇 경찰서를 찾아갔다가 응급구조대원들을 위한 병원이 필요하다는 얘길 들었다. 캐널Canal 가에 있는 쉐라톤 호텔에 병원을 설치하게 된 이유이다.

“경찰관 두 명을 데리고 웰그린 편의점을 찾아갔죠.” 핸더슨이 말했다. “프렌치쿼터에 부서진 편의점이 하나 있었어요. 그 안에 있던 식료품은 모두 약탈당했지만 약품들은 아직 많이 남아 있었죠. 경찰들은 권총으로 약탈자들을 위협해 움직이지 못하게 하면서, 내게 큰 쓰레기봉투 하나를 던져주었습니다. 그리곤 ‘의사 선생, 15분을 드리죠’라고 말하더군요. 난 손전등을 들고 약품 코너로 가서 진열대에 놓여 있던 약을 모조리 봉투에 쓸어 넣었어요. 그렇게 얻은 약을 환자들에게 나눠준 거예죠. 쉐라톤 호텔의 약국은 이렇게 만들어진 겁니다.”

카트리나가 들이닥친 지 이틀 뒤, 컨벤션센터의 상황이 아주 어렵다는 얘길 들은 핸더슨은 경찰관 한 명을 대동하고 그곳으로 갔다. 그곳에 와 있는 의료팀에 합류할 생각이었다. 그러나 컨벤션센터에 도착한 그는 깜짝 놀랐다. 그곳엔 난민 수천 명이 있었을 뿐 의료팀은 하나도 없었다.

　"안에서 냄새가 진동했죠." 지금은 비어 있는 컨벤션센터로 들어가며 그가 말했다. 그곳에선 여전히 메스꺼운 냄새가 났다. 토요일에 사람들은 버스에 실려 다른 곳으로 옮겨졌다. 오늘이 일요일이니 폭풍이 지나간 지 벌써 일주일이 지났다. 그러나 지금도 홀 안에는 사람들이 버리고 간 쓰레기들이 널려 있었다. 홀 안에 버려진 작은 개 두 마리가 쉴 새 없이 짖어댔다.

　"길거리 여기저기에 사람들이 넘쳐났죠. 거대한 사람 구름이었습니다. 에어컨도 없었어요. 사람들은 울부짖으며 죽어가고 있었죠." 핸더슨이 말을 이어갔다.

　폭풍이 오던 날, 경찰은 대피하는 사람들에게 컨벤션센터 쪽으로 가라고 했다. 그들은 사람들을 도시 밖으로 이동시킬 버스가 곧 도착할 것이라고 말했다. 하지만 그 주가 끝날 때까지 한 대의 버스도 오지 않았다. 컨벤션센터는 실제로 피난처가 되지 못했다. 의료팀도 없었고 경찰도 없었다. 슈퍼돔에서는 안으로 들어가는 사람들의 건강을 체크했다. 그러나 컨벤션센터에서는 아무런 조치가 없었다.

　"나는 청진기 하나만 들고 군중 속을 헤매고 다녔습니다." 핸더슨이 기억을 더듬으며 말했다. "내가 의사인지 목사인지 구분이 가지 않을 정도였어요. 아픈 사람들에게 청진기만 들고 뭘 한단 말입니까? 내가 할 수 있는 일은 그저 청진기를 사람들의 가슴에 대고 '조금만 기다리세요. 조금만 기다리세요. 분명히 구조대가 올 겁니다'라고 위로하는 방법밖에 없었습니다."

　"그 말을 하면서 그렇게 될 거라 믿으셨나요?" 내가 물었다.

"마음속으론 믿었죠. 언제일지는 몰랐지만." 그가 텅 빈 홀을 둘러 보며 말했다. "물론 우리를 영원히 이렇게 내버려두지는 않을 거라는 거야 알았죠."

헨더슨 박사가 어린이의 신발 한 짝을 들어올리는 순간, 한 줄기 눈물이 그의 뺨에 흘러내렸다.

"이 신발이 내게 말하는 것 같아요." 그가 말했다. "'구조대가 오고 있나요? 의사 선생님, 도움이 필요해요. 의사 선생님. 제발, 제발, 제 발. 우리는 여기 있어요, 여기요'라고 말이죠. 지난 5일간의 무질서는 생각하기도 싫어요. 나는 아주 끔찍한 얘기들을 들었어요. 이 얘기들 은 언론의 관심을 끌었죠. 이 지역이 별 지원을 못 받은 건 이런 얘기 들 때문인지도 몰라요. 거기서는 모든 사람이 아무 생각 없이 서로를 죽인다는 생각이 사람들에게 퍼져 있는 것 같아요. '빨리 그 지역에 서 벗어나자, 그렇지 않으면 나도 당할 수 있다'라는 심리상태 말이 에요."

이 버려진 뉴올리언스 컨벤션센터를 닥터 핸더슨과 함께 돌아보며 나는 말을 잊었다. 사태가 이런 식으로 진행됐고, 도움의 손길이 닿 는 데 그토록 오랜 시간이 걸렸다는 사실에 놀라워하면서.

시와 주, 연방정부 관리들은 이 정도의 태풍이 뉴올리언스에 어떤 영향을 미칠지 전혀 대비하지 않았다. 2004년 태풍 이반은 뉴올리언 스 부근을 스쳐갔다. 어떤 관리도 태풍 카트리나에 적절히 대응할 방 법을 몰랐다. 계속되는 TV 보도에도 불구하고 마이클 브라운 연방재 난관리청장은 기자들이 질문하기 전까지 사람들이 컨벤션센터에서 지낸다는 사실을 몰랐다.

"우리는 폐허에 둘러싸인 채 서로를 보며 말했어요. '이곳은 미국이야. 미국에서 이런 일이 발생할 리 없어.'" 닥터 핸더슨이 말했다. 우리는 켄벤션센터 모퉁이에 쓰레기 더미가 쌓여 있는 것을 보았다. 그는 말을 이었다. "창피한 일입니다. 국가적 창피예요. 이 나라 어디서도 이런 일이 다시 일어나면 안 돼요. 하지만 우리가 여기서 배우지 못한다면 상황은 더 악화될 겁니다. 이런 일은 또 일어날 테니까요."

●○●○●○●○●○●○●○●○●

나의 할아버지는 뉴올리언스에서 돌아가셨다. 1944년의 일이었다. 그때 아버지는 17세였고 막 고등학교를 졸업한 상태였다. 그는 캐널 가에 있는 메이슨 블랑시 백화점에서 젊은 남자들이 입는 옷을 팔았다. 백화점은 없어졌지만 건물은 그대로 남아, 지금은 리츠칼튼 호텔이 되어 있었다. 카트리나가 들이닥쳤을 때 닥터 핸더슨이 머물렀던 곳이다.

당시 할아버지께서는 뉴올리언스에 잠깐 들르셨는데, 어느 금요일 저녁 거실 소파에 누워 잠든 뒤 다시 깨어나지 않으셨다. 할머니와 고모들은 미시시피주 집으로 돌아갔지만 아버지는 장례 절차 때문에 남아 있었다.

아버지와 할아버지는 그렇게 각별하진 않았다. 아버지는 할아버지의 예측할 수 없는 성격을 참지 못했다. 아버지는 저서에서 "매력과 흡인력, 전제, 광기의 인물"이라고 할아버지를 설명했다.

할아버지는 종교적인 인물이 아니었다. 그는 교회에 간 적이 없었다. "하나님은 교회에 가는 사람들만 알고 계시지. 그러니 하나님은 나를 모를 거야. 내가 죽으면 나무에서 떨어져 땅에 나뒹구는 가지와 다름없어." 할아버지가 아버지께 하신 말씀이다.

아버지는 할아버지의 시신을 어떻게 처리해야 할지 몰랐다. 그는 라마나-파노-팔로Lamana-Panno-Fall 장례식장의 장의사를 불렀다. 아버지가 알고 있는 유일한 곳이었다. 그 장례식장은 아버지가 매일 전차를 타고 지나가던 곳에 있었기 때문이다.

할아버지를 미시시피 집 주변 묘소에 매장하기 위해 장의업체에 시신을 인수하러 갔을 때, 아버지는 깜짝 놀랐다. 할아버지를 큰 성모마리아 상 아래에 눕혀 놓았기 때문이다.

"왜 그렇게 했는지 모르겠다." 아버지는 나중에 이렇게 썼다. "그들은 아버지를 이탈리아인으로 바꾸어놓았다. 그는 확실히 이탈리아 은행가처럼 보였다. 빗질을 심하게 하고 기름칠을 많이 한 모습으로, 그는 손에 은빛 십자가가 꼭 쥐고 있었다. 그 부조화가 너무나 놀라워 주위 사람들이 없었더라면 웃음을 터뜨릴 뻔했다. 라마나-파노-팔로가 그 비극적 웃음에 책임을 져야 한다."

은색 십자가는 당시 메리디안 교파에서 받아들여지기 힘들었기에 시신을 미시시피로 옮기기 전, 아버지는 그것을 치워달라고 부탁해야 했다.

카트리나가 지나간 지 몇 달 뒤였다. 『피카윤 타임스Times Picayune』에서 최근에야 시신이 수습된 한 여성의 장례식 공고문을 보았다. 그녀의 장례식은 라마나-파노-팔로 장례식장에서 열렸다. 그들은 몇 년 전 세인트 클로드 가에서 이전했지만 지금도 여전히 뉴올리언스 근처에서 영업을 하고 있다. 그들은 폭풍을 헤치고 나와 희생자들이 집으로 돌아가는 것을 도와주고 있었다.

Anderson Cooper

폭풍, 그 후
Aftermath

허리케인이 쓸고 간 지 겨우 일주일이 지났다. 화요일이다. 차올랐던 물은 매일 조금씩 빠지고 있다. 지난주엔 경찰이 너무 부족하더니, 이번주엔 너무 많아 탈이다. 전국에서 수천 명의 경찰이 뉴올리언스로 몰려들었다. 하지만 시체는 아직도 다 수습되지 못했다. 수백 명의 시민들은 집과 애완동물을 남겨놓고 대피하는 것을 거부하고 있다.

"이건 완전히 시시한 서커스 수준이에요." 뉴올리언스 경찰이 웃음을 터뜨리며 말한다. "2만 명의 경찰 병력이 시내에 머물러 있는데, 여기 시민들은 고작 3,000명이에요. 각종 기관에서 동원된 무기의 화력들을 합치면, 이라크전도 치를 정도입니다. 저는 경찰들의 이동과 지원 임무를 맡았는데, 경찰들은 아무 할 일이 없다며 매우 답답해하고 있어요. '액션이 필요해, 액션이 필요해!' 이렇게 노래를 부르죠. 그러면 저는 이렇게 답해줍니다. '몸 풀 거리를 제공해주지 못해 미안하군. 그 전쟁 장난감 좀 사용해봐야 하는데 말이야.' 모든 상황이 완전 코미디입니다. 경찰력이 너무나 늦게, 그리고 너무나 과도하게 배치됐어요. 이 많은 경찰들이 사육제 마지막 날의 피날레 퍼레이드에 참석한 꼴이에요. 구경꾼도 없는데 말이죠."

FBI(연방수사국), FEMA(연방재난관리청), ICE(연방 이민국), LAPD(로스엔젤레스 경찰국), ERT(비상사태 대응팀), NYPD(뉴욕시 경찰국)……. 마치 약자를 쓰는 모든 기관이 총출동한 듯했다. 그러나 이들 기관요원들은 모두 똑같은 모습이었다. 오클리 선글라스에, 마약 단속반들이 입는 방탄조끼를 입고 여벌의 총을 다리에 밴드로 묶은 모습 말이다. 무시무시한 문구가 쓰인 티셔츠를 입고 다구경 권총의 총구를 아래로 향하게 하면서 둘째 손가락을 방아쇠에 갖다대 언제라도 총구만 올리면 발사할 수 있게 준비된 모습 말이다.

그들 모두가 뭔가 기여하고 싶었지만 그들이 할 수 있는 일은 별로 없었다. 검문소에서 주 방위군의 검문을 받게 되어 신분증을 보여줬지만 군인 한 명은 그걸로 만족하지 않았다.

"대대 지휘관의 허가증을 가지고 계십니까?" 그가 물었다.

"이곳을 취재하는 데 대대 지휘관의 허가증 따윈 필요하지 않아요!" 내가 답했다. 그는 고개를 끄덕이더니 손으로 가도 좋다는 시늉을 했다.

"멋있었어. 오비완Obi Wan." 카메라맨인 닐 홀스워스가 내게 말했다. "우린 당신들이 원하는 복제 로봇들이 아니라고."

◆○◆○◆○◆○◆○◆○◆○

　나는 더 이상 사체나 엉망진창이 된 상황을 보고 충격을 받지 않았다. 하긴 사람이 계속 놀란 상태에 머물러 있을 순 없다. 분노가 사그러들진 않았지만 가슴 한구석 어딘가에 조용히 가라앉아 있었다. 그곳에서 삭혀져 더 깊어질 것이다. 나는 더 이상 중립적 관찰자의 입장에 머물지 않고 이 모든 상황에 동화되기 시작했다. 내가 이 상황 안에서 살면서 이를 호흡하고 있다는 기분이었다. 스리랑카에서처럼 모든 폐허에서 벗어나 전혀 다른 세계로 느껴지는 호텔로 돌아갈 수 없었던 것도 하나의 이유이기도 했다. 나는 밤낮을 가리지 않고 참혹한 현장에 둘러싸여 있어야 했다. 도망갈 길은 없었다. 설사 도망갈 길이 있다 해도 도망치지 않았을 것이다. 나는 더 이상 다른 곳에서 온 음성 메시지를 확인하지 않았고, 집에 연락도 하지 않았다. 절대 떠나고 싶지 않을 만큼 뉴올리언스의 상황에 빠져든 것이다.

　우리는 캐널 가에 주차된 트레일러에서 숙식을 해결했다. 이곳은 내 아버지가 일했던 메종 블랑시 백화점에서 그리 멀지 않은 곳이다. 방송을 마치고 나면, 가끔 트레일러 밖에 삼삼오오 앉아 텅 빈 빌딩들의 실루엣을 감상하곤 했다. 아무 말도 필요가 없었다. 우리에겐 어떤 끈끈한 유대감이 생기고 있었다. 우리는 새로운 세상, 절벽의

끄트머리에 발을 딛고 있었다. 우리가 머무는 이곳은 어떤 이름도 없었고, 그 사실을 모두가 알고 있었다. 도시는 완전 까발려진 상태였다. 살이 보이고 피가 보이고 근육이 보이고 뼈가 보이는 상태였다. 뉴올리언스는 허리케인이라는 폭탄의 파편에 맞아 찢어진 새로운 상처였다.

●○●○●○●○●○●○●○●○●

언제 그 일이 일어났는지는 명확하지 않았다. 뭔가가 변했다고 느낀 그 시점 말이다. 하긴 정확히 딱 부러지게 그런 시점이나 날짜가 없었을지도 모르겠다. 마치 누구의 죽음을 슬퍼하다가 어느 날 갑자기 슬픔이 사라졌다는 사실을 발견한 것처럼. 그럴 땐 언제부터 슬픔이 사라지기 시작했는지를 결코 알 수 없다. 어느 날 문득 즐겁게 웃고 있는 자신을 발견하고 놀라워한다. 내 자신이 웃을 수 있다는 사실을 완전히 망각하고 있었기 때문이다.

이곳, 뉴올리언스에서 그동안 나 자신을 구획 짓고 구분해왔던 작업이 완전히 무너지기 시작했다. 감정의 무게와 기억의 힘 때문이다. 너무나 오랫동안 나는 과거로부터 도망가기 위해 애써왔다. 그동안 내가 잃었던 것을 깨끗이 잊고 앞으로 나아가려 노력했다. 하지만 사실은 아무것도 잊혀진 것이 없다. 과거는 항상 주변에 머물러 있었고 뉴올리언스는 내게 그 사실을 부정할 수 없게 만들었다.

내가 태어났을 때 부모님은 뉴욕의 어퍼 이스트 사이드에 있는
5층짜리 타운 하우스에 살고 계셨다. 타운하우스 마당 앞에는 돌로
된 사자 두 마리가 마치 우리 집을 망보듯이 조용히 서 있었다. 타운
하우스엔 대리석으로 된 커다란 로비와, 집의 전경을 바라볼 수 있는
나선형 계단이 있었다. 집 안 구석구석을 속속들이 기억하지는 못하
지만 리고Rigo 양초가 타는 냄새는 기억한다. 녹색 왁스가 타는 진한
냄새였다. 촛불의 불꽃이 노일리 프랫Noilly Prat이나 차갑게 한 아쿠아
비트Aquavit 그리고 다른 화이트와인 병들에 비쳐 일렁거렸다. 화이트
와인은 은 테두리에 멧돼지 모양 손잡이가 달린 와인 잔에 담겨 있었
다. 벽은 고급스러운 실크 벽지로 장식돼 있었고 집 안 곳곳엔 길다
란 쿠션이 놓여 있었다. 테이블 위엔 나무로 만든 샐러드 그릇과 은
으로 만든 생선 모양의 장식품들이 있었다.

파티를 열 때면 부모님께선 나와 형이 언제나 적극적으로 참여하도
록 했다. 담배연기로 꽉 찬 방을 아버지와 걸어가던 기억이 난다. 내
조그만 손은 아버지의 손을 꼭 잡고 있었다. 주변 상황을 좀 더 잘 보
기 위해 고개를 쭉 내밀었지만 휙휙 지나가는 얼굴들과 부드럽게 여
과된 빛밖에 보이지 않았다. 여자들은 모두 빨간 립스틱에 짙은 파우
더를 바르고 있었고, 두꺼운 손을 가진 남자들은 번쩍번쩍 빛나는 신
발에 프렌치 커프스 버튼이 달린 셔츠를 입고 있었다. 방 안은 영화

배우와 예술가, 신문 칼럼에 이름이 오르내리는 인물들, 주방에서 나누는 대화에 흔히 등장하는 유명 인물들로 꽉 차 있었다. 트루먼 카포테Truman Capote는 자주 오는 손님이었다. 그의 통통한 입술은 나를 키득거리게 만들었다. 앤디 워홀Andy Warhol도 있었다. 어린 나는 그의 하얀 머리가 조금 무섭다고 생각했다.

잘 시간이 되면 형과 나는 위층에 있는 우리 방으로 올라갔다. 아래층에서 들려오는 웃음소리를 들으며 어두운 방 침대에 누워 있었다. 손뼉치는 소리, 잔 부딪치는 소리, 속삭이는 소리들이 바닥에서 울려 퍼졌다. 피아노 소리를 들으며 우리는 눈을 감았다. 한 여자가 '안녕, 두통…… 나의 오랜 벗이여……'라는 노래를 불렀다. 멀리서 들려오는 그녀의 목소리를 자장가 삼아 우리는 잠이 들었다.

당시엔 그런 생활이 매우 특별한 것이라고 전혀 생각해보지 못했다. 인생이 그 상태로 계속될 것만 같았다. 아버지, 어머니, 형, 그리고 유모. 어떤 좌절이나 실패도 없는 어린 시절이었다. 아버지가 돌아가시자 처음으로 균열이 생겼다. 그저 거기서 도피하는 게 최선책으로 여겨졌다.

아버지가 돌아가신 뒤 우리는 몇 년에 한 번꼴로 이사를 했다. 이사할 때마다 아파트는 커졌고 실내장식은 전보다 더 멋있어졌다. 어머니는 항상 불안해하면서 이곳저곳으로 옮겨다녔고, 이사한 뒤엔 실내장식을 완전히 새롭게 바꾸곤 했다. 그러면 형과 나는 '이제 또 다시 이사할 때가 멀지 않았구나'라고 생각했다. '어머니가 또 다른 집을 찾아나서겠구나, 또 새로운 캔버스에 작업을 시작하겠구나'라고 말이다.

열두 살이 될 때까지, 나는 어머니가 얼마나 유명하신 분인 줄 전혀 몰랐었다. 어머니가 새로 디자인한 청바지 시리즈가 크게 히트했을 때, 나는 중학교에 다니고 있었다. 거리에서 사람들이 우리를 가리키며 쳐다보기 시작한 것이었다. 형과 나는 그 상황이 매우 우스꽝스럽다고 느꼈다. 우리는 마주치는 사람들의 청바지 주머니에 새겨져 있는 어머니 이름을 세어보곤 했다.

어머니는 오래전 당신의 가슴속에 수정으로 만들어진 응어리가 있어서 어린 시절의 충격을 견뎌낼 수 있었다고 말씀하신 적이 있다. 다이아몬드처럼 어떤 것으로도 흠집이 가거나 깨뜨릴 수 없는 단단한 응어리 말이다. 아버지가 돌아가셨을 때 내 안에도 그 비슷한 단단함이 생겨난 것을 느낄 수 있었다. 하지만 뉴올리언스에서 그 단단한 응어리에 마침내 금이 가기 시작했다.

●○●○●○●○●○●○●○●○

버번 스트리트는 계속 폐쇄된 상태였다. 하지만 데커리daiquiri(칵테일 음료의 한 종류)를 파는 바 한 곳은 영업을 시작했다. 아마 영업을 시작한 첫 술집이리라. 입구는 나무판을 여기저기 덧대어 놓은 상태였지만 요란한 바람소리 사이로 스테레오 전축 베이스의 울림을 들을 수 있었다. 켈리스라는 가수가 노래를 불렀다. "내 밀크셰이크를 마시려고 남자 아이들이 뒤뜰로 몰려오네요/그들은 원래 그래요/내 밀크셰이크는 당신 것보다 맛있답니다…….” 허리케인 이후 처음 들어보는 음악이었다.

데커리 바에 가기 위해서는 로얄 소네스타 호텔 로비를 거쳐 뒤로 돌아가야만 했다. 호텔 역시 문을 다시 연 지 얼마 되지 않았다. 우리는 트레일러에서 일주일을 지낸 후 이 호텔로 숙소를 옮겼다. FBI도 이곳에 머물고 있다. 숙소가 부서진 뉴올리언스 경찰들도 이곳에 터를 잡았다.

바 안의 음료수 보관 냉장고에는 캔이나 병에 담긴 각종 칵테일들이 그득하니 저장돼 있었다. 망고 매드니스Mango Madness, 시추러스 스톰Citrus Storm, 블러드-레드 허리케인blood-red Hurricane 같은 칵테일들이었다. 바는 대성황이었다. 기자들, 경찰, FBI와 SWAT팀, 심지어는 술에 취한 간호사들도 보였다. 모두 독한 술을 한숨에 들이켜거나 데커리나 맥주를 마시고 있었다. 여자보단 남자들이 많았다. 젊은 경찰들은 게슴츠레한 눈으로 간호사들을 바라봤다. 한 번 꼬셔보려는 눈빛이었다.

바에 오기 좀전에 나는 필 맥그로우Phil McGrow 박사와 마주쳤다. 자원봉사자 중 일부가 최초 피해자들을 위해 임시 주방을 설치했다고 한다. 뭐든지 전해주기 좋아하는 필 박사는 당연히 카메라를 들고 현장에 가 있었다. 프로듀서가 와서 필 박사와 대화를 나누고 싶은지 물어봤다.

“상담 치료사로, 아니면 내 프로의 출연자로?” 내가 물었다.

“뭐든 좋아.” 프로듀서는 어깨를 으쓱했다.

사이언톨로지교Scientology를 믿는 신도들도 뉴올리언스에 대거 등장했다. 커스티 앨리Kirstie Alley는 신도 일당을 끌고 나타났고 존 트레볼타John Travolta의 모습도 보였다. 스티븐 시걸Steven Seagal은 타의 추종을 불허했다. 그는 일행과 함께 나타나지 않고 혼자 왔다. 어느 날 밤엔 그가 경찰 유니폼을 입고 제퍼슨패리시 보안관청 소속 보안관들과 함께 순찰을 돌고 있는 모습을 볼 수 있었다. 그는 SWAT팀과 함께 돌아다니기도 했다. 잠깐 대화를 나눌 시간이 있었는데, 헤어질 때 시걸은 불교도처럼 손바닥을 마주해 얼굴 가까이 대더니 허리를 숙여 인사했다. 그리고는 경찰차에 훌쩍 올라타고 재빨리 사라졌다.

“시걸과 제퍼슨의 보안관은 절친한 사이예요.” 뉴올리언스 경찰이 나중에 얘기해줬다. “경찰들이 퇴근 후에 많이 가는 바가 있는데, 몇 년 전 시걸이 그쪽 사람들과 함께 나타나서는 자기 사진을 담은 액자를 바의 벽에다 걸더군요.”

“그럴리가요. 설마…….”

“진짜라니까요. 그가 떠나자마자 총을 꺼내 벽에 붙어 있는 액자 사진을 냅다 쏴버렸죠. 총알 하나는 벽을 뚫고 나가 옆에 있던 렌트카 대여점을 맞춰버렸다니까요.”

나는 술은 별로지만, 바는 좋아했다. 이곳엔 말도 안 되는 과장이나 거짓말이 없기 때문이다. 며칠 동안 경찰청장 에디 컴패스Eddie Compass는 경찰이 직면하고 있는 문제에 대해 말도 안 되는 핑계를 댔다. 총과 총탄을 비롯한 상당수 장비들을 보관하고 있던 무기고가 물에 쓸려갔고 물에 잠겨 못 쓰게 된 장비들도 많다는 핑계였다.

"빌어먹을, 무기고에 모셔다 드릴까요? 무기고는 완전히 텅텅 비었어요. 허리케인이 오기 훨씬 전에 비어 있었죠. 경찰은 완전히 파산했어요. 허리케인이 오기 훨씬 전에 말이죠." 한 경찰관은 내게 이렇게 말했다.

많은 경찰관들은 배신당했다고 생각하고 있었다. 누군가 몰래 뒤통수를 치고 등을 찌른 것 같은 느낌 말이다. 그들은 언론이 허리케인이 왔을 때 나타나지 않은 경찰관들을 지나치게 공격하고, 이를 심하게 부각시킨다고 생각했다. 그들이 그렇게 생각하는 걸 탓하지는 않겠다. 1,700여 명의 경찰관 중 나타나지 않은 사람은 120명뿐이었으니까. 대다수 경찰관들은 출근했고, 24시간 내내 자신의 직분을 다했다. 그들은 경찰서에 갇혀 교대할 틈도 없이 계속 일했다. 6번 디스트릭트 지역에서는 관할 파출소가 물에 잠겨 경찰들은 월마트 주차장에 방어선을 쳐야 했다. 그들은 월마트 물품을 강탈하러 온 시민들을 쫓아냈고 수백 자루의 총이 길거리에 퍼지는 것을 막았다. 그들은 몇 주 동안이나 자동차 안에서 새우잠을 자야 했다.

하룻밤 월마트에서 이들을 지켜본 적이 있었다. 경찰들은 이곳에 '월마트 요새Fort Wal-Mart'라는 새 별명을 붙였다. 뉴올리언스에 온 첫날 프렌치쿼터에서 만난 경찰들이 자신들의 관할구역에 '아파치 요새'라는 새 별명을 붙인 사실을 얘기해줬다.

"내 얘기 좀 들어봐요." 6번 디스트릭트를 총괄하는 앤서니 카나텔라 Anthony Cannatella 소장이 내게 말했다. "우리가 원래 아파치 요새예요. 1번 디스트릭트에 있는 사람들이 아무리 그 이름을 쓴다고 해도 여기가 원래 아파치 요새라구요.”

우리는 예닐곱 명의 젊은 경찰관들과 함께 주차장 벤치에 앉아 바비큐를 먹었다. 일부 경찰들은 텍사스에서 도움을 주러 왔다. 텍사스 출신 경찰들은 매일 그릴에 불을 붙이고는 고기를 찾아 구웠다. 뭔가 얘기 중인 카나텔라 소장의 얼굴이 바비큐 불빛에 빛났다. 전기는 아직 들어오지 않는 상태였지만 비상 발전기로 주차장 지역에 전기등 하나를 가까스로 켜놓고 있었다. 바비큐에서 나오는 연기가 주변을 가득 채웠다.

“글쎄요. 잘 모르겠네요.” 내가 약 올리듯이 말했다. “그쪽엔 간판도 있던데요. 아파치 요새라고 크게 쓴 간판 말이죠. 관할서 정문 앞에 떡 하니 걸려 있던데요?”

“두고 보시죠.” 다른 경찰관 한 명이 이렇게 말하더니 일행 중 일부와 함께 일어나서 나갔다.

카나텔라 소장은 20년 넘게 경찰에 재직한 베테랑 경찰이다. 덩치가 크고 팔이 두툼한 사람이었다.

“저 팔에 맞고 싶진 않겠죠.” 한 젊은 경찰관이 카나텔라 소장의 팔을 가리키며 웃으며 농을 던졌다. 카나텔라 소장은 분명 자신이 지휘하는 경찰들을 매우 아끼는 듯했고, 부하들 역시 그를 위해 무엇이든 할 것처럼 보였다.

“경찰 구세대인 우리들은 젊은 경찰들을 무시하는 경향이 있어요.” 그는 말했다. “하지만 이 젊은 경찰들은 지난 2주 동안 엄청난 일을 해냈어요. 난 언제나 이들의 편입니다."

한 시간 뒤 내가 떠날 준비를 하고 있을 때 경찰차 한 대가 월마트 주차장에 와서 멈춰섰다. 젊은 경찰관 두 명이 차에서 내렸다. 그중 한 명은 몇 분 전까지 프렌치쿼터에 걸려 있던 '아파치 요새'라고 쓰여진 간판을 들고 있었다.

"그걸 어떻게 가져왔어요?" 나는 웃으면서 물어보았다.

"몰래 숨어들어간 다음, 부소장 책상 밑으로 기어들어가 떼내왔지요. 자, 이제 어디가 진정한 아파치 요새죠?"

●○●○●○●○●○●○●○●

"**다시는 여기를** 예전에처럼 올 수 없을 것 같아요." 케이시 기스트Casey Geist 반장이 말한다. "이곳에 풋볼게임을 보러 오지도 않을 거예요."

우리는 수퍼돔 안에 있다. 지금 이곳은 텅 비어 있다. 오염방지 수트를 입은 수십 명의 청소원들만이 바닥의 먼지를 치우고 있다. 수퍼돔 안은 시끄럽다. 미니 트랙터들이 애스트로터프 브랜드의 양잔디 위에 쌓여 있는 쓰레기 더미를 집어올리고 있다. 여기저기서 애들 풋볼 공이나 버려진 휠체어, 그리고 여기 있던 사람들이 먹다 버려 반쯤 썩은 음식물들을 볼 수 있다. 뉴올리언스 시장의 안내로 2만 명의 시민이 이곳을 '최후의 피난처'로 여기고 대피했다. 시장은 주 정부나 연방정부로부터 이틀 안에 지원이 도착할 것이라고 예상했다. 그러나 지원은 오지 않았다. 단순히 기대하는 것은 대책이 될 수 없다.

기스트는 82공수사단 소속이다. 그는 바그다드에도 갔다 왔지만 이곳 뉴올리언스가 훨씬 지독하다고 얘기한다. 그는 수퍼돔에서 무슨 일이 일어났는지에 관한 숱한 루머를 들었지만 그중에 무엇이 사실인지 전혀 알 수 없다고 말했다. 그의 말에 따르면 떠돌아다니는 루머 중 어떤 것도 일어났을 법하다는 것이다.

"사람들이 여기 꽉 차 있었고 마약을 하기도 했어요. 바닥에서 마약 주사를 맞으면서 섹스를 하는 사람도 있었단 말입니다." 그는 자신이 들은 얘기를 회고하며 말했다. "완전 광기죠, 통제할 수 없는 광기."

하지만 수퍼돔에서는 초기의 예상과는 달리 어느 정도의 질서가 유지되고 있었다. 응급처치를 해줄 만한 의료진도 있었고, 음식과 식수도 있었다. 게다가 경찰과 주 방위군도 있었다. 하지만 제방이 무너지면서 전기가 나갔고, 수퍼돔 전체가 찜통으로 변하기 시작했다. 시장은 사람들에게 자기가 먹을 것을 스스로 가져오라고 발표했고 일부는 그렇게 하기도 했다. 하지만 물에 잠긴 지역이 넓어지면서 사람들이 더 많이 몰려들기 시작했다.

"사람들은 이곳저곳 아무데서나 대변을 보기 시작했어요." 기스트는 머리를 절레절레 흔들었다. "한쪽 구석에 일정한 장소에서 볼 일을 봤다면 그러려니 하겠어요. 하지만 정말 잔디밭 한가운데 아무데서나 바지를 내리고 쌌다니깐요."

우리는 스스로가 매우 진보한 종족이라 여긴다. 마음속 어두운 충동으로부터 스스로 보호막을 갖추고 있다고 생각한다. 하지만 그 보호막이 그렇게 어렵지 않게 완전히 사라진다는 것이 진실이다. 절망적인 사람들은 끔찍한 일을 저지른다. 뉴올리언스에서도 그랬다. 전기가 들어오지 않고, 전등이 꺼지고, 실내 온도가 올라가면 인간들은 시원한 공기가 그동안 막아줬던 야만성을 드러내게 된다. 인간은 무엇이든지 할 수 있는 동물이다. 나는 이 사실을 숱하게 체험했다. 엄청난 사랑, 또는 엄청난 학살. 인간은 이를 선택할 수 있는 동물이다.

조만간 수퍼돔 내부는 말끔하게 청소될 것이다. 컨벤션센터의 폐허도 완전히 치워질 것이다. 많은 사람들이 야만성의 증거와 기억들이 빨리 사라지기를 바라는 듯하다. 과거를 깨끗이 잊고 싶어하는 것이다. 미래의 어느 날엔 수퍼돔에서 다시 풋볼 경기가 열리는 날도 있을 것이다. 그리고 우리는 뉴올리언스의 교훈을 더 이상 기억하지 못할 것이다.

"내 말을 꼭 적어놔요." 어느 날 한 경찰이 내게 말했다. "여기가 다 치워지면 과거 며칠 동안 여기서 무슨 일이 있었는지 기억하지 못할 거예요. 그냥 스쳐 지나간 일이었던 거죠. 사람들은 일의 원인에 대해서도 감추려고 할 걸요. 여기 있는 사람들은 다 가난하거든요. 아무도 이들을 대변해주지 않아요."

"정말 사람들이 지금 일을 잊을까요?" 내가 물었다.

"가족이나 친지 중에서도 그렇게 말하는 사람이 있어요. 왜 당장 거기서 떠나지 않는 거냐고요. 스스로 자원한 것도 아닌데 왜 못 나오느냐고 묻더라구요. 우리 아버지는 참전 용사였어요. 하지만 그가 D-데이에 '집어치우자. 난 여기서 나갈 거야. 스스로 자원한 것도 아니란 말야. 사람이 이렇게 많이 죽어가잖아.' 이런 생각을 했다고 생각해보세요. 그럼 어떻게 됐겠어요? 그렇게 그냥 포기하고 떠나면 안 되죠. 잊어서도 안 되는 거라고요."

●○●○○●○●○○●○●○○●○

　난 형이 발코니의 튀어나온 난간을 잡고 있는 모습을 될 수 있으면 상상하지 않으려고 노력한다. 형의 다리가 콘크리트로 된 14층 높이의 발코니에 대롱대롱 매달려 있는 모습을 될 수 있으면 떠올리지 않으려고 한다. 여름날 산책에 나섰던 부부는 난간에 매달린 손을 놓아버리기 전 형의 모습을 보았을까? 저녁을 먹으려고 테이블에 모여 앉아 있던 아래층의 가족들은 창문으로 그가 떨어지는 모습을 목격했을까? 그는 바닥에 닿기 직전 도대체 무슨 생각을 했을까?

　자살은 바로 이런 것이다. 그 사람이 생을 어떻게 살았는지에 대한 기억이 아니라 어떻게 생을 마감했는지만 자꾸 생각나게 하는 것. 사고로 반대편이 완전히 찌그러진 자동차 옆에서 운전하는 것과 비슷하다. 반대쪽으로 목을 길게 빼서 도대체 얼마나 망가졌는지를 보려는 충동을 억제할 수 없는 것과 비슷하다는 말이다.

　"내게 다시 감정이 생길까?"

그건 바로 형이 잡고 있던 난간을 놓아버리기 전에 했던 질문이다. 당시엔 왜 그런 질문을 했는지 전혀 이해할 수 없었다. 최근에 어머니가 상기시켜주기 전까지는 형이 죽기 전 그런 질문을 했다는 사실조차 잊고 있었다.

우린 둘 다 스스로의 상처를 마비시키려고 노력했다. 과거를 완전히 잊으려고 했다. 형에게 "형 혼자 힘든 게 아니야"라고 얘기할 수 있었더라면. 나는 형이 나를 버리기 오래전, 이미 형을 버렸던 것이다. 이제야 그걸 깨달았다. 나는 그에게 먼저 다가갔어야 했다. 얘기를 나눴어야 했다. 하지만 난 어렸고 형은 쉽게 다가갈 수 없는 존재였다. 나는 내 한 몸 돌보기도 힘들었다.

죽기 몇 달 전, 형은 아버지의 고향인 미시시피 퀴트먼을 찾아갔었다. 당시엔 형이 그곳에 갔다는 사실도 몰랐다. 그가 죽고 난 뒤에야 그 사실을 알았다. 형의 아파트에서 인화되지 않은 필름 한 통을 발견한 것이다. 필름엔 그가 퀴트먼에서 찍은 사진들이 담겨 있었다. 애니 로리 고모는 당시에도 퀴트먼에 사셨다. 형은 고모를 방문할 수도 있었지만 그렇게 하지 않았다. 형은 단지 퀴트먼 여기저기를 방황하듯 돌아다녔을 뿐이었다. 지금 와서 생각해보니 생의 마지막 순간에 그는 감정을 느껴보려고 헤매었던 것 같다. 감정을 갖고 싶어 손을 뻗었지만 실패했던 것이다.

●◦●◦●◦●◦●◦●◦●◦●◦●

내가 취재했던 자연재해의 현장마다 재해로 인해 큰돈을 벌어
들이는 사람들이 있었다. 소말리아에서도 일부는 카트Khat(동아프리카
와 아라비아 반도에서 주로 생산되는 마약 성분이 함유된 씹는 식물–옮긴이)나 총
을 팔고, 기자들에게 보디가드 서비스를 제공해주거나 차를 빌려주
며 돈을 벌었다. 이라크에도 암거래나 부패로 얼룩진 거래를 하며 돈
을 버는 사람이 얼마나 많은지 모른다. 대부분의 땅이 물에 잠겨 있
는 뉴올리언스에서도 후려친 가격에 버려진 땅을 사려고 투자자들이
돌아다니고 있었다.

"부동산 업계에 20여 년간 종사해왔지만 이런 상황은 처음 봅니
다." 은색 SUV를 몰고 뉴올리언스 가든Garden 디스트릭트를 돌아다
니던 브랜디 페리스Brandy Farris가 말했다. "완전히 미친 것 같아요. 부
동산을 싸게 사겠다는 업자들이 몰려 뉴올리언스의 어떤 땅이라도
사겠다며 구매 요청을 하고 있어요. 물속에서라도 계약을 체결할 기
세입니다."

페리스는 배튼루지 지역의 부동산업체 '센트리21'에서 일하는 부동
산 중개인이다. 그녀는 뉴올리언스가 초행인데, 이번에 새롭게 구매
자를 찾는 땅에 '땅 팝니다FOR SALE'라는 간판을 세우려고 왔다. 그녀
에게 땅을 사려는 사람들은 마이애미, 시애틀, 심지어는 뉴욕에도 있
었다.

"그들은 보이지 않는 땅도 상관없다고 말해요. 물에 완전히 잠겼어
도 괜찮다는군요. 허리케인 앤드류가 왔을 때도 비슷한 전략을 썼지
요. 일단 홍수 피해를 입은 땅을 전부 사들여놓고 적절한 때가 되면

새로 집을 지어 파는 것이지요.”

그녀의 명함에는 자신의 사진이 새겨져 있었다. 긴 금발머리에 얼굴 가득 빛나는 남부의 미소를 머금은 모습이다. 그녀의 실물은 사진과 거의 같다. 다만 귀에 무선 이어폰을 항상 꽂고 있다는 점만이 사진과 다르다. 그녀의 휴대전화는 몇 분 만에 한 번씩 울려대는 것 같았다.

“‘실제로 확인해본 다음에’라는 전제 조건이 수없이 많긴 하죠. 우리는 일단 피해가 얼마 정도인지를 정확히 평가해야 해요. 그리고 ‘실제로’ 법원에서 용도변경을 따낼 수 있는지를 봐야 합니다. 대부분은 법원에 용도변경 신청 자체를 낼 수 없는 경우도 많아요. 부동산 주인들이 증빙 자료가 대부분 물에 잠겼다고 하기 때문이죠. 자신들의 신분에 관한 증명도, 얼마만큼의 대출 자금이 남아 있는지도 증명하지 못하는 경우가 많아요. 일단 매매 계약부터 체결해놓고 어떻게 되는지 지켜봐야 하는 경우가 많다는 애기죠.”

그녀의 트렁크 안에는 센트리21 사인이 붙어 있는 말뚝이 가득 차 있다. 누군가의 마당에서 보이는 부분에 두드려 박는 것이다. 그녀의 이름과 그녀가 받는 중개수수료가 적혀 있는 간판도 가지고 다닌다. 그녀는 90일 동안 공고해주고 4%의 커미션을 받는다.

“사람들이 집을 잃는 상황을 이용하자는 건 당연히 아니에요.” 페리스는 말했다. 이 모든 상황이 어떻게 보일지 걱정되는 듯했다. “어떤 상황에서든 남은 것을 몽땅 쓸어가는 하이에나 같은 투자자는 있기 마련이죠. 하지만 부자건 가난한 사람이건 모든 사람의 요구 조건에 맞춘 상품을 소개해줄 수 있다는 것이 중요해요. 투자상품이건 월세건 모든 상품을 갖추고 있으니까요. 아주 괜찮은 일이라고 믿어요."

우리는 차에서 내려 그녀가 방금 매매 리스트에 올려놓은 집으로 향했다. 그녀의 하이힐이 조약돌이 깔린 길에 끼어 흔들거렸다.

"죄송하지만 지금 이 냄새가 무슨 냄새죠?" 그녀가 내게 물었다.

"죽은 개 아니면 죽은 시체에서 나는 냄새인 것 같은데요." 내가 답했다.

"끔찍하군요. 내가 상상했던 것보다 훨씬 더 지독해요."

"이 냄새가 구매를 원하는 사람에게 문제가 될까요?"

"한 번에 한 가지 케이스만 처리하도록 하죠." 그녀가 눈도 깜빡이지 않으며 내게 말했다. "사람들이 원하는 조건들이 다 달라요. 아무튼 이 모든 것들이 감정적으로 큰 충격을 받을 수 있는 상황이네요."

페리스의 계산에 따르면 센트리21은 과거 수주 동안 배튼루지 지역에서 1,500여 개의 집을 매매했다. 이는 평소 이 업체가 판매하는 양에서 크게 늘어난 것이다. 가격도 오르고 있었다. 뉴올리언스의 경우 부동산 경기가 어떻게 될지 정확히 예측하지 못한다면서도 시장이 어떻게 움직이든 그에 대한 준비가 돼 있다고 페리스는 말했다.

"상황이 아주 좋아질 거예요." 과거 많은 부동산 거래를 성사시킨 예의 그 환한 미소를 지으며 그녀가 말했다. "부시 대통령이 뉴올리언스를 재건하겠다고 했잖아요. 모든 상황이 아주 좋아질 거라고 믿고 있어요. 우리는 기대하고 있답니다."

브랜디 페리스는 긍적적 사고로 가득 차 있었다.

●○●○●○●○●○●○●○●

허리케인이 몰아닥친 지 2주하고도 반이 지났다. 데커리 바는 음악소리로 들썩거리고 있었다. 힙합 그룹 아웃캐스트Outkast의 '헤이 야hey ya'라는 노래가 울려퍼졌다. 바는 군데군데 빈 자리가 보였다. 한쪽에는 백인 경찰관들이, 다른 한쪽에는 흑인 경찰관들이 모여 앉아 있었는데 나는 이런 모습은 처음이었다.

나와 함께 앉아 있는 한 경찰은 CNN에 매우 화가 나 있었다. 우리는 허리케인이 닥친 후, 가게에서 물건을 약탈하는 경찰이 있다는 보도를 한 적이 있었다. 그는 그 사태 자체를 부정하지는 않지만, 그런 짓을 하는 경찰이 극소수란 점을 우리가 충분히 강조하지 않은 것이 유감스러웠다고 지적했다.

그는 오랜 기간 계속된 근무를 마치고, 단 이틀의 휴가를 얻었다. 그는 뉴올리언스 밖으로 달려가 자신의 아이들을 만나고 왔다. 뉴올리언스 경찰들이 비번 날에 운전할 수 있도록 허락된 경찰차를 운전하고 갔지만, 그는 2시간마다 한 번씩 주 경찰에게 검문을 당해야 했다. 근무 장소에서 도망가는 게 아니냐는 의심을 받아서였다.

"처음 검문했던 경찰은 내가 또 검문당하는 상황이 오면 보여주라고 자신의 이름과 직위가 적힌 명함을 줬어요. 하지만 다음 검문소에

248

서는 그 명함을 아예 무시하더라고요. 결국 매 검문소마다 일일이 처음부터 다시 설명을 해야 했어요." 같은 경찰끼리도 서로를 믿지 못하는 상황이 된 것이다.

경찰 조직에 몸담은 지 10여 년이 됐다는 경찰은 이곳을 떠날 계획이라고 말했다. 몇 년 전, 그는 중부지역의 한 작은 마을로 와서 근무해 달라는 제의를 받았다고 했다. 당시엔 거절했지만 이제는 자신이 먼저 그쪽에 연락을 할 것이라고 했다. "어떤 곳이라도 좋아요. 상관없어요. 여기를 떠날 수만 있다면 어디라도 좋아요."

"9.11이 발생했을 땐 모두들 사건장소를 마치 범죄현장처럼 조심조심 다뤘어요." 그는 맥주잔을 들고 말했다. "잔해 조각 하나하나를 들고 세심하게 관찰했지요. 여기선 사람이 있는 건물도 불도저로 막 밀어버려요. 몇 달 지나보세요. 사람들은 둘러앉아서 '여기 살던 모모 씨는 어디로 갔지?' 이렇게 물어보면 아무도 모른다고 얘기하면서 그냥 잊을 거예요. 여기선 사람들이 그냥 사라져버린다구요."

그의 이웃에 살던 여자는 죽은 지 2주나 됐지만 어느 누구도 그녀가 없어졌다는 사실을 몰랐다고 했다. "내가 그녀의 시체를 찾았어요." 그의 목소리가 빨라졌다. "몇 달 전 법의학 강의를 들은 적이 있었는데 이런 상황에서는 파리떼를 찾아야 한다고 했어요. 내 이웃을 파리떼의 날개 마주치는 소리를 듣고 찾아냈다고요."

경찰들과 술잔을 기울이고 있자면, 이곳에서 무슨 일이 일어났는지 기억할 사람들은 이들밖에 없다는 생각이 든다. 나는 이들에게서 공포의 일부를 봤다. 이들은 그 모든 것을 직접 목격한 것이다. 여기에 있었던 사람은 누구였고, 없었던 사람은 또 누구였는지 말이다. 이들은 진정한 영웅이 누구인지 알고 있다.

다른 경찰 한 명이 누군가의 제스처를 흉내 내듯 손을 흔들며 이렇게 말했다. "결국 이 상황을 초래한 것은 태풍이 아니라 사람이라는 생각이 들더군요. 말만 번지르르하게 한 사람들이 제일 먼저 도망친 사람들이었어요."

허리케인이 왔을 때 그의 약혼녀는 그에게 도망치라고 했다. "젠장, 경찰이 다 뭐야. 엿먹으라고 해." 그녀는 이렇게 말했다고 한다. 그는 맥주잔을 꽉 잡으며 얘기를 계속했다. 테이블 위엔 맥주가 적어도 열병 이상 남아 있었다. "난 그녀에게 말했죠. '난 당신을 만나기 전에도 경찰이었고, 당신이 떠난 뒤에도 경찰일 거야. 당신이나 엿먹어'라고 말이죠."

수많은 경찰과 마찬가지로 그는 자신의 직분을 다하면서 동시에 가족들을 보살피려고 노력했다. 그는 동료 경찰의 어머니를 구하기 위해서 웨이브러너Wave runner(수상오토바이)까지 탔다. 그녀를 구출하면서 그는 얼마나 많은 사람들이 도움을 필요로 하고 있는지 뼈저리게 느꼈다. 그는 마지막으로 이렇게 덧붙였다.

"길의 모퉁이를 돌자 열 명 이상의 사람들이 지붕 위에서 구조를 기다리고 있었어요. 그들은 구해달라고 소리지르며 난리였죠. 일부는 집 안에 갇혀 차오르는 물 때문에 잠겨가고 있었어요. 소리를 지르고 구해달라고 애원할 뿐이었죠. 그 사람들을 어둠 속에 놔두고 그 자리를 떠나는 것, 그건 내 평생 가장 힘든 일이었어요." 그의 목소리는 조용하고 구슬펐다. "난 이제 겨우 스물세 살인데."

재앙이나 전쟁이 발생하면 사람들을 도와주는 건 정부가 아니다. 적어도 초기엔 말이다. 사람들을 돕는 건 개인들이다. 관리, 경찰, 의사, 무관심한 이들이 모두 앉아 있을 때 용감하게 일어난 사람들이다. 이 허리케인 속에서도 무수히 많은 영웅들이 있었다. 붕대와 손도끼와 총을 들고 그때 필요한 일을 한 남자와 여자들이다.

자정이 한참 지난 시각, 나는 버번 가를 대여섯 명의 경찰과 걸어가고 있었다. 길은 텅 비고 어두웠다. 경찰들은 비번이었는지 유니폼을 입고 있지 않았다. 지나가던 루이지애나주 경찰이 차를 세우고 신분증을 요구했다. 그는 이 사람들이 뉴올리언스 경찰이란 걸 알면서도 통행금지 시간을 지나 돌아다니는 이들에게 뭔가 과시하기 위해 신분증을 요구했다.

"뒈져라!" 일행 중 한 경찰관이 냅다 소리를 질렀다. "당신, 우리 도시에서 내가 통금을 어겼다는 거야, 지금? 엿 먹어라!" 주 경찰관은 꼬리를 빼고 달아나버렸다. 우리는 바로 돌아와야 했다. 달리 갈 곳이 없었다.

●◦●◦●◦●◦●◦●◦●◦●◦●◦●

블랙호크 헬리콥터가 아직도 머리 위를 날고 있었다. 요란한 소리가 왠지 친근하게 들렸다. 기갑부대가 온 것이다. 드디어 지원이 도착한 것이다. 이들은 지붕 위나 발코니에 아직 남아 있는 사람들을 구조하고 있었다. 대피령이 내려졌음에도 끝까지 떠나지 않고 남아 있다가 오도 가도 못하게 된 사람들이었다.

허리케인 상륙 후, 뉴올리언스 공군본부와 해안경비대 본부의 복도는 야전침대로 꽉 차서 움직이기 힘들 정도였다. 조종사와 수리공들이 헬리콥터 비행이 끝난 틈틈이 와서 쉬기 위한 침대들이었다. 전국 곳곳에서 모인 수백 명의 젊은이들은 반짝이는 빨간 헬리콥터를 모는 천사였다. 하늘에서 내려온 천사 말이다.

톰 쿠퍼Tom Cooper 소령은 허리케인이 상륙한 몇 시간 후에 첫 구조 헬리콥터를 조종해 뉴올리언스 상공을 비행했다. 그는 고등학교 졸업 후 해안경비대에 지원했고, 그간 수많은 재해현장의 구조에 나섰지만 이번 경우는 절대 잊지 못할 것이라고 말한다.

"그들의 모습은 영원히 기억 속에 남을 것 같습니다." 그는 자신이 구조한 사람들에 대해 이렇게 말했고, 나는 그가 무슨 얘기를 하는지 정확히 알 수 있었다. "얘기를 나눈 적도 없었어요. 헬리콥터 소리가 너무 크기 때문에. 하지만 대화를 나누지 않아도 그들의 눈만 보면 무슨 말을 하는지 알 수 있었어요.

마치 유체이탈을 경험하는 것 같답니다. 아시겠어요? 사람들이 실제로 겪는 일이 마치 직접 눈앞에서 보이는 것 같단 말입니다. 사람들이 다락에서 나와 지붕으로 올라가서는 도와달라고 신호를 보내는 것을 보면, 그들 마음속의 간절함이 눈으로 보듯 생생하게 느껴져요."

한 곳을 선회하는 헬리콥터 아래에서 있으면 돌아가는 프로펠러가 마치 조그만 폭풍을 만들어내는 것 같다. 뜨거운 바람이 얼굴을 때리고 물은 사방으로 튄다. 쿠퍼는 한 곳에서 선회할 때 자신이 모는 헬리콥터 아래에 있는 사람들을 보지 못한다. 원래는 부조종사가 있기 마련이지만 이번엔 구조 임무가 너무나 많았기 때문에 혼자 조종했다. 정비공이 그의 뒤에 웅크리고 앉아 헬리콥터를 똑바로 내릴 수 있도록 도와준다. 정비공은 해안경비대 소속 다이버를 내려주기 위한 기중기의 조종 핸들을 잡고 있다. 기중기엔 케이블이 연결돼 있고 다이버는 이 케이블에 매달려 있는데, 기중기는 다이버를 최대 200피트 아래까지 내려줄 수 있다.

허리케인 피해가 발생한 다음날, 쿠퍼는 마리아 로에릭Maria Roerick 중위와 함께 구조 비행에 나섰다. 해안경비대 소속 조종사 자격을 취득한 지 얼마 되지 않은 그녀의 첫 번째 구조 임무였다.

"보는 곳마다, 고개를 돌리는 곳마다 사람이 있었어요." 그녀는 기억을 되살렸다. "너무 많다 보니 현장을 보는 즉시 사람들을 분류해야 했어요. '저기 아이들이 모여 있네요.' '저쪽에 노인들이 있네요. 의료진의 도움이 필요한 것 같아요.' 하는 식으로 말이죠."

카트리나가 지나간 지 엿새 뒤 뉴올리언스 해안경비대는 6,471명의 생명을 구했다. 지난 50년 동안 구조한 인원을 모두 합친 것의 두 배가 넘는 수치였다.

로에릭 중위는 매일 밤 꿈속에서 그녀의 구조를 기다리던 사람들의 얼굴을 본다. "밤에는 완전히 지쳐서 겨우 침대로 돌아가곤 해요. 밤

에는 내 도움을 기다리는 사람들이 수천 명이나 더 있다는 사실을 알
면서도 말이죠. 내가 결코 그들 모두를 구조할 수 없다는 사실을 잘
알고 있어요. 삽 같은 것으로 그 사람들을 한꺼번에 몽땅 떠서 구조
할 수 있다면 얼마나 좋을까요."

●◦●◦●◦●◦●◦●◦●◦●

　우리는 또 어떤 일이 우리를 기다리고 있을지 전혀 예측하지
못하는 상황에서 매일 아침 잠자리에서 일어난다. 호텔 로비에 모여
서 밖으로 나가기 전에는 일행 중 말을 하는 사람이 거의 없다. SUV
안에 기어들어가 도시를 돌아보다 보면 우리가 이 도시를 수색하는
작은 소대 같았다. 물이 빠져나가고, 새 길이 생기고, 지도가 매일 다
시 그려지고 있다.

　아직도 상당수 주민은 대피하기를 거부하고 있다. 뚱뚱한 할머니
가 방 두 개짜리 자신의 전셋집 바깥에 앉아 있는 모습을 발견했다.
그녀는 녹슨 철제 의자에 앉아 '사랑의 교회LOVE MINISTRIES'라고 무
자비하게 새겨놓은 나무 지팡이에 몸을 기대고 있었다. 그녀는 똑바
로 앞을 보고 있었지만, 눈 안에는 왠지 구름이 잔뜩 낀 듯했고 초점
도 지평선 위 어딘가에 맞춰져 있었다. 자신의 이름은 테리 데이비스
Terry Davis지만 주변 사람들은 모두 자신을 '미즈 코니Ms Connie'라고 부
른다고 알려줬다.

"난 앞을 거의 보지 못하는 시각 장애인이라우. 그런데 그들이 내 안내견을 함께 데리고 갈 수 없다고 하지 뭐유."

길 모서리를 돌아가자 로스앤젤레스 경찰들이 곳곳에 배치돼 일대의 주민들을 대피시키고 있었다. 허리케인이 상륙한 지 3주가 지났고 시장은 모든 사람들이 도시를 떠나야 한다고 발표했다. 일부는 이를 '강제 대피'라고 불렀지만 실제로 강제로 사람들을 몰아내는 것은 아니었다.

"잠시만 떠났다가 다시 돌아오시면 되는 거예요." 경찰관이 미즈 코니에게 말했다.

"경찰관 젊은이, 아니라오. 골치덩어리가 되고 싶은 건 아니지만 내 개가 같이 가지 않으면 아무데도 안 갈 거요."

평소 같으면 난 절대 끼어들지 않았을 것이다. 뒤로 물러서서 가만히 관찰할 뿐. 하지만 이번 경우 뒤로 물러서는 것이 결코 바른 것이라 생각되지 않았다. 구조 헬리콥터에 애완동물을 함께 데려갈 수 있도록 최근 구조정책이 바뀌었다는 얘기를 방금 주 방위군 관계자들에게 들었던 참이다. 경찰관에게 구조정책이 바뀌었다는 얘기를 해주었다. 그는 자신의 상관과 얘기해 보겠다며 그 자리를 떠났다.

미즈 코니는 자신의 시각장애인 안내견 아부Abu와 함께 홀로 산다. 그녀의 남편은 수년 전에 죽었다. 남편과 미즈 코니는 선교사였다. 그녀는 우리를 자기 집으로 안내했는데 거실 한쪽 천장 위에는 커다란 구멍이 뻥 뚫려 있었다. 카트리나로 인한 피해였다.

"전망도 보이고 좋지 뭐유." 미즈 코니가 웃으며 말했다. 그녀는 법적으로는 시각장애인이지만 스스로 움직일 수 있을 만큼 아주 흐릿하게 앞을 볼 수 있다. 움직이긴 하지만 청소는 못하는 정도 말이다. 당연히 그녀의 아파트는 매우 지저분했다. 먼지 덩어리들이 가구와 바닥 모든 곳에 수북이 쌓여 있었다.

"난 법을 집행하는 경찰관을 믿지 않는다오. 매번 결정을 못하고 정책이 바뀌니 말이유." 그녀는 만약 떠나야 한다면 뭘 챙겨갈지 전혀 생각이 나지 않는다고 말했다. 또 챙겨갈 물건을 담을 가방조차 없다고 했다. 예전에 남편과 함께 선교활동을 할 때 쓰던 트렁크는 망가진 지 오래됐다는 것이다. 냉장고에는 손으로 쓴 다음과 같은 글이 잉크가 번진 채 붙어 있었다. '예수님은 우리의 주이시다JESUS IS LORD.'

"내가 어디에 정착하게 될지 난 정말 알 수가 없어. 예수님만이 아시겠지."

아까 그 경찰관이 돌아와서 안내견을 데리고 갈 수 있다고 말했다.

그녀는 이것이 '계시'라고 했다. 이제는 떠나할 때가 됐다는 것이다. "하나님이 우리를 안내해주시는 거예요. 앞으로도 안내해주실 거구요. 가만히 들어보면 하나님이 알려주시는 신호를 알 수 있어요."

"지금도 하나님이 뉴올리언스를 보살펴주고 계신가요?" 내가 물어봤다.

"그럼, 그렇구 말구." 그녀가 미소 지으며 힘주어 말했다. "뉴올리언스가 다시 부흥할 거냐구? 물론이지. 물론이구 말구."

비번 하얏트 호텔 소속 매니저가 늦은 밤 자신들이 운영하는 호텔을 보여주겠다며 우리를 안내했다. 그에게선 술 냄새가 심하게 났다. 하얏트는 시장과 시 공무원들이 대피본부를 차린 곳으로, 수퍼돔에서 뛰어갈 수도 있는 거리였다. 청소 담당 직원들이 부지런히 로비 주변을 소독하고 있었다. 먼지 한 점도 없이 깨끗했다. 곰팡이와 쓰레기 냄새는 거의 완벽하게 사라졌다. 매니저는 우리를 맨 꼭대기 층으로 데리고 가서 가장 비싼 객실인 '리젠시 스위트'도 보여줬다. 그 방은 한쪽 벽이 완전히 사라진 것 같았다. 건물 바깥 벽을 유리로 만든 것이다. 호텔이 정식으로 영업을 시작하려면 한참 있어야 할 것 같았다.

"시장님이 대통령께 보고할 때 쓴 바로 그 전화기를 보고 싶으신가요?" 매니저가 플라스틱으로 된 맥주 컵을 손에 들고 물었다.

"아니에요. 됐습니다." 이제 돌아가서 잠을 청할 때가 됐다는 생각에 나는 이렇게 답했다.

"그럼 수퍼돔에 모셔다 드리겠습니다. 전 거기 벌써 세 번이나 가봤거든요. 군인들과 경찰들이 매우 바쁘고 혼란스럽게 움직이는 상황이에요." 그가 말했다.

"고맙지만 됐습니다. 저도 이미 가봤습니다."

　　로얄 소네스타 호텔에는 술이 떨어진 지 오래였다. 한 프로듀서에게 현금을 주면서 베튼루지에 가서 맥주를 구해오라고 부탁했다. 우리는 매일 텅 빈 호텔 수영장에 모여 술을 마시면서 하루의 피로와 긴장을 풀었다. 데커리 바보다는 훨씬 조용했고 모인 사람들은 거의 CNN 소속이거나 관련된 사람들이었다. 모임은 중요했다. 우리 스스로에게 여기 혼자 있는 게 아니라 누군가와 함께 있다는 사실을 일깨워줄 수 있어서였다.

　　호텔은 전기가 들어왔다 나갔다 했다. 오늘은 전기가 들어오지 않는 날인가 보다. 호텔 안에 있는 배전소에서 화재가 발생했다고 한다.

　　"다시 비상 상황이네요." 배관공이 손전등을 들고 홀을 지나가다 내게 말했다. 구부정한 자세로 천천히 걸어가는 모습이 비상 상황하고는 거리가 멀어보였다.

　　바에서 뉴올리언스 토박이 한 사람에게 나 자신을 소개했다. 그는 CNN 스태프들을 안내해주고 도와주는 일을 했다. 그는 나를 알아보지 못하다가 내 이름을 말하자 매우 놀라는 표정이었다.

　　"당신이 나이도 좀 들고 괴짜 같은 양반인 줄 알았어요." 멜롯 품종의 와인 냄새를 풍기며 그가 말했다. 그의 잔에는 참회 화요일Mardi Gras(사순절 금식기간 직전의 화요일로 다양한 색깔의 구슬이 상징임—옮긴이)의 구슬이 감겨 있었다. "당신 이름을 말하면서 다들 벌벌 떨거든요."

"그건 사실이 아니에요." 난 웃음을 터뜨리며 말했다.

"진짜라니까요. 불도저 1,000대만큼의 파워가 있으시다니까요." 그가 우기듯이 말했다.

바에서 나와 내 방으로 돌아가면서, 불도저 1,000대의 이미지를 머릿속에서 떨쳐버릴 수 없었다. 물론 그 사람의 말을 모두 믿는 것은 아니다. 내 직업에 대해 그런 식으로 생각하는 걸 좋아하지 않으니까. 나는 언론계의 사업적 측면에는 그동안 별 신경을 쓰지 않아왔다. 내 방송을 누가 보는지, 시청자 수가 얼마나 되는지, 몇 시에 방송되는지 같은 문제 말이다. 그런 사실을 알면 알수록 일에 방해가 되기 때문이다. 아프리카에 있을 땐, 다른 이들이 겪는 고통을 한 사람에게라도 더 알려야 한다고 생각했다. 하지만 오래전 내가 바꿀 수 있는 것은 아무것도 없다며 포기했었다. 하지만 카트리나의 경우엔 달랐다. 지금은 모든 사람들이 나를 보고 있다. 그리고 내가 어떤 도움이 될 수도 있겠다는 생각이 들었다. 사람들의 눈을 보면 그 사실을 알 수 있었다. 거리에서 나를 만나면 사람들은 이렇게 말한다. "어이 앤더슨 씨, 세인트 버나드에서 일어난 일에 대해 뭔가 조치를 취해야 해요." 혹은 "시체들을 어떻게 좀 해달라고 하세요. 왜 시체들을 수거해가지 않는 거죠?"

난 이들을, 그리고 이 도시를 실망시킬 수 없었다.

◆◇◆◇◆◇◆◇◆◇◆◇◆◇◆◇◆

난 형에 대해서 뭐가 중요하고 뭐가 중요하지 않은 것인지를 완전히 잊어버린 게 아닌가 하는 걱정이 된다. 형의 얼굴, 이미지, 형과 나의 말다툼이 기억난다. 내가 아주 어렸을 때, 형 카터가 나를 때린 것도 기억난다. 고등학교에 다니던 형이 "이봐 아버지도 아니면서 잔소리 좀 그만 하란 말야!" 이렇게 소리를 지른 후 내 방에서 나가버린 기억도 생생하다. 일기장에 "진짜 형이 싫다I HATE HIM!"고 쓴 날이었다.

"두 사람이 서로 가까웠나요?" 사람들이 내게 하는 피할 수 없는 질문이다. 형이 자살했다는 사실을 알자마자 그렇게 묻는 사람들도 있다. 나를 알게 된 지 몇 주 되지 않아 그런 질문을 하는 사람들도 있다. 우리가 가까웠냐고? 당연히 그가 자살할 것이란 사실을 알 만큼 가깝진 않았다. 왜 그랬는지를 알 정도로 가깝지도 않았다.

나는 그의 웃음을 알았고, 그의 냄새를 알았다. 그가 우리 집 정문 앞에 오면 항상 내는 소리가 뭔지도 알았다. 그의 주머니에서 딸랑거리는 열쇠가 내는 소리도 알았고 그가 신발을 바닥에 끌고 다니는 소리도 구분할 수 있었다. 하지만 우리는 대화를 많이 나누지는 않았다. 나는 그에게 중요하거나 꼬치꼬치 캐묻는 질문은 일체 하지 않았다. 사실 어떤 형제 사이에서도 그렇게 하긴 쉬운 게 아니지 않은가. 나는 형을 잘 지켜보았고, 표면적으로는 잘 알고 있었다. 하지만 분명한 것은 그것으론 충분치 않았다는 것이다.

나는 아직도 형에 대한 꿈을 꾼다. 그리고 꿈속에서 그는 살아 있는 듯 진짜 같다. 하지만 꿈은 항상 악몽이다. 그가 자살할 것이란 걸 알고 있으면서도 항상 그를 막기 위해 할 수 있는 것이 아무것도 없기 때문이다. 자다가 깨면 아주 잠깐 동안은 그가 아직 살아 있는 것만 같다. 나는 공포에 가득 차 깨어난다.

형의 생일 때 형과 나, 어머니가 함께 찍은 폴라로이드 사진을 발견했다. 아버지의 죽음 이후 처음으로 맞은 형의 생일이었다. 생일 케이크는 비록 작았지만 길이가 1.5피트 정도나 되는 초 12개가 꽂혀 있었다. 카터는 옆으로 돌아서서 어머니를 반쯤 껴안고 있는 모습이었고 어머니는 웃고 있었다. 나는 어머니 옆에 서 있었다. 가끔 이런 사진들을 발견하곤 한다. 내가 기억하지 못하는, 과거에서 멈춘 시간들. 사진을 찾아낼 때마다 형이 자살했다는 폭력적인 사실이 나를 충격에 빠뜨린다.

나는 이런 사진들과 그가 흘려 쓴 글씨들과 그가 갖고 있던 책과 잡지를 보관하고 있다. 모두 그의 아파트에서 찾은 것들이다. 언젠가 하루 이 자료들을 처음부터 끝까지 꼭 뒤적여보리라 마음먹고 있다. 나 자신을 이해할 수 있게 해줄 단서를 찾기 위해서, '우리가 정말 가까웠을까?'라는 질문에 대한 답을 찾기 위해서.

●○●○●○●○●○●○●○●○

"저것들에게서 똥 냄새가 난다니까요. 몸에 한번 묻으면 냄새가 사라지질 않아요. 아주 지독하다고요." 국경 수비대 소속 직원이 말했다. 그의 뒤엔 경찰 유니폼을 입은 스트리퍼가 봉에 거꾸로 매달려 있다.

우리가 있는 곳은 데자뷰Déjà Vu. 태풍이 지나간 후 뉴올리언스에서 처음으로 문을 연 스트립 클럽이다. 태풍이 지나간 지 3주가 됐다. 스트리퍼 여러 명이 색깔 있는 조명등이 비치는 가운데 허리를 돌리며 격한 춤을 추고 있다. 남자들의 얼굴에 가슴을 비비기도 한다. 이곳은 태풍이 몰고 온 부랑자들로 꽉 차 있다. 경찰과 군인들 말이다. 주방위군, 국경수비대, 세관원……. 거의 모든 기관이 총출동한 듯하다. 품에 감춰진 신분증과 총은 쉽게 드러났다. 모두 현금을 꽉 쥐고 있었으며, 욕정을 느끼는 한편 심심해 죽겠다는 표정으로 소리를 질러대고 있었다.

이곳에서 뉴올리언스 경찰 한 명을 만나기로 했는데, 그는 보이지 않았다. 휴대폰으로 전화를 걸자, 그는 한창 싸우고 있던 중에 전화를 받았다. 말다툼 소리가 그대로 전해져 왔다. "엿 먹어. 엿 먹으라고. 여기서 당장 꺼져버려." 그가 누군가에게 소리를 지르더니 드디어 내게 말했다. "앤더슨 씨, 있다가 다시 전화할게요." 몇 분 뒤 그가 클럽에 나타나 사과했다.

"주 방위군 한 명이 내가 화장실에 간 사이에 내 자리를 꿰차고 앉았어요." 그가 설명했다. "내가 돌아와서 얘기했죠. '거긴 내 자리야. 비켜.' 그랬더니 이 작자가 '꺼져!' 이러는 게 아니겠어요? 꺼지라니 주 방위군이라고 나를 우습게 안다는 건가. 난 경찰이라고. 그래서 그를 잡고는 밖에 나가 한판 붙자고 했죠. 제기랄."

떠들썩한 밤이 계속되고 있었다. 퇴근한 경찰들은 피곤한 표정으로 맥주와 독주를 마시고 나갔다. 부인들과 애인들은 모두 떠나고 없다. 그들은 돌아갈 집이 없었던 것이다.

"당신이 뭔가 해줘야 해요." 한 경찰이 내 얼굴에 자신의 얼굴을 바짝 대고 얘기했다. 밤은 늦었고, 모두 술에 취한 상황이었다. 스트리퍼의 수영복 끈엔 끈적끈적한 현금이 가득 찔러져 있었다. "아무도 관심을 갖지 않고 있어요." 그 경찰은 눈물을 흘리며 말했다.

얼마 전, 약탈을 막으려다 머리에 총을 맞은 동료 경찰을 위해 모금을 한다며 모자를 돌렸던 그 경찰이었다. 총상을 입은 경찰은 현재 휴스턴에 있는 병원에 입원 중이었고, 모아진 돈은 그의 가족들에게 줄 계획이었다.

"모두가 무관심하도록 놔둘 순 없어요. 우리는 당신을 철썩같이 믿고 있다구요." 그가 계속 말했다. 춤추던 스트리퍼의 무대는 끝나고, 다음 스트리퍼가 등장했다.

또 다른 경찰이 내게 말했다. "앤더슨 씨, 사랑해요." 당연히 진심에서 하는 말은 아니다. 하지만 그는 자신이 진심이라고 믿고 있을 것이다. 매우 곤란한 상황에서 버림받았다고 느끼던 그들에게 내가 술 한 잔씩을 돌렸으니 말이다.

●○●○●○●○●○●○●○●○●

　　내가 만난 정치인들은 모두 똑같은 소리를 했다. "지금은 누구를 탓하거나 책임을 물을 때가 아니다"는 것이다. 언론대책 전문가들은 '책임추궁 게임blame game'이라는 신조어까지 들고 나온다. "나는 책임추궁 게임을 할 생각이 없습니다." 중요한 결정을 내린 관리들이 누구였는지를 묻는 질문에 대해 대답을 회피할 때 그들이 항상 하는 말이다. 나는 일부 기자들까지도 이 신조어를 쓰기 시작했다는 것을 알게 됐다. 도무지 왜들 그러는지 알 수가 없다.

　　누군가 자신의 행동에 책임을 져야 한다는 것은 게임이 아니다. 누가 실패했는지 누가 실수했는지를 알아내는 게 잘못된 것이라고 결코 말할 수 없다. 만약 누군가 자신의 결정이나 행동에 대해 책임을 지지 않는다면 이 모든 상황은 또다시 반복될 것이다. 지금까지 어느 누구도 자신이 잘못했음을 솔직히 시인하고 나서지 않았다. 어떤 정치가와 어떤 관료도 자신이 구체적으로 어떤 잘못을 했는지 인정하지 않았다. 일부는 모든 잘못된 일에 대해 자신의 책임을 인정한다는 식의 모호한 발표를 하기도 했다. 하지만 그것으론 충분치 않다. 우리는 구체적으로 알고 싶은 것이다. 무엇이 잘못됐는지, 실수가 무엇이었는지 말이다.

　　나는 물어볼 수 있는 관료는 누구든지 다 붙잡고 물어보았다. 하지만 아무도 대답을 해주지 않았다. 그들이 인정하는 '잘못'이라고는 누군가가 제기한 불확실한 비판들이다. 시장은 일요일까지 기다리는 대신 토요일에 강제 대피령을 내렸어야 했다. 귀중한 시간이 낭비된 것이다. 주지사도 그렇게 할 수 있었지만 하지 않았다. 시 소속 공영

버스나 학교버스 수백 대를 고지대로 옮겼다가 개인적인 교통수단이 없는 10만 명의 주민들을 대피하는 데 활용할 수도 있었다. 하지만 그들은 그렇게 하지 않았다. 실수들이 꽤 있었다. 나는 단지 그 실수들을 누군가 자신의 책임이라고 인정하길 바라는 것이다.

●○●○●○●○●○●○●○●○●

시장은 사람들을 뉴올리언스로 다시 돌아오게 할 계획을 발표했다. 하지만 발표 뒤 사흘 동안 비판이 빗발치자 그는 허리케인 리타를 핑계로 한발 물러섰다. 3급 허리케인으로 발전하기 직전인 리타Rita는 이곳을 향해 오고 있었고, 텍사스 갈베스톤Galveston에 처음 상륙할 것으로 예상됐다. 기자들은 이미 반짝이는 물건을 발견한 아이들처럼 장비를 챙겨 빠져나가고 있었다.

수주 동안을 요청한 끝에 시장이 마침내 나와의 인터뷰를 허락했다. 하지만 인터뷰가 끝나자마자 망쳤다는 기분이 들었다. 인터뷰는 주로 요즘 헤드라인을 장식하고 있는 리타에 대해 이루어졌다. 하지만 나는 카트리나 때 저질러진 잘못에 대해 좀 더 집중해서 질문했어야 했다. 정치인들은 그들의 잘못에 대한 관심을 다른 곳으로 돌리려고 끊임없이 노력한다. 사람들이 현혹당해 그들의 잘못을 잊을 때까지 말이다.

인터뷰가 끝날 때쯤, 시장에게 다시 방송에 출연해 그가 무엇을 잘

못했는지, 또 다른 사람들이 실수한 것이 무엇이었는지에 대해 얘기를 나눌 의향이 있느냐고 물어봤다. 그는 그럴 기회가 있으면 좋겠다고 답했다. 하지만 그 후 넉 달 동안 그는 내가 요청하는 모든 인터뷰를 이 핑계 저 핑계를 대면서 빠져나갔다.

프로듀서들은 내게 전화해 내가 잘하고 있다고 격려해줬다. 그들은 매일같이 내 방송의 시청률이 아주 높다고 얘기해준다. 하지만 난 시청률에 대해 별로 듣고 싶지 않다. 이건 드라마가 아니고, 이 사람들은 등장인물이 아니다. 줄거리와 시청률에 대해 얘기하는 것이 왠지 올바르지 않다는 느낌이다.

가끔 내 자신이 실패자라는 생각을 한다. 내가 할 수 있는 책임을 다하지 못했다는 생각 말이다. 잠자리에 누울 때면, 인터뷰한 사람들에게 했던 질문들을 되새겨본다. 질문이 얼마나 정확했는지, 질문을 적절히 표현했는지 등을 말이다. 질문을 할 때 말을 더듬지는 않았는지, 바로 정곡을 찌르지 못하고 애둘러 말했는지도 생각해본다. 또 내가 공정했는지, 너무 감정에 치우치지 않았는지, 초청자에게 제대로 대답할 기회를 주었는지, 인터뷰를 너무 질질 끌면서 진행한 것은 아닌지, 초청자가 쓸데없는 소리를 하도록 내버려둔 것은 아닌지…… 평생 그 모든 것을 완벽하게 하기란 어려울 것 같다.

●◦●◦●◦●◦●◦●◦●◦●◦●

허리케인 리타를 취재하기 위해 텍사스에 갔다가 뉴올리언스로 되돌아왔을 때 뭔가 변화가 생겼다는 걸 눈치 챌 수 있었다. 카트리나에 관한 TV 뉴스가 눈에 띄게 적어졌다는 것이다. 시청자들의 관심이 마치 썰물 빠지듯 사라졌다는 것을 느낄 수 있었다. 들어찼던 물이 빠지자 분위기도 천천히 바뀌고 있었다. 벌써 허리케인이 왔다 간 지 4주가 됐으니 피할 수 없는 일인 것도 같다. 하지만 실제로 이런 일이 일어나고 있다는 것은 충격으로 다가왔다. 매일 아침에 일어나면 우리는 스스로에게 묻는다. "오늘은 어떤 새로운 걸 취재하지? 그동안 보여주지 못한 게 뭐 있지?"

"아직 충분히 보여주지 못했다"는 것이 내 유일한 대답이다. 내 머리는 무지하게 빨리 돌아가고 있다. 어떨 땐 조증躁症에 걸린 것 같기도 하다. 이 생각을 했다가 또 저 생각을 했다가 머리가 복잡하다. "경찰 인터뷰 때 떠놓은 녹취를 사용할 수 있게 준비해둬야 해. 이달 약속을 취소해야 해. 어머니에게 전화해야 해. 애완견이 어떤 상태인지 확인해야 하고, 부상당한 경찰들의 이름도 확인해봐야 하고……." 내 머릿속의 리스트는 끝이 없다.

나는 이전과 똑같은 삶으로 돌아가고 싶지 않았다. 뉴욕으로 다시 돌아가고 싶지 않다는 얘기다. 아루바Aruba에서 실종된 남녀 대학생 커플 취재, 도망친 새 신부에 관한 보도들, 사람들의 흥미를 자극하겠지만 카트리나만큼 중요하진 않은 기사를 다루는 삶 말이다. 친구들에게 전화했지만 별로 할 말이 없었다. 사실은 그들에게 이렇게 소리지르고 싶었다. "일상의 삶으로 돌아가지 마! 잊지 말라고! TV에 매일 나오는 시시껄렁한 얘기에 속지 말란 말이야!"

형이 죽은 지 몇 주가 지났을 때 내가 느꼈던 감정과 아주 비슷했다. 나는 학교로 돌아갔고 다른 사람들은 모두 형이 자살했다는 사실을 까마득하게 잊은 듯 평상시와 같이 행동했다.

마사 스튜어트Martha Stewart가 새로운 TV시리즈를 시작하는 모양이다. 그녀의 사진이 『유에스에이 투데이USA Today』에 나온 것을 보았다. 나는 이를 미국 전체가 평상심으로 돌아가는 계시라고 해석했다. 프렌치쿼터에 있는 신문 자동판매대에는 아직도 카트리나가 상륙한 날 당일에 나왔던 『유에스에이 투데이』 신문이 그대로 꽂혀 있다. 그날 신문 1면에도 마사 스튜어트가 웃고 있었다. 폭풍이 오기 전 상황으로 우리는 완전히 돌아와 있었다. 이제 나는 계시라든지 마술이라든지 기적, 이런 걸 믿게 됐다. 내가 신발 끈을 10초 안에 묶는다면 그건 사람들이 아직도 뉴올리언스 기사에 관심을 가질 것이란 계시다. 만약 다음 교차로까지 신호에 걸리지 않고 갈 수 있다면 그건 내가 여기 일주일 더 머물 수 있다는 계시일 것이다.

●○●○●○●○●○●○●○●

나는 지금까지 죽은 사람들을 '시체'나 '사체' 등으로 부르며 비인간화했다는 사실을 깨달았다. 정말 부끄러운 일이다. 그들은 내 이웃이고, 미국 시민이다. 그들은 인간이며 더 나은 대우를 받을 가치가 있다. 왜 죽은 이들을 거둬들이는 일이 그렇게 오래 걸리는지 도저히 알 수가 없다. FEMA는 죽은 사람들을 거둬들이기 시작하면서 촬영 금지 조치를 취하겠다고 발표했다. 죽은 이들의 존엄성을 지켜주기 위해서라는 것이다. 나는 그들의 말을 더 이상 믿을 수가 없었다. 그들이 촬영금지 조치를 취한 것은 어떤 끔찍한 일이 일어났는지를 사람들에게 알리지 않기 위해서라는 게 더 큰 이유라고 믿고 있다. 죽은 이들의 존엄성을 그토록 생각했다면 시체들이 떠내려가지 않도록 신호등에 묶어놓는 일 따위는 하지 않았을 것이다. 그리고 아무도 돌보지 않는 곳에 그렇게 오래 버려두지도 않았을 것이다. 우리는 죽은 자들의 얼굴은 보여주지 않을 예정이었다. 누군가 자신이 사랑했던 사람이 주검이 된 것을 TV로 보게 할 수는 없는 일이다. 하지만 미국인들은 같은 시민들이 어떤 상황에 버려지게 됐는지를 알 필요가 있었다. 무엇보다도 무슨 일이 있었는지를 감추는 데 급급하다면 그것이야말로 죽은 이들의 존엄성을 해치는 행동일 것이다. CNN은 사체를 거둬들이는 과정을 촬영할 수 있도록 법원에 소까지 제기했고, 소는 받아들여졌다. 우리는 촬영을 할 수 있게 됐다. 하지만 실제로 사체 수거 작업이 시작되자 촬영이 힘들어졌다. 현장의 재해대책반원들이 일부러 카메라 바로 앞에 차를 대고 시야를 막았기 때문이다.

●◦●◦●◦●◦●◦●◦●◦●◦●

"내가 할 수 있는 말은 독립적인 조사위원회가 반드시 구성돼야 한다는 거예요." 프렌치쿼터의 거리에서 만난 한 경찰관이 말했다. 그는 처음 만난 사람이었지만 자신이 목격한 일을 내게 얘기해주고 싶은 눈치였다. 이미 자정에서 30분이나 지나 있었으나 그는 내가 방송을 끝낼 때까지 계속 기다린 터였다.

"그들은 사람들이 망각하길 바라고 있어요." 그는 나와 얘기를 나누고 있는 모습을 혹시 누군가에게 들키는 것은 아닌지 불안해하며 계속 주위를 둘러봤다. "나도 닷새 전에 일어난 일은 명확히 기억이 나지 않아요. 당연히 시간이 흐르면 흐를수록 사실에 관한 기억도 희미해지기 마련이죠. 그들은 바로 그런 상황을 바라고 있는 거예요. 주지사가 왜 다른 곳에서 제공해준다는 지원을 거부했는지 알고 싶어요. 주지사, 평소 괜찮은 사람이라고 생각했던 시장, 역시 평소 좋게 보았던 경찰서장이 왜 일관된 계획을 마련하지 못했는지 꼭 알고 싶어요. 이렇게 말하는 게 나도 마음이 아파요. 왜냐하면 나는 내 일을 좋아하고 이 도시를 좋아하기 때문이에요. 그리고 상사인 경찰서장에 관해 뭔가 나쁜 얘기를 하고 싶지도 않아요. 하지만 분명히 해야 할 건 하고 넘어가야죠. 처음부터 제대로 된 계획 따위는 어디에도 없었다는 사실 말이에요."

내가 묵고 있는 호텔에서 그를 다시 만나기로 했다. 그는 자신의 이름이 공개되지 않게 해달라고 했다.

"나는 손가락질하면서 누구 책임이라고 말하고 싶진 않아요." 그는 어두운 방 의자에 앉으면서 이렇게 말했다. "난 단지 순찰을 하는 경찰이니까요. 하지만 아무것도 제대로 준비된 게 없었다는 사실은 알아요. 조직 정비도 제대로 돼 있지 않았고 제대로 계획도 세워지지 않았어요. 이런 엉성함 때문에 사람들이 목숨을 잃은 거예요."

"관료들은 이렇게 거대한 허리케인이 올 것이라곤 아무도 예상치 못했다고들 하던데요." 내가 말했다.

"글쎄요. 허리케인센터는 무슨 일이 일어날지 알고 있었던 것 같아요. FEMA도 알고 있었고요. 모두 뉴올리언스에 대형 허리케인이 상륙한다면 어떤 일이 생길지 잘 알고 있었던 것 같아요. 그리고 끝내 그 허리케인이 왔지요. 언젠가는 올 것이라는 걸 모두가 알고 있었어요. 그동안 여기저기서 경고 신호들이 있었죠. 하지만 사람들이 들은 얘기는 '잠깐 기다려 봐요. 우리끼리 해결할 수 있어요. 잠깐 기다려 봐요. 우리끼리 해결할 수 있다니까요.' 이것뿐이었어요."

눈물이 흘러 뺨을 타고 내리자 그가 잠시 멈췄다. "경찰에 입대하면서 내가 보호하고 지켜주겠다고 맹세했던 그 사람들이 죽어서 떠다니고 있었어요. 난 이런 일을 하려고 경찰에 지원한 게 아니었다고요. 나는 그들을 버리는 일을 하겠다고 한 적이 없어요. 미국 시민들이 죽어나갔다고요. 여긴 아프리카 가나Ghana나 브룬디Burundi가 아니잖아요. 이들은 후투족도 투시족도 아니라구요. 이들은 미국 시민들이었다고요. 그런데도 노인들이 양로원에서 죽어가도록 버려져 있었어요."

그는 이번 사태에 대해 아주 정확하게 알지는 못하는 것처럼 보였다. 스스로도 무엇이 잘못됐는지 모른다고 했다. 하지만 뭔가 인종문제와 상관이 있는 것만은 분명하다고 말했다.

"평소 그 지역에 가는 걸 별로 좋아하지 않았어요. 내가 백인이기 때문이죠. 하지만 인종문제가 원인 중 하나가 아니었다고는 생각할 수가 없어요." 그가 말했다. "만약 블랑코 주지사의 형제자매들이 여기서 죽어가고 있었다면 주지사가 어떻게 말했을까요? '너무 난리 치지 마세요. 우리끼리 알아서 해결할 수 있어요'라고 했을까요? '24시간만 더 주시죠. 우리가 다 알아서 할 수 있어요.'라고 했을까요? 여기엔 버스도 있고 다른 운송 수단도 있었단 말이에요. 그 사람들을 구하기 위해 할 수 있는 일이 분명히 있었어요. 하지만 그들은 수백 명씩 한꺼번에 죽어갔어요. 아무도 무엇을 해야 할지 몰랐기 때문이죠. 만약 여기가 코네티컷Connecticut에 있는 도시였다면 그들은 죽지 않았을 거예요."

"제발 독립적인 조사기관이 와서 도대체 무슨 일이 있었는지를 조사했으면 좋겠어요. 누군가를 형사처벌할 수 없다 하더라도, 최소한 시민들이 다음에 누구에게 투표해야 할지 결정할 때 참고할 수 있게 말이죠. 미리 대비하고 계획을 세우지 않았다는 것이 너무나 많은 사람들을 죽게 만들었다고요. 무계획이 많은 사람들을 죽게 만들었어요. 무계획이……."

●○●○○●○●○●○●○●○○●○

한 달 뒤 나는 떨어지지 않는 발걸음을 뒤로 하고 뉴올리언스를 떠났다. 나는 일단 미시시피로 향했다. 존 그리샴John Grisham 부부가 걸프 지역의 재건을 위해 모금운동에 나섰다. 나는 빌록시Biloxi에서 그들을 만났고, 그들이 하는 일에 대해 기사를 작성해주겠다고 약속했다. 그들과 메리 마호니Mary Mahoney라는 음식점에서 만나기로 했는데, 그곳은 빌록시의 대표적 명소로 그리샴의 베스트셀러들에도 자주 등장하는 곳이다. 메리 마호니 역시 허리케인으로 물에 잠겼었기 때문에 수리공들이 왔다 갔다 하며 재개장 준비를 하느라 바빴다. 나는 그리샴 부부가 오기 전에 레스토랑에 도착했다. 레스토랑 주인 밥 마호니Bob Mahoney가 웃으며 말했다. "다시 오신 것을 환영합니다."

"다시 오다니, 그게 무슨 말인가요? 전 이곳에 처음 오는데요." 내가 물었다.

"1976년에 아버지와 함께 이곳을 방문하신 적이 있습니다. 두 분은 관광하러 이곳에 오신 듯 하더군요. 워터파크에 갔다 오셨다고 했고, 꼬마 앤더슨 씨는 젖어 있는 상태였어요. 반바지를 입고 타월에 쌓여 있었죠."

그가 얘기를 꺼내자마자 그 여행이 생각났다. 그래, 긴 미끄럼틀이 있던 워터파크. 나는 추워 떨면서도 맑고 푸른 물 밖으로 나가기 싫어서 계속 더 놀겠다고 떼썼다. 아버지의 친구라는 여성이 나를 이곳으로 데려왔고, 이 레스토랑에도 데리고 와주었다. 나는 그녀의 차에 탔던 일을 기억한다. 젖어 있던 바지와, 차의 비닐 시트에 닿던 촉

감을 아직도 기억하고 있다. 레스토랑 주차장에 들어갈 때, 신호등의 신호가 바뀌던 소리도 기억한다. 나는 사람들이 꽉 차 있는 테이블을 여러 개 지나 아버지가 앉아 있던 테이블로 다가갔다. 집에서 멀리 떨어진 곳에 와서 아버지와 나, 두 남자가 우리만의 멋진 시간을 보냈었다.

밥은 여러 개의 방을 보여주더니 커다란 테이블을 가리켰다. "저 테이블이 당시 두 분이 앉았던 테이블이죠." 그가 웃으며 말했다. "폭풍에도 안 부서지고 용케 살아남았어요."

"어떻게 이 모든 걸 기억하고 계시죠?" 내가 물었다.

"저의 어머니는 패션과 글쓰기에 아주 관심이 많으셨죠." 그가 자신의 어머니이자 이 레스토랑의 설립자인 메리 마호니의 사진을 가리키며 말했다. "1976년 와이어트 쿠퍼 씨가 우리 레스토랑을 방문한 건 우리로선 아주 대단한 일이었죠."

아버지가 책을 출간한 기념으로 빌록시에서 강연회를 했던 것을 기억한다. 관객 대부분은 여성이었는데, 아버지는 가족과 추억에 관해 얘기했다. 그는 어떻게 하면 여성들과 감정을 공유할 수 있는지를 잘 알고 있었던 것 같다. 밤이 되면 호텔에서 잠을 잤는데, 아버지는 내가 불빛 때문에 잠들지 못할까 봐 화장실 문을 닫고 그 안에서 연설문을 고치셨다. 나는 그 포근함을 손에 잡을 수 있을 정도로 생생하게 기억하고 있다. 아버지가 돌아가신 후엔 누구도 그 포근함을 대신해주지 못했다.

웨이브랜드에서도 상황은 비슷했다. 버지니아에서 파견된 재난 구조팀은 이미 철수한 상태였다. 길은 어느 정도 치워졌지만, 그럼으로써 엄청난 피해 상황이 더 잘 보이게 되었다. 한 구조팀이 넘어진 나무를 치우고 전선을 복구하려고 애쓰고 있었다.

한 달 전 에드거와 크리스티나 베인 부부, 그들의 두 아들인 칼과 에드거 주니어의 시체가 발견된 집으로 향했다. 그곳에 도착하니 집 밖에 두 대의 차가 주차돼 있었다. 알고 보니 에드거와 크리스티나에겐 두 아들뿐 아니라 두 딸도 있었던 것이었다. 로라Laura와 세레나Serena였다. 두 사람은 부모와 함께 살고 있지 않아서 허리케인 속에서도 살아남았다. 어제가 돌아가신 어머니의 생일이어서 찾아왔으며, 그녀가 살아있었다면 45세가 됐을 거라고 했다.

"폭풍이 지나가고 얼마 되지 않아 이곳에 돌아왔어요." 로라 베인은 부엌이 있었던 곳에 서서 내게 말했다. "길 모퉁이를 돌았을 때 나는 기분이 좋고 흥분됐었어요. 겉보기에 집이 멀쩡해보였기 때문이죠. 지붕 한쪽도 사라진 게 없었거든요. 하지만 차고 진입로에 들어오자 문 위에 뭐라고 씌어 있는 게 보였어요. 동그라미 속에 V자 표시가 돼 있었고 그 밑에는 '4명 사망'이라고 써 있었어요. 그걸 보고 완전히 미쳐버릴 것 같았죠."

그 글씨는 이제 거의 보이지 않는다.

로라는 스물다섯 살이지만 그보다 훨씬 나이가 들어보였다. 그녀의 머리는 단정하게 뒤로 꽉 묶여져 있었고 왼쪽 눈 밑에는 눈물 모양의 푸른색 문신이 약간 흐릿하게 보였다. 그녀에겐 세 아이가 있으며, 넷째 아이를 임신 중이다. 로라의 동생 세레나는 열여덟 살이고, 아직 완전히 여성이 되지 못한 여자 아이의 구부정한 자세를 하고 있었다. 하지만 벌써 딸이 하나 있었다. 꼬맹이 여자 아이는 가만히 있지 못하고 끊임없이 바깥을 돌아다니고 있었다. 세레나는 고등학교 졸업식 때 사진을 두 손에 꼭 잡고 있었다. 5월에 찍은 것인데, 남자 친구의 차 안에서 찾았다고 한다. 세레나의 어머니 사진 중 남아 있는 유일한 것이었다.

크리스티나 베인의 유골은 세레나가 머물고 있는 아파트 단지의 유골함에 고이 보존돼 있었다. "밤이 되면 제 딸 아이가 유골함으로 다가가서 뽀뽀를 '쪽' 하고는 '안녕히 주무세요'라고 말하곤 해요." 세레나가 말했다. "딸에게 무슨 얘기를 해줘야 할지 모르겠어요. 난 내가 이런 일들을 해야 할 거라곤 꿈에도 생각하지 못했어요. 난 열여덟밖에 안 됐는데. 부모님이 내가 열여덟일 때 돌아가실 줄은 정말 몰랐어요. 우리 부모님은 너무 젊었다고요."

로라와 세레나는 어머니의 생일을 기리기 위해 부모님 집의 잔디가 말라버린 뜰에서 바비큐 파티를 하려고 마음먹었다. 하지만 악취가 너무 심했다.

"아버지는 싱크대 바로 옆에서 발견됐대요." 한 달 전 내가 그곳에서 아버지의 시체를 봤다는 사실을 알 리 없는 로라가 말했다. 로라에게 그 사실을 말해주려 했지만 그녀는 이해를 못하는 것 같았다. "검시관이 얘기해줬어요. 냉장고가 거실 한복판, 그러니까 천장에 선풍기가 매달려 있는 바로 그 아래에 나와 있었다고 하더라구요. 그리고 냉장고 위에 발자국이 있었대요. 아마도 냉장고를 딛고 다락으로 올라가려 했던 것 같다고요. 하지만 물은 다락 넘어서까지 차올랐을 거예요. 그러니 다락에 올라갔더라도 살아나지 못했겠죠."

한순간 형이 자살한 후, 형의 아파트를 뒤지던 일이 떠올랐다. 나는 무슨 일이 일어났는지를 설명해줄 수 있는 그 무언가를 찾고 있었다. 시간대 별로 무슨 일이 일어났는지 알고 싶었던 것이다. 나는 일어났던 일을 재구성해야만 했다. 하지만 결국 그 작업은 가능하지 않았다.

"차례 차례 도대체 무슨 일이 일어났는지 상상해보려고 노력해요." 로라가 말했다. "아마 물이 굉장히 빠르게 차올라 왔던 것 같아요. 부모님들은 공포에 질려버렸을 거예요. 가족 중에 수영을 할 줄 아는 사람은 엄마뿐이었어요. 혼자 살아남을 수도 있었지만 그렇게 하지 않으셨죠. 동생과 아빠를 구할 수 없으니 함께 저세상으로 가야 한다고 생각하신 것 같아요."

"엄마는 아빠와 결혼한 지 25년이 되셨죠." 세레나가 조그맣게 말했다. "그러니 엄마가 아빠를 놔두고 혼자 살려고 했을 리가 없어요."

베인 가족들은 죽은 채 5일 동안이나 집 안에 있었다. 그동안 차고 진입로에 있던 크리스티나 베인의 밴을 누군가가 훔쳐가려고 했다.

집은 완전히 철거됐다. 벽과 방음재도 해체됐고 마룻바닥도 뜯어졌다. 집에 남은 것이라고는 나무로 된 뼈대와 바깥 벽뿐이었다.

"보험회사 직원이 오늘 왔다 갔어요. 그는 별로 도움을 줄 수 없을 것 같다고 하더라구요. 지붕의 기와 약간에 대한 보상 외에는 해줄 수 없다고 했어요. 부모님이 홍수재해에 대한 보장 계약을 안 했거든요."

로라는 세 아이들과 함께 호텔에 머물고 있는데, 내일까지 대피해야 한다. 세레나는 친구의 아파트에서 다른 가족 8명과 함께 머물고 있다. 그들은 FEMA 트레일러를 보내달라고 신청했지만 아직 아무 대답도 듣지 못하고 있다.

"잠들기 전엔 항상 기도하면서 엄마와 대화를 나누죠." 로라가 말했다. "엄마와 아빠, 동생이 아직 여기에 머물며 나를 지켜봐주고 있다는 걸 느낄 수 있어요. 그들은 자신들이 괜찮다는 걸 내게 알려주고 싶어하는 것 같아요."

세레나는 무엇을 해야 할지 모르겠다고 했다. 그녀는 아직도 엄마가 죽었다는 사실을 믿기 힘들어했다.

"뭔가 필요한 게 생길 때마다 '엄마 나 이게 필요해요'라고 말하면 모두 해결이 됐어요. 엄마가 내가 필요한 물건을 들고 우리 집에 와줬으니까요." 그녀는 흐느끼며 말했다. "이제 뭔가 필요한 게 생기면 누구에게 전화하죠?"

●○●○●○●○●○●○●○

미시시피 웨이브랜드에서 방송을 마쳤다. 내일이면 집에 도착할 것이다. 사무실에서는 내게 돌아오라고 종용하고 있다. 잠시 동안만이라도 말이다. 말은 그렇게 하지만 이제 끝났다는 사실을 잘 안다. 가끔 허리케인이 왔던 지역으로 다시 돌아가서 달라진 점을 확인하고 취재를 할 수 있게 해주긴 할 게다. 하지만 결국엔 다른 뉴스가 헤드라인을 장식할 것이고 다른 드라마가 나올 것이다. 여기에 없었던 사람들은 정상적인 삶으로 돌아가고 싶어할 것이므로.

마지막 방송이 끝났을 때 우리는 파괴된 거리에 서 있었다. 카메라맨과 프로듀서, 엔지니어와 위성방송차 운전기사 등 우리 일행은 한 열두 명쯤 됐다. 자정이 다 돼가고 있었다. 우리 일행 외엔 아무도 없었다. 집은 다 무너져버렸으며 주변은 깜깜하고 쥐 죽은 듯 고요했다. 우리는 장비를 해체해서 케이블 선을 감고 전원을 껐다. 카메라맨 중 한 명인 닐 홀스워즈Neil Hallsworth는 트럭 안의 아이스박스에서 맥주를 몇 병 꺼내 모두에게 돌렸다. 일행 중 한 명이 렌트한 SUV에 달려 있던 라디오를 켰다. 토킹 헤드The Talking Heads의 노래가 어둠 속에서 울려퍼졌다.

"우울함 속으로 다시 빠져들지/돈은 모두 써버렸지/평생 한 번/물은 지하로 스며들고 있지."

우리는 병을 땄고 잔을 서로 부딪쳤다. "수고했습니다." 어색한 악수가 오갔다. 서로 껴안는 스태프들도 있었다. 우리는 그동안 찍은 사진들을 주고받기로 약속했다. 어떤 이들은 다른 취재 여행에 관해 얘기하기도 했다. 그동안 우리를 묶어주었던 마법은 빠르게 깨졌다.

우리는 SUV에 올라타고 각기 다른 방향으로 향했다. 배튼루지, 뉴올리언스, 빌록시, 모빌 등등. 차의 후미등이 멀어져갔다. 약속은 지켜지지 않을 것이고, 사진을 서로 주고받는 일은 없을 것이다. 서로의 이름도 곧 잊을 것이다. 다음 폭풍이 오기 전까진 말이다. 다음 폭풍이 오면 다시 모일 것이다. 우리는 방황하는 소수이며 전투로 상처 입은, 그리고 끔찍한 것을 너무나 많이 본 일당이다.

우리는 살아남았다는 것 자체가 기쁘고 행운이라고 생각하는 생존자들이다. 사실 그런 느낌이 이 상황에서 좀 부적절하다고 여겨지긴 한다. 내 근육은 긴장 상태이고, 내 마음은 단단히 조여졌다. 뛰어오를 준비가 된 것이다. 울고 싶다. 소리를 지르고 싶다. 하지만 웃을 수밖에 없다. 한순간 내 자신이 사라예보에 있는 것 같다는 생각이 들었다. 저격병들에게 우리의 위치가 노출된 후, 울부짖으며 이그만 산을 굴러 내려오고 있는 것만 같았다.

아무도 없는 길에서 SUV의 헤드라이트는 부서진 나무와 무너진 집을 비췄다. 나는 이 무색의 거리, 진흙과 쓰레기로 가득한 거리, 차가 나무 위에 걸려 있는 이 거리를 떠나고 싶지 않았다. 깨끗함, 편리함, 교통 규칙이 지켜지는 세상으로 다시 돌아가고 싶지 않았다. 나는 차량 통행금지, 혼란, 두통, 사람들의 눈에서 읽혀지는 '당신이 여기 있어서 다행입니다'라는 메시지를 계속 보고 싶었다. 허리케인이 남긴 것 중 좋은 것은 하나도 없다. 밝은 희망도 헐리우드 식 해피엔딩도 없다. 죽음이 서서히 다가오고 목숨을 잃을 뿐이다. 그래도 중간중간 좋은 사람들을 만날 수 있었다. 그들은 자신의 집을 기꺼이 제공했고, 음식을 나눠줬으며, 조각잠이라도 잘 수 있게 간이침대를 제공해 줬다. 이곳에 있을 수 있었다는 게 나에겐 영광이었다. 넘치는 감정, 넘치는 친절함, 넘치는 영웅심을 지켜본 목격자가 된 것은 실로 영광된 일이었다.

집에 가면 모든 것은 별로 중요하지 않은 사소한 일들이다. 아침 회의와 유명인사 미팅 같은 일 말이다. 혀를 끌끌 차거나 조잘대는 말들의 향연이 벌어질 따름이다. 스킨케어를 새로 받은 맨들맨들한 얼굴도 보일 것이다. 그 모든 것들로 돌아간다는 사실은 상상하기 힘들다. 나는 라디오를 켜고 뉴스를 찾았다. 지도 위에서 내가 돌아갈 새로운 장소를 물색하듯 말이다. 바그다드 상황은 점점 더 심각해지고 있었고, 캘리포니아에선 산불이 났다. 허리케인이 어딘가에 또 상륙해 내가 다시 움직여야 할지도 모른다. 세계 지도는 끊임없이 바뀌고 있다. 세상의 균열은 날마다 새로 생기고, 새로운 헤드라인이 매일 등장한다. 내 자신을 허리케인 속으로 던져넣고 싶다는 생각이 들었다.

이 상태를 계속 유지하기란 불가능하다. 이렇게 영원히 있을 순 없는 일이다. 정신이 멍한 것이 마치 마약이라도 한 것 같다. 나는 지금 이 순간에 완전히 빠져 있다. 다른 어느 곳도 아닌 바로 이곳에서 말이다. 일은 마침내 끝났다.

고속도로에서는 마치 호박석이 반짝거리듯 지평선 너머로 태양이 떠오르고 있다. 가속 페달을 밟고서 나는 내 자신이 어둠 속으로 빨려 들어가는 상상을 했다. 공기 중에 퍼지는 분자로 바뀌어 고요한 공간에서 영원히 떠다니면 어떨까 하는 상상. 영원히 속도를 줄일 필요도 없이, 어딘가에 착륙할 필요도 없이.

Anderson Cooper

죽은 자들의 날

Epilogue

멕시코 오악사카Oaxaca에는 '엘 디오스 데 라 무에
르테el Diosdela Muerte'라는 축제가 있다. 번역하면 '죽은 자들의 날'이란
뜻으로 매년 할로윈 때 열리는 축제이다. 죽은 이들의 영혼이 몇 시
간 동안 산 사람들의 세상으로 돌아온다는 날이다. 10월 31일 밤 오
악사카의 공동묘지는 먼저 세상을 떠난 사랑하는 이들이 이승으로
돌아오는 것을 환영하기 위해 많은 사람들이 모인다. 그들은 무덤 주
변에 빙 둘러 초를 켜놓고 영혼들이 돌아오면 먹을 수 있도록 음식을
갖다 놓는다. 죽은 이들에게 현실 세계의 일부분을 맛볼 수 있게 해
주는 것이다.

나는 다른 어떤 곳도 생각할 수 없었기에 오악사카에 왔다. 웨이브
랜드에서 뉴욕으로 돌아왔을 때, 회사에선 적어도 이틀 동안은 휴가

를 쓰라고 권했다.

"어디 해변에 가서 좀 쉬지 그래." 누군가가 말했다. 도저히 내가 받아들일 수 없는 아이디어였다. 해변에 누워 다른 이들이 일광욕과 서핑을 즐기는 모습을 보는 나를 결코 상상할 수 없었다. 내가 올해 만났던 사람들과 보았던 모든 것들을 짊어지고 다니는 기분이 들었기 때문이다. 내가 짊어지고 다니는 이 사람들이 환영받을 만한 곳에 가고 싶었다.

오악사카에서 머무는 동안 대부분의 시간을 잠자는 데, 그리고 이 책의 도입부를 쓰는 데 보냈다. 하지만 할로윈의 밤만은 이 도시에서 제일 큰 공동묘지로 향했다.

오악사카 사람들은 어릴 때 죽은 영아들의 영혼이 제일 먼저 돌아온다고 믿는다. 영아들의 무덤엔 슬픔만이 가득하다. 한 아이의 묘비 앞에서 바람이 불어 촛불이 꺼질 때마다 다시 불을 붙이고 있는 할머니의 모습을 지켜봤다. 그녀는 혼자였다. 죽은 아이들의 부모는 그들의 생에 대해 별로 할 말이 없다. 아이들이 태어났을 때 주었던 기쁨은 갑작스런 죽음으로 인해 부모들을 오히려 더 견디기 힘들게 만든다. 하지만 노인들의 무덤은 좀 다르다. 술 마시는 사람도 있고, 웃는 사람도 있다. 그들이 함께했던 즐거운 한때를 함께 얘기하기도 한다.

촛불이 켜진 한 무덤에서 어깨동무를 한 십여 명의 남자들을 볼 수 있었다. 그들은 기타를 치며 음이 맞지 않는 노래를 함께 불렀다. 일부는 맥주잔을 들고 있었다. 그중 한 명은 특히 더 많이 취해 있었고 노래를 부르며 울고 있었다. 그는 친구들의 어깨에 매달려 있었다.

나중에 보니 그는 다른 무덤 위로 기어올라가 팔을 쳐든 채, 하늘의 별에 대고 뭐라뭐라 소리지르고 있었다.

수네라와 지난다리, 아미누와 하부, 크리스티나와 에드거 베인, 칼과 에드거 주니어……. 올해 내가 썼던 기사에 등장했던 사람들이 사랑했던 가족에게로 돌아오고 있다는 느낌이 들었다. 이름도 알지 못하는 그 누군가에 대해서도 생각했다. 버려진 시체들, 이름도 없는 무덤에 있던 그들의 영혼은 돌아올 때 누가 맞아줄 것인가?

나는 우리 가족들이 아버지와 형의 무덤에 옹기종기 모여 있는 모습도 상상해보았다. 가족이라 해봤자 어머니와 내가 고작이지만. 그들의 영혼이 돌아온다면 내가 무슨 말을 해줄까? 어떻게 환영해줄까? 난 그들의 인생 이야기를 다른 이들에게 들려줬다. 그리고 그들을 잊지 않았다. 충분하지는 않지만 내가 할 수 있는 유일한 것이었다.

난 아직도 형이 내 방 발코니 밖으로 발을 옮길 때 무슨 생각을 했는지 알고 싶다. 아마 난 평생 알지 못할 것이다. 그는 무슨 상황이든 완벽하게 통제하고 싶어했던 청년이었지만, 결국 그렇게 하긴 불가능했다.

나는 슬픔으로 인해 너무나 오랫동안 고립되어 있었다. 올해 말이 돼서야 마침내 과거와 현재, 이 세상에 사는 사람과 세상을 등진 사람을 이해하며 온전한 감정을 느낄 수 있게 되었다. 세상에는 많은 낭떠러지가 있고 우리는 아주 가느다란 끈을 붙잡고 그 낭떠러지에 매달려 있다. 문제는 그 끈을 놓치지 않고 끝까지 잘 매달려 있는 것이다.

  자정이 되자 오악사카의 공동묘지엔 사람들이 꽉 들어찼다. 비포장 진입로는 완전히 진흙탕으로 변했고, 해골과 귀신으로 분장한 어린 아이들이 무덤 사이를 뛰어 다니며 사탕을 달라고 하거나 지나가는 사람들을 놀라게 했다. 사랑하는 사람을 잃은 상황에서도 여기저기서 웃음소리가 들리고 있다. 그게 당연한 거다. 죽은 자와 산 자 사이가 너무 떨어져 있어서는 곤란하다. 그래야 죽은 자들의 삶이 기억될 것이고, 그들의 영혼을 함께 보듬을 수 있을 것이므로.

이 책에 나온 인용문의 상당수는 내가 인터뷰한 사람들의 녹취 테이프에서 발췌한 것들이다. 테이프가 아닌 것들은 수년 동안 내가 모아온 취재수첩과 저널에서 인용했다. 등장인물들은 모두 실존하는 사람들이며 스토리도 전부 실제 일어났던 일들이다. 기억은 틀릴 수 있고, 취재노트 중 일부는 내가 원하는 것만큼 자세하지 않은 경우도 있었다. 일부 사건의 날짜도 실제 발생일과 며칠 간격의 차이가 있을 수 있다. 하지만 나는 이 책이 사실에 어긋나지 않도록 주의했고, 또 주의했다.

>>> 감사의 글 Acknowledgement

몇 년 동안 실제로 책을 쓰진 못하면서, 머릿속으로는 무수히 많은 책의 페이지들을 써왔다. 하지만 어린 시절의 친구이자 저작권 대리인인 루크 쟁클로우, 그리고 '디테일즈 매거진'에 글을 써달라고 맨처음 요청했던 댄 페레즈가 아니었으면 아마 실제로 종이 위에 글을 써내려 가진 못했을 것이라 생각한다. 두 사람에게 모두 마음의 빚을 지고 있다.

조나단 버햄과 팀 더겐은 너무도 탁월한 에디터들이었다. 그들의 열정과 통찰력에 감사드린다. 꼼꼼하게 교열작업을 해준 제나 돌란에게도 감사의 뜻을 표한다. 글쓰기는 매우 고독한 작업이다. 하지만 텔레비전 뉴스 제작은 그렇지 않다. 몇 년 동안 나는 너무도 뛰어난 프로듀서들과 함께 작업하면서 그들로부터 많은 것을 배우는 행운을 누릴 수 있었다. 데이비드 뉴먼, 미첼 코스, 짐 게레티, 케시 크리스텐슨, 존 클라인, 데이비드 도스, 찰리 무어, 캐슬린 프리어리와 앤디 코트 같은 프로듀서들에게 감사드린다. 내 친구인 동시에 대리인인

캐롤 쿠퍼로부터는 친절한 인생 상담까지 받는 신세를 졌다. 그녀는 많은 사람들이 나를 믿지 못할 때 나를 믿어줬다. 제프 영은 내가 평생 감사해도 모자랄 만큼 나를 많이 도와줬다.

메이 맥린든과 노라 말리가 없었으면 지금의 내가 없었을 것이다. 수많은 세월 동안 자신의 이익을 생각하지 않고 도와준 그들의 노고는 말로 표현할 수 없을 정도이다. 그리고 이 책을 쓰는 데 도움을 준 친구들에게도 감사의 뜻을 표하고 싶다. 줄리오는 필요할 때마다 침착한 조언과 지원을 아끼지 않았다. 그의 도움이 없었으면 책이 나오지 못했을 것이다. 스티브와 안드레아, 커크도 초고를 읽고 솔직한 의견을 준 데 대해 고마움을 표한다.

나는 이제까지 수많은 사람들의 인생과 그들의 가정을 엿보고 그 일부가 될 수 있는 기회를 얻었다. 마지막으로 나를 믿고 자신의 애기를 들려준 사람들, 그 믿음에 특별히 감사드린다.